Nada del otro mundo

Biblioteca Antonio Muñoz Molina
Relatos

Antonio Muñoz Molina

Nada del otro mundo

Seix Barral

Obra editada en colaboración con Editorial Planeta – España

Los relatos «Las otras vidas», «El cuarto del fantasma» y «La colina de los sacrificios» se publicaron en el volumen *Las otras vidas* (1988). Estos tres cuentos volvieron a publicarse en *Nada del otro mundo* (1993), junto con el resto de cuentos del presente volumen, a excepción de «Apuntes para un informe sobre la Brigada de la Realidad», que se publicó en el diario *El País* en 1999, y «El miedo de los niños», escrito expresamente para la edición de Seix Barral (2011).

Diseño de la portada: Booket / Área Editorial Grupo Planeta
Ilustración de la portada: © Miguel Sánchez Lindo

Bajo el sello editorial BOOKET M.R.
Avenida Presidente Masaryk núm. 111,
Piso 2, Polanco V Sección, Miguel Hidalgo
C.P. 11560, Ciudad de México
www.planetadelibros.com.mx

Primera edición impresa en España en Booket: abril de 2017
ISBN: 978-84-322-3234-3

Primera edición impresa en México en Booket: abril de 2026
ISBN: 978-607-39-3906-5

Impreso en los talleres de Impresora Tauro, S.A. de C.V.
Av. Año de Juárez 343, Col. Granjas San Antonio,
Iztapalapa, C.P.09070, Ciudad de México
Impreso en México – *Printed in Mexico*

Biografía

Antonio Muñoz Molina nació en Úbeda (Jaén) en 1956. Ha reunido sus artículos en volúmenes como *El Robinson urbano* (1984; Seix Barral, 1993 y 2003) o *La vida por delante* (2002). Su obra narrativa comprende *Beatus Ille* (Seix Barral, 1986, 1999 y 2016), *El invierno en Lisboa* (Seix Barral, 1987, 1999 y 2014), *Beltenebros* (Seix Barral, 1989 y 1999), *El jinete polaco* (1991; Seix Barral, 2002 y 2016), *Los misterios de Madrid* (Seix Barral, 1992 y 1999), *El dueño del secreto* (1994), *Ardor guerrero* (1995), *Plenilunio* (1997; Seix Barral, 2013), *Carlota Fainberg* (2000), *En ausencia de Blanca* (2001), *Ventanas de Manhattan* (Seix Barral, 2004), *El viento de la Luna* (Seix Barral, 2006), *Sefarad* (2001; Seix Barral, 2009), *La noche de los tiempos* (Seix Barral, 2009), *Como la sombra que se va* (Seix Barral, 2014), el volumen de relatos *Nada del otro mundo* (Seix Barral, 2011) y el ensayo *Todo lo que era sólido* (Seix Barral, 2013). Ha recibido, entre otros, el Premio Príncipe de Asturias de las Letras, el Premio Nacional de Literatura en dos ocasiones, el Premio de la Crítica, el Premio Planeta, el Premio Liber, el Premio Jean Monnet de Literatura Europea, el Prix Méditerranée Étranger, el Premio Jerusalén y el Premio Qué Leer, concedido por los lectores. Desde 1995 es miembro de la Real Academia Española. Vive en Madrid y Nueva York y está casado con la escritora Elvira Lindo.

www.antoniomuñozmolina.es

Biografía

NOTA DEL AUTOR

El cuento más antiguo de este libro, «El hombre sombra», fue escrito en el otoño de 1983, con la esperanza, vana, de que ganara un concurso muy célebre entonces; el más reciente, «La gentileza de los desconocidos», lo escribí hace apenas unos meses, y se publicó en el suplemento dominical de El País. *Entre uno y otro han transcurrido diez años: al estupor del paso del tiempo se une el de comprobar que entre todos los libros que he ido escribiendo y publicando desde 1983 había uno que se escribía lentamente e invisiblemente, sin demasiada intervención de mi voluntad, según azares de ocurrencias y encargos, un libro disperso en revistas, o entre las páginas de otros libros, en las de los periódicos, un libro de relatos que comenzó sin que yo supiera que empezaba y que se ha concluido a sí mismo con igual sigilo, con esa intensidad de alivio y de anunciado principio que tiene siempre el punto final: los cuentos que escriba desde ahora, los que ya están haciéndose, quiero creer que pertenecerán a otro linaje, aunque sólo sea porque no habrán nacido en la misma década que los anteriores, o porque a uno le gusta imaginar cuando se pone delante del teclado que va a emprender una tarea absoluta y prometedoramente nueva.*

Que este libro me dé ahora la impresión de haberse escrito sin que yo lo notara tiene que ver con el hecho de que todos los cuentos, salvo el más antiguo, fueron escritos por encargo. Cuando se me ocurre una historia, no suelo escribirla inmediatamente. Anoto el argumento en dos líneas, o ni siquiera eso, lo dejo guardado en la memoria, algunas veces ya con un título, y ahí se queda durante años enteros, madurando, modificándose o gastándose, y no siempre llega a existir, porque me olvido por completo de él o uso un rasgo o el nombre de un personaje en una novela. El origen de «La colina de los sacrificios», por ejemplo, es una noticia que leí en un periódico en 1983, y sobre la que escribí entonces un artículo. Durante cuatro años le di vueltas esporádicamente a la idea, que me incitaba mucho, pero que no llegó a convertirse en un relato hasta que no intervino la necesidad de cumplir determinado encargo. «La gentileza de los desconocidos», el último en ser escrito, fue, sin embargo, el primero que inventé, hacia principios de 1980, en San Sebastián, donde un amigo había alquilado un piso con muebles en el que encontró ciertas señales inquietantes de la afición a la pornografía y al collage *del inquilino anterior.*

Es posible que al escribir novelas uno se ponga demasiado serio, o demasiado rígido: la novela es una maquinaria que abruma con facilidad a quien se enfrenta con ella, de modo que quizá el principal aprendizaje que requiere escribirla sea el de la naturalidad. El cuento, por lo común, impone menos, parece más propicio para la tentativa o la aventura, incluso para la ironía, o para lo fantástico. Mucho antes de que empezara a surgir algo de humor en mis novelas, ya lo había en algunos de los cuentos que iba escribiendo. En cuanto a lo fantástico, me parece que su espacio natural es el relato breve, o la novela corta. Si «La vuelta de tuerca» tuviera sólo diez páginas más de las que tiene, ya no podría seguir siendo una historia de fantasmas: sería la novela de una mujer perturbada y solitaria. No es mucho más largo «El sueño de los héroes», otro modelo de ironía y espanto, naturalismo falso y alucinación a cuya sombra se han escrito muchas de estas páginas.

Bioy Casares ha dicho y escrito que por las digresiones entra la vida en la literatura. Hace ocho o diez años yo intentaba escribir relatos que fuesen puras máquinas de contar, y en los que toda palabra y todo pormenor estuvieran sometidos a la arquitectura de la trama. «Nada del otro mundo», la historia más larga del libro, empezó siendo primero un simple título que me gustaba mucho pero que no sabía a qué aplicar, y luego un cuento fantástico que no iba a tener más de diez o quince páginas. Pero a medida que lo escribía las digresiones empezaron a surgir, y yo, en vez de tacharlas, las fui siguiendo para ver hacia dónde me llevaban, y acabaron llevándome por vueltas y revueltas a un relato final en el que mi propia vida y mis recuerdos habían entrado sin aviso, igual de inadvertidamente que se ha ido escribiendo este libro a lo largo de diez años, mientras yo andaba en otras cosas.

Septiembre de 1993

NADA DEL OTRO MUNDO

Ayer los vi, vi a Juana Rosa y a Funes, parados frente a mí, en la otra acera, a punto de cruzar el mismo paso de peatones que yo, a mediodía, en la avenida de la Constitución, y durante un segundo de pavor creí que me habían visto y que esperaría inmóvil y hechizado a que se me acercaran, pálidos, afables, entre la prisa y la indiferencia de la gente y el ruido de los coches, pero me di la vuelta a tiempo y creo que salí corriendo, sin atreverme a mirar hacia atrás, por miedo no a descubrir que me seguían, sino a que mis ojos y los de ellos se encontraran y ya no hubiera remedio para mí. Di la vuelta justo cuando el semáforo se ponía en verde, choqué con alguien, no me disculpé, me pareció que distinguía entre la multiplicación de tantos pasos el sonido de los de Juana Rosa y los de Funes, entré en un bar, el primero que vi, grande y lleno de humo, de ruidos y luces de máquinas tragaperras, me oculté a medias tras una de ellas y sólo entonces tuve valor para mirar hacia la calle, imaginando a Juana Rosa y a Funes parados tras el cristal como si miraran hacia el interior de un acuario, serios y solos, atentos, descubriéndome en mi vano refugio, uno de esos bares o salones de juegos donde entran por las mañanas mujeres de edad intermedia que sostienen fuertemente bajo el brazo sus bolsas de la compra e introducen monedas en las ranuras de las máquinas con ensimismado fanatismo. Eran algo más de las doce, el sol de este noviembre tan cálido atravesaba una especie de lujosa bruma azul bajo las copas de los árboles, y a mí me parecía imposible que entre aquella gente atareada y común que ocupaba las aceras —grupos de alumnos del instituto próximo, funcionarios, vendedores ambulantes de bisutería— pudieran surgir de pronto Juana Rosa y Funes, que existieran en el mismo mundo y en la misma época que yo, en esta ciudad de la que han faltado tanto tiempo: mucho menos, sin embargo, del que podría deducirse por su manera de vestir, de moverse, de llevar el pelo, incluso de hablar, aunque por fortuna ayer no escuché sus voces. Casi me tranquilicé al no verlos, pedí en la barra un café con leche, por pedir algo, noté que me temblaba la mano al sostener la cucharilla y se me ocurrió la idea absurda de pedir un coñac, pero al primer sorbo, incluso antes, al acercar la copa a la nariz, me dieron náuseas y tuve que dejarla.

Ahora no estaba seguro de haberlos visto. Tenía miedo de haber sufrido una alucinación, una de esas visiones instantáneas que un parecido fugaz provoca cuando uno va absorto por la calle y cree ver a un amigo que vive en otro país, a un familiar muerto. Pero tan peligroso como sufrir alucinaciones sería en estos momentos engañarme a mí mismo, y si lo pienso con un poco de frialdad, si cierro los ojos doloridos por la noche de insomnio y la fosforescencia de la pantalla de mi ordenador portátil, que es una de las pocas cosas que he traído conmigo al hotel, puedo verlos de nuevo tan claramente como los vi ayer por la mañana, en el paso de cebra que hay entre la delegación de Hacienda y los jardines del Triunfo, pálidos, semejantes entre sí, con esa semejanza que acaban adquiriendo algunas parejas al cabo de muchos años de monotonía en común, conjurados en su anacronismo, como encerrados en una burbuja de tiempo, de otro tiempo, de hace unos quince años: Juana Rosa con el pelo liso y peinado con la raya en el centro y el poncho sobre los hombros, como una cantante sudamericana de las que oíamos entonces, Violeta Parra o Mercedes Sosa, un poco más gorda, aunque tampoco mucho, y desde luego no mucho más fea que en aquellos tiempos, con la misma clase de fealdad voluntaria y como reivindicativa que mostraba entonces; Funes a su lado, solícito, algo ceniciento, como si le hubieran espolvoreado ceniza por el pelo y la barba y sobre los hombros, ceniza o caspa, como hace quince años, como cada uno de los días que ha pasado junto a ella después, que son todos, porque no se han separado ni una sola vez, lo cual ya da un poco de angustia nada más pensarlo: mi amigo Funes, que dejó de serlo para convertirse en marido, acólito y monaguillo de una mujer que seguramente no le ha gustado nunca, pasándole el brazo sobre los hombros con un ademán de protección unos segundos antes de cruzar el semáforo y de encontrarse conmigo si no llego a escapar en el instante justo en que los reconocí. Aún veo el poncho alpujarreño o quechua de Juana Rosa, el pelo tempestuoso de mi amigo, ya blanqueándole en las sienes, la barba muy rizada, con un mechón blanco en la barbilla, el aire alucinado que se le ha ido exagerando a Funes en los últimos años y que a mí me hace acordarme de Moisés cuando baja del Sinaí en *Los diez mandamientos,* la chaqueta de pana, incluso esa especie de bolsa de costado o alto zurrón de cuero con hebillas que siguen llevando algunos militantes de

Izquierda Unida. Así los vi, compactos, irreales, parados en el semáforo como una pareja campesina que acaba de llegar a la capital de la provincia en un autocar pirata, más agrarios aún, como recién salidos de una laboriosa comuna de los años setenta, como un matrimonio de granjeros mormones, Funes con calcetines gruesos y sandalias, con una melancolía de fraile mendicante o de teólogo pobre de la liberación, Juana Rosa con las mismas botas rurales que me llamaron la atención en cuanto la vi por primera vez, aunque en esa época no eran tan infrecuentes como ahora, pues había un cierto tipo de mujeres que se consideraban obligadas a usarlas, incluso mujeres admirables que parecían pedir disculpas por la longitud y la belleza de sus piernas sometiéndolas a la vejación de aquellas botas, en lugar de usar medias oscuras y tacones. Segarras, se llamaban, o chirucas, eran botas de aceitunero o de metalúrgico, de lona oscura, rojiza, con cordones muy recios y suela de caucho. Juana Rosa, supongo que para culminar el efecto, las combinaba con unos peludos calcetines a franjas y con un faldón que le colgaba de las caderas tan bajas como la ropa de una mesa camilla...

No lo oculto, no se lo he ocultado nunca a nadie, salvo a Funes, por delicadeza, por no darle un mal rato, o quizá por un motivo más ruin y al final inútil, para que no me excluyera de su amistad: siempre detesté a Juana Rosa, desde el primer día, aunque es cierto que tardé un poco en advertir su presencia, dado que en aquella luctuosa ocasión se presentó en compañía de una chica en la que yo estaba sumamente interesado, o furiosamente interesado, por dejarlo dicho de algún modo, mi amiga Inma, casi novia entonces y ex novia un poco tiempo después, sin que entre un estado y otro hubiera un intermedio sustancial, sólo una especie de confuso vacío del que me quedan imágenes fragmentadas que no quiero ordenar para que no se conviertan en recuerdos ridículos. Mi ex novia, ex amiga, ex compañera de banca, de libretas de apuntes y cafés con leche en el bar de la facultad, Inma, la inmaculada Inma, que tan brevemente me dejó tocarla, que apareció y desapareció como si su única misión en nuestras vidas, la de Funes y la mía, fuera dejar tras de sí la presencia de Juana Rosa, dejárnosla sentada en el sofá de escay del piso que compartíamos entonces y marcharse luego tan rápidamente como un cartero después de entregar un certificado.

En cierto modo, a través de Inma y de mi desatado y breve amor por ella —pero todos mis amores eran entonces desatados y breves—, yo soy el responsable de que Juana Rosa atrapara a Funes, mi amigo, y de que más tarde, en castigo por mi mediación, se dedicara encarnizadamente a apartarlo de mí, de todos sus amigos y de todos sus bares, lo despojara día tras día de cada una de sus mejores virtudes y de cada uno de sus mejores vicios, lo envolviera en una tela de araña, en un lanoso capullo protector, hecho de la misma guata conyugal y sofocante de la que están hechas las zapatillas de paño y los batines de felpa, lo convirtiera a una rigurosa y antipática religión en la que ella misma, Juana Rosa, era la deidad y la sacerdotisa, para transformarlo, al cabo de unos pocos meses, en un zombi bondadoso y callado, en un adepto algo idiota a la inminente beatitud matrimonial, con ese punto de ausencia o de lobotomía que tienen algunos ex drogadictos después de cambiar la jeringuilla por los cultivos biológicos o el rezo del rosario. Ya lo sé, o lo supongo, exagero, mi amigo Funes no pudo volverse completamente imbécil en tan poco tiempo, es mi rencor hacia Juana Rosa —y hacia él, desde luego— lo que me empujó a pensar estas barbaridades, incluso a compartirlas con algunos amigos comunes, que no siempre estaban de acuerdo conmigo. Entre los amigos de entonces llegó a ser una opinión establecida que Juana Rosa había salvado a Funes, cosa que el mismo Funes me dijo alguna vez, aunque nadie, ni él mismo, llegara nunca a aclarar la naturaleza exacta de aquella salvación. Antes de conocerla, cuando compartíamos el piso donde al final se quedaron ellos dos, Funes bebía mucho, fumaba más de un paquete de Ducados al día, daba algunas clases nocturnas de francés en una academia, se matriculaba regularmente de las tres o cuatro asignaturas que le faltaban para terminar la carrera, pero se avergonzaba de haber pasado de los treinta años sin poderlas aprobar, y sin tener, como él decía, oficio ni beneficio, de modo que no iba a la facultad y por lo común tampoco a los exámenes, y si se presentaba a alguno volvía a casa a las pocas horas con los hombros más caídos que de costumbre y una media chispa de coñac espesándole el aliento y brillando en sus ojos.

—Pero, hombre, cómo te van a aprobar, si no habías estudiado.

—El problema no es ése. Es que me siento en la banca y parezco el padre de los que van a examinarse, y hasta del profesor, que quizá entró en la facultad cuando yo ya estaba en quinto... ¿Con qué moral me dejo yo examinar por un barbilampiño?

Juraba que iba a cambiar, que ya era tiempo de sentar la cabeza y de buscarse un porvenir. La sanguijuela que dirigía la academia le pagaba tan poco que sus ingresos no eran muy superiores a los míos, lo cual para Funes no dejaba de ser humillante, dado que yo estudiaba con una beca y era diez años más joven que él. Limpiaba su habitación, cambiaba las sábanas, vaciaba el cenicero de la mesa de noche, me pedía que escondiera la baraja de póquer donde él nunca pudiera encontrarla, se compraba un flexo nuevo, un archivador con muchos compartimentos y con etiquetas alfabéticas, para guardar los apuntes de cada una de las asignaturas que por fin iba a aprobar, dejaba de salir durante cuatro o cinco noches, y a la sexta yo volvía a las tres de la madrugada y al entrar en su cuarto me lo encontraba virtuosamente inclinado sobre la mesa, con el flexo nuevo encendido, con el archivador abierto, con varios cuadernos de apuntes ordenados de mayor a menor y dos o tres libros de consulta al alcance de la mano, con los naipes desplegados frente a él para un solitario...

—Pero Funes, por Dios.

—Tú tienes la culpa. No escondiste bien la baraja. ¿Cómo se dio la noche?

—Cómo iba a darse. Fatal.

—¿Y si lo intentáramos de nuevo?

Lo intentábamos, y la noche seguía dándose fatal. Era nuestro sino, el de Funes y el mío, y el de casi todos nuestros conocidos, aunque circulaban entonces rumores de camas redondas y politizadas orgías con chicas de extrema izquierda en las que no faltaban el ácido ni el hachís. Ahora creo que eran leyendas, tan insustanciales y dañinas como la de Eldorado o la del Hombre de las Nieves. Para nosotros, las noches fueron casi siempre de una bochornosa castidad, y se nos iban volviendo sórdidas y un poco canallas a medida que apurábamos cubalibres, que era nuestra bebida de entonces, y transitábamos de bar en bar por las calles de las copas, mirando a las mujeres con los ojos cada vez más hambrientos y ebrios, dejándonos llevar por esa vehemencia literaria que poníamos entonces en las borracheras, y que venía a acabar a las cinco y media o las seis, en el frío de la madrugada, cruzando la ciudad oscura y vacía camino de los bares que abrían más temprano: el Fútbol, en la plaza de Mariana Pineda; el Holandés, junto a la estación de autobuses, y el mejor de todos, el San Agustín, que también era el que antes abría, porque iban a él los barrenderos, los descargadores y los tratantes del mercado de abastos, así como algunos turbios señoritos juerguistas acompañados por putas y flamencos. Bebíamos café con leche para que nos calentara el desconsuelo del estómago y nos suavizara la garganta, y al salir a la calle tal vez ya se apuntaba el amanecer, y toda nuestra exaltación se había disipado, aunque no nuestra borrachera, con la que cargábamos camino de casa como con un fardo muy molesto que no nos fuera posible abandonar.

No tengo la menor nostalgia de entonces. La nuestra era una bohemia tonta y pobre, de cubalibre por litros, tabaco negro y pisos de alquiler con pósters de oficina de turismo y muebles de desecho suministrados por patronas rapaces. Funes y yo volvíamos tambaleándonos a nuestro piso y al día siguiente nos levantábamos a la una, con resaca, con los pulmones como aplastados por el exceso de tabaco y la boca pastosa por los cubalibres. Incluso llegamos a beber un combinado atroz que se llamaba Lumumba, y que estaba hecho de batido de chocolate y coñac Soberano... Dentro de aquella irrespirable provincia nosotros habitábamos en una provincia interior y todavía más claustrofóbica: la de los bares de bocadillos y las casas de comidas baratas, las academias nocturnas instaladas en pisos grandes y oscuros, las pensiones con cuartos sin ventanas y con candados en el teléfono y en el frigorífico.

Pero no he dicho toda la verdad. De algo sí tengo nostalgia. Los domingos, en invierno, en las mañanas frías y doradas de febrero, Funes se encerraba en la cocina y preparaba un guiso a la manera de su pueblo, cocido, o estofado de patatas y costillas de cerdo, o unas lentejas rubias de las que nunca faltaban en los paquetes que le mandaba su madre, opulenta viuda y tendera de ultramarinos. Invitábamos a unos cuantos amigos, bajábamos a comprar cervezas de litro y vino a granel y comíamos y bebíamos con una abundancia episcopal. Uno de aquellos domingos yo logré que fuera a comer con nosotros mi compañera Inma. Digamos que tenía un plan, y que Funes aceptó lealmente secundarme: él debía preparar el estofado, y marcharse cuando Inma llegara aduciendo un pretexto cualquiera, dejando así a mi disposición no sólo el excelente almuerzo y una botella prometedora de rioja, sino también todo el piso, que esa misma mañana habíamos estado limpiando con tal ímpetu por mi parte que hasta cambié las sábanas de mi cama. La coartada para la visita de Inma era el célebre estofado de Funes: al atractivo gastronómico yo pensaba añadir el literario, pues Inma llevaba tiempo pidiéndome que le mostrara algunas de las cosas que escribía. Nada más sugerente, después de comer, con el café, el cigarrillo, y un poco de coñac (acababan de pagarme uno de los plazos de la beca y yo había comprado, al mismo tiempo que el rioja, una botella de Carlos III), que sacar con aire un tanto misterioso la carpeta donde guardaba los cuatro o cinco relatos que tenía escritos entonces y darle alguno a leer, inclinándome sobre ella para compartir la lectura, aproximándome un poco más para recibir sus pruebas inevitables de emoción o entusiasmo, sobre todo cuando leyera aquel cuento audazmente erótico en el que con toda evidencia, aunque no sin imaginación, se la retrataba. ¿Pero sería mejor que leyera ella o que lo hiciese yo, en voz alta, administrando adecuadamente las entonaciones, las miradas, los silencios? ¿Y en qué momento pasaríamos con suavidad de la literatura a las caricias, si es que no nos quedábamos encallados toda la tarde en la primera, como ya me había pasado más de una vez, y no sólo con Inma?

Estábamos citados a la una y media. En esa época no se llevaban nada los signos de galantería masculina; es más, había que darles la vuelta, así que, en vez de recogerla yo o de esperarla en alguna parte, ella se presentó directamente en casa. Llegó a la una y treinta y un minutos, porque su puntualidad era tan implacable como su arte para copiar apuntes o como el modo en que apretaba los muslos aquella vez que se me fue la mano en el cine donde veíamos *Porcile*, de Pier Paolo Pasolini, en versión original con subtítulos. Desde antes de la una, cada vez más nervioso, yo había rondado sin sosiego por toda la casa, incordiando a Funes, que se atareaba en la cocina para preparar un guiso que él no comería, mirando debajo de las camas a ver si quedaban pelotitas de borra, examinando la limpieza del bidé y del retrete, examinándome a mí mismo, las botas embetunadas, la camisa impoluta, con las puntas del cuello de la camisa fuera del jersey, el aliento, la barba, porque también yo llevaba barba, era una pasión nacional, una pasión de izquierdas, y más aún entre los miembros de lo que se llamaban entonces *las fuerzas de la cultura*, fuerzas en las que yo, sin consultar con nadie, me incluía, en mi calidad no sólo de estudiante universitario, y además con beca, sino también, y sobre todo, de escritor, aunque no hubiera publicado ni un cuento ni un poema ni estrenado ninguna de las tres comedias vanguardistas y brechtianas que llevaba escritas hasta entonces. Pero se me va el hilo, estoy nervioso y parece que los dedos se me multiplican sobre el teclado con un desasosiego de fiebre, sólo dejo de escribir cuando oigo que sube el ascensor o que suenan pasos, pero en seguida me olvido de dónde estoy y por qué y sigo escribiendo a una velocidad casi idéntica a la de mi pensamiento, acordándome de Funes, de Juana Rosa, de Inma, de aquel domingo tal vez de 1976, o del 77, en que sonó al fondo del corredor oscuro del piso que compartíamos Funes y yo el zumbido del portero automático y a mí se me paró el corazón y me quedé tan atontado y cobarde que se me olvidó abrir, y tuvo Inma que llamar otra vez —porque desde luego era ella, y me pareció que en el tono en que sonaba de nuevo el portero automático notaba la ira de su voz—, y cuando por fin contesté y la oí decir su nombre abrí la puerta del piso y salí a esperarla al rellano, conmoviéndome otra vez cuando se puso en marcha el mecanismo del ascensor que en ese mismo momento la hacía subir hacia mí.

En nuestro recibidor había un espejo: volví a estudiarme en él mientras el ascensor subía, me olí el jersey, ahuequé las manos juntas y me las puse delante de la boca para olerme el aliento, olí el aroma del guiso que venía de la cocina disimulando los olores casi ancestrales del tabaco, de las sábanas sucias y del aceite de girasol refrito, y antes de que pudiera volverme vi en el mismo espejo en el que hacía gestos y ademanes ridículos a mi compañera de curso y casi novia Inma, justo en vísperas de convertirse en ex novia, recién salida del ascensor, severa y resplandeciente en la mezquina luz del rellano, y estaba a punto de hacerme ante ella la misma pregunta que venía haciéndome a solas todos los días —es decir, si me convenía besarla directamente en la boca o bien conservar la prudencia y darle los dos besos de costumbre en la cara— cuando descubrí que al lado y un poco más atrás de ella, la despiadada Inma, la desleal, la fraudulenta, por no emplear aquí otra palabra mucho más precisa, aunque también mucho más borde, había otra mujer sonriéndome con cara de vinagre, con una expresión íntima y descarada de burla, y de reproche al mismo tiempo, una mujer que se parecía mucho, con la cara ancha, el pelo negro y liso, el poncho, a una cantante sudamericana, a Mercedes Sosa o a Violeta Parra...

—Ésta es mi amiga Juana Rosa, te acuerdas que te hablé de ella, la que está en Medicina. Pensé que no os importaría que viniéramos las dos a comer.

Qué iba a importarme, dije, inclinándome para besar a Juana Rosa, inclinándome mucho, ésa es la verdad, porque si bien no pretendo sugerir que sea enana, no creo que mida mucho más de uno cincuenta. Inma había apartado los labios justo en el momento en que yo iba a besárselos, de modo que los míos se entreabrieron estúpidamente en el aire, y me sentí tan humillado, tan desolado, tan perdido, que me faltó poco para echarme a llorar allí mismo, en el pasillo largo y oscuro de mi piso de estudiantes, con su olor a sábanas y a aceite de girasol borrado ahora por el olor del guiso que culminaba Funes en la cocina y por el perfume de Inma, cuya estela seguí, como la de un barco que me dejara atrás mientras me ahogaba, para guiarlas hacia el salón, preguntarles si querían tomar algo, fijarme en la falda y en las botas de Juana Rosa, entrar en la cocina y rogarle desesperadamente a Funes que no me dejara solo, que por lo que más quisiera se quedara a comer con nosotros, porque si él se iba no seríamos dos, sino tres, y además, sonreí, la chica que venía con Inma no estaba nada mal, y quién sabe, a lo mejor él, Funes, podía levantar un plan esa tarde y romper así una temporada muy larga de castidades cenobíticas, suavizadas tan sólo por la contemplación de aquellas revistas que empezaron a proliferar por entonces y que, según descubrí una tarde sin que él lo supiera, Funes coleccionaba en secreto. (Sí, también de eso lo salvó Juana Rosa, no sólo de la bohemia, no sólo del alcohol, no sólo de los trabajos humillantes: también del onanismo y la pornografía, incluso de la consideración de la mujer como mero objeto sexual.)

Salí con él de la cocina para presentarle a las chicas. Me acuerdo de la escena como si la estuviera viendo ahora mismo, tan exactamente como me acuerdo de Juana Rosa y de Funes parados ayer junto al semáforo. El salón sombrío, con el aparador ruinoso que debió formar parte de la dote de nuestra patrona, un póster de la Pasionaria y otro de Genovés no enmarcados, sino pegados sobre el papel de las paredes con fixo, la estantería de formica, tipo multimueble, como nos había dicho el sinvergüenza de la agencia cuando nos enseñaba el piso, con los libros de Funes y los míos y nuestras carpetas de apuntes, la mesita aerodinámica que merecía llevar diez años en la basura, con los periódicos, las revistas y los ceniceros encima de ella (periódicos y revistas seleccionados y ordenados para lograr un buen efecto: ceniceros limpios por primera vez en varios meses), situada frente a un televisor arqueológico, el sofá con tapicería y cojines imitación piel —también eso nos lo dijo el tipo de la agencia— donde estaban ahora sentadas Inma y su amiga Juana Rosa, que no se levantaron para saludar a Funes ni parecieron agradecer con demasiado entusiasmo las cervezas y los platitos de maní que les ofrecíamos ni el estofado grandioso que entre los dos les servimos unos minutos más tarde en nuestra vajilla duralex de color caramelo, que es el color, no sé por qué, que tienen siempre las vajillas en los pisos y en los apartamentos alquilados con muebles, un color de comidas a solas, de divorcio reciente, de latas de alubias en conserva calentadas al baño María.

Pero ya estaba yéndoseme otra vez el hilo: así empezó todo. Aunque también puedo decir: así fue como todo terminó. Durante la comida, Inma estuvo como ausente. Días antes me había dicho que estaba teniendo graves problemas de relación con su padre. Era de esas mujeres que hacen gravitar sobre sí mismas los problemas del mundo, y que se los muestran como un tocado de plumas o estigmas de martirio a los hombres interesados en ellas, no sé si para disuadirlos mediante la sugerencia de que ellos, los hombres, y su masculino interés, son poca cosa comparados con la gravedad de las dificultades a las que ellas se enfrentan. A una mujer que estaba tan triste, ¿no era una canallada o una frivolidad imperdonable leerle un relato con el único fin de aprovecharse carnalmente de la temperatura emocional provocada por las palabras escritas? En cuanto a Juana Rosa, se dedicó a manifestar su antipatía con una contumacia que acabó resultando monótona, pero que a Funes no pareció molestarle. Juana Rosa hablaba de sus estudios y de su trabajo futuro como acusando a los demás de no compartir su vocación y de entregarse vergonzosamente al hedonismo. Estaba terminando Medicina, y cuando Funes apuntó que ser médico era un chollo, que se forraba uno poniendo una consulta, ella, que estaba masticando meticulosamente y lo miraba muy fija, se extrajo de la boca un hueso, bebió un sorbo de agua (no, no bebía vino, no le costó nada salvar a Funes del alcohol) y sin apartar las pupilas de él le dijo que no la insultara, y que si uno no sabe de lo que habla hace mejor callándose, porque ella, a diferencia de la mayor parte de sus compañeros, y también de tanta gente que disfruta de los privilegios sociales mientras finge combatirlos (y aquí también me incluyó a mí en la mirada), había elegido la carrera de Medicina con la finalidad exclusiva de luchar por un mundo mejor, y apenas obtuviera la licenciatura se iría a ejercer a Angola o a Cuba, o incluso a Bangladesh, o a alguna de las peores barriadas periféricas de nuestra misma ciudad.

Yo creo que Funes se disculpó tartamudeando, y que la ira de Juana Rosa durante mucho rato nos redujo a todos al silencio. Yo miraba mi plato, nos oía masticar, chupar, sorber, y me preguntaba con desesperación qué diríamos, qué haríamos después, cómo podríamos mantener una conversación razonable, adónde podríamos ir sin que Juana Rosa nos acusara de burgueses, de colaboracionistas, de machistas, de proxenetas. Aquella tarde, ya lo he dicho, todo terminó: mientras tomábamos café (Juana Rosa descafeinado, porque decía padecer del corazón), Inma estaba contándome alguna cosa trivial sobre un examen al que íbamos a presentarnos unos días después y yo me di cuenta, sin remisión y sin motivo, de que nunca se acostaría conmigo. A las seis, secretamente exasperados los cuatro, supongo, por la inhumana duración de la sobremesa y del atardecer nublado de domingo, nos fuimos al cine, y para más desgracia no pudimos entrar, porque ponían *La naranja mecánica,* que acababa de estrenarse en España, y no quedaba ni una entrada. ¿Hay en la vida muchas cosas peores que ésta, muchos horrores menos confesados, ir al cine un domingo por la tarde para escapar del tedio y del abatimiento y no encontrar entradas, y tener que seguir en la calle, manteniendo una conversación, buscando una cafetería donde tomar algo, una cafetería con tubos fluorescentes y hedor a margarina quemada donde habrá matrimonios mayores y camareros que escuchen en la radio los resultados del fútbol y los anuncios de coñac?

Aquella noche, cuando volvíamos a casa —temprano, hacia las once, extenuados por el aburrimiento, por las profundidades prácticamente insondables de la decepción—, Funes, más serio que de costumbre, me dijo que a veces se avergonzaba mucho de vivir como un gandul, en el fondo como un señorito. Pero Funes, por Dios, le contesté, qué señorito vas a ser tú, si estás, igual que yo, al borde de la mendicidad, si vives en un piso alquilado que sólo les resulta confortable a las cucarachas, si estás más explotado en esa academia esclavista que un conductor de *ricksaw*, o como quiera que se llamen esos carritos chinos de alquiler... Tú tienes veinte años, dijo, como si no me oyera, pero yo ya paso de los treinta, y mírame, ni he terminado la carrera, qué vergüenza.

No me inquieté todavía: esas quejas contra sí mismo eran muy frecuentes en él, y las solía acentuar la resaca. Al día siguiente, lunes, yo me levanté a las once, demasiado tarde para ir a clase, y cuando arrastraba los pies por el pasillo hacia la habitación de Funes con la idea de tocarle diana descubrí con sorpresa que ya estaba levantado. Había hecho su cama y estudiaba unos apuntes con una taza de café negro en una mano y un rotulador rojo en la otra, para subrayar. ¡Había empezado a subrayar los apuntes, como esos individuos que subrayan las frases más brillantes de los libros con la finalidad, supongo, de que si alguien más los lee se quede admirado de su inteligencia! Cambió muy bruscamente, pero hacemos tan poco caso a las personas que viven con nosotros y de las que creemos saberlo todo, que yo no lo noté. Tardó más de dos semanas en confesarme que estaba enamorado de Juana Rosa, y puede que hubiera tardado más si yo, contra mi voluntad, no los hubiera sorprendido. Un día me quedé sin dinero y tan sin esperanza de practicarle a nadie un sablazo que gasté mis últimas doscientas pesetas en un billete para el coche de línea de mi pueblo. Estuve allí una semana, reponiéndome de la escasez y de la insalubre penuria de mi vida de estudiante, que según algunos me dejaría al cabo de los años imborrables recuerdos, conseguí que mi padre me diera dos o tres mil pesetas, que si me administraba bien me llegarían hasta que cobrara el siguiente plazo de la beca, y el sábado por la tarde volví a Granada, trayendo en mi bolsa de viaje una reserva sustancial de embutidos y un cuaderno donde había escrito casi tres páginas de una posible novela. Fui a abrir la puerta del piso y no pude: el cerrojo estaba echado. Llamé al timbre varias veces, y hasta me pareció que oía voces, pasos, ruido de puertas, pero nadie me abrió. Llamé a Funes: nadie contestaba. Bajé al bar de la esquina y me tomé un café con leche, pensando con envidia y con algo de irritación que Funes había ligado en mi ausencia, rompiendo así un maleficio de castidad que según él lo perseguía desde seis meses antes de la muerte de Franco. Distraje el café con leche durante más de una hora: incluso, a imitación de lo que yo pensaba entonces que hacían los escritores, saqué mi cuaderno y mi bolígrafo y me puse a escribir sentado en una de las mesas de aluminio del bar, junto a la cristalera donde había empezado a hacerse de noche, posición que me permitía no sólo una actitud entre literaria y cinematográfica (el bar iluminado en una esquina de la plaza, en la noche de invierno, el hombre joven, barbudo y meditabundo que se inclinaba sobre unas cuartillas), sino también una segura vigilancia de mi portal, de modo que si Funes se deslizaba culpablemente hacia la calle en compañía de su fugaz pareja —esta palabra también empezaba a usarse entonces— no existía la menor posibilidad de que yo no lo sorprendiera.

Confieso que tenía la canallesca esperanza de que por culpa de la *ejaculatio praecox* de Funes —tan disculpable al cabo de varios años de castidad— mi espera y mi vigilancia no durarían mucho. A las nueve de la noche, muerto de aburrimiento y de hambre, pues me daba escrúpulo recurrir en público para satisfacerla a las provisiones que traía de mi casa, decidí que iba a subir al piso, y que si aún estaba echado el cerrojo no dejaría de pulsar el timbre ni de golpear la puerta hasta que Funes me abriera. No tuve que hacerlo: la llave giró en la cerradura con una docilidad desconcertante, y por el largo pasillo, tan desapacible y oscuro que lo llamábamos el Transiberiano, llegó hasta mí una música armoniosa y un delicado olor a condimentos. Intuía amargamente que estaba irrumpiendo en la felicidad de otros, y que con cualquier hombre, salvo conmigo, se acostaban las mujeres. La música resultó ser de Tchaikowsky, compositor muy célebre en aquellos años gracias a una vomitiva película de Ken Russell en la que más o menos se le presentaba como protomártir de la liberación gay: ¡en mi propia casa, en la casa de Funes, yo tenía que oír *El Cascanueces*! En cuanto al olor a condimentos, procedía de un guiso en el que Funes se atareaba cuando yo entré, aunque con un grado de concentración tan excesivo que me pareció ficticio, tan irreal como la limpieza casi de anuncio televisivo de detergente que resplandecía en la cocina. A Funes sólo le faltaba llevar un gorro alto y cantar una romanza de zarzuela, pero al verme se puso tan serio como si lo hubieran sorprendido cometiendo un delito del que sólo él era consciente.

—Vaya, qué sorpresa.

—Sorpresa la mía, que llevo tres horas de plantón en el bar San Isidro.

—¿Te quedas a cenar? Estoy haciendo calamares rellenos...

Era increíble: mi amigo del alma, mi compañero de fatigas, de hambre, de infortunio y de piso me preguntaba si iba a quedarme a cenar más o menos en el mismo tono en que se le pregunta al huésped irregular de una pensión. Había cambiado en tan pocos días, le había cambiado la voz, ahora era más baja y más suave, y para mayor vergüenza no se atrevía a sostenerme la mirada. Digno, casi cruel, abrí mi bolsa de viaje y dispuse sobre la mesa de la cocina, como un fiscal que amontona pruebas materiales delante de un juez, todos los embutidos y las salazones que traía de mi pueblo. Hecho esto me di la vuelta, entré en mi cuarto, dejé allí mi bolsa y mi abrigo y, cuando volví al salón con el propósito casi homicida de interrumpir por cualquier medio la música de Tchaikowsky —ya estaba levantando el brazo del tocadiscos, pero igual podía estar arrancando los cables del enchufe—, Juana Rosa surgió como una aparición en el umbral, calzando unas pantuflas viejas de Funes, con una toalla húmeda alrededor de la cabeza.

—¿Qué pasa, que no te gusta la música clásica?

—Digo que si me gusta, es que iba a poner el disco desde el principio.

En ese momento comprendí para siempre por qué Funes rehuía mis ojos: porque se avergonzaba de acostarse con una mujer tan irremediablemente fea. Sin el auxilio del pelo, que ayuda tanto a definir o a disimular una cara, con la toalla recogida alrededor de la cabeza como un turbante, Juana Rosa apareció ante mí en toda su fealdad. Y los tobillos, Dios mío, los tobillos venosos en las anchas pantuflas de Funes, y la vieja bata de cuadros que él solía ponerse, y que a Juana Rosa le llegaba más abajo de las rodillas, pero no tanto que no mostrara una parte muy blanca, musculosa y algo peluda de sus piernas, con esa blancura de un cuerpo recién salido de la ducha, reblandecido por el vapor caliente. Había algo de gris en su cara, en toda su piel, y también en la expresión de sus ojos, algo que la hacía refractaria a todo azar y a todo entusiasmo, y yo creo, y no lo digo para disculparme, que era precisamente en eso en lo que residía su fealdad. Hay mujeres feas, lo mismo que hay hombres feos y niños y perros y gatos feos, pero con la excepción de ciertas variedades monstruosas es posible que casi todo el mundo, hombres, mujeres, niños y perros, pueda llegar a resultar atractivo: basta que nos quieran durante unos minutos para que nos volvamos hermosos. Pero hay personas, hay hombres, mujeres, niños, perros, incluso edificios y ciudades enteras, hasta países, que por algún motivo rechazan ferozmente la posibilidad de la belleza y del ofrecimiento casual o gratuito de la ternura, y en consecuencia son feos, de una fealdad irreparable, de una fealdad sin misericordia, refractaria a todo, al amor, a la higiene, a la prosperidad, de una fealdad medular, vengativa, vigilante, perversa. Bien, tal vez estoy abusando de los adjetivos, pero sólo intento describir el aspecto que tenía Juana Rosa aquella noche del sábado, en el comedor de mi piso, ya casi ex piso, mientras se extendía en el aire el aroma de los calamares rellenos que preparaba Funes únicamente para ella —yo empezaba a ser poco más que un huésped— y sonaba en los altavoces del tocadiscos —mi tocadiscos, dicho sea de paso, contribución mía al domicilio común, y muy poco después al de Juana Rosa— la repugnante dulzura de un vals de Tchaikowsky. ¿Ponían el disco cada vez que se iban a la cama, lo escuchaban como un himno de su recién nacido amor, de su insultante felicidad sexual, se emocionaban, cada uno por su cuenta, al escucharlo a solas, iban a un concierto sinfónico o, peor aún, a un espectáculo de ballet, y cuando sonaban las notas que tantos entrañables recuerdos les traían se buscaban instintivamente las manos y se las estrechaban en la oscuridad?

La mirada de Juana Rosa no fue de disculpa, por supuesto, sino de desafío. Era yo quien estaba de sobra en mi propia casa, en el piso cuyo alquiler pagaba entero casi todos los meses, porque a mi amigo Funes muy pocas veces le llegaba el sueldo de la academia, y otras veces ni lo recibía en efectivo, dado el embargo al que lo sometía el usurero del dueño para cobrarse, con intereses demenciales, los adelantos que ya le tenía concedidos. No, no se sintió intimidada, no me dijo hola o buenas noches en voz baja, incómoda, nerviosa, porque al fin y al cabo se encontraba en la casa de otro, prácticamente un desconocido, yo, que por delicadeza, y por no armar un escándalo de timbrazos, me había marchado a la calle con mi bolsa de viaje en vez de ejercer el derecho a disfrutar de mi propio domicilio. No se sintió intimidada, ni siquiera con la toalla alrededor de la cabeza, el batín mugriento y las zapatillas a cuadros de Funes: quien se sintió intimidado fui yo... Por decir algo le pedí noticias de Inma. Sonrió como si hubiera estado esperando la pregunta para someterme a un escarnio mayor.

—Ya casi no la veo. Le va de puta madre con Juan Carlos.

De puta madre. Juan Carlos. Para quien no recuerde o no haya vivido aquellos tiempos debo decir que en esas pocas palabras estaba contenido un mensaje cuya totalidad era humillante para mí. Semiótica le decían a eso, creo. *De puta madre* significaba, en primer lugar, que Juana Rosa era una mujer sin prejuicios verbales, y mucho menos sexuales, a diferencia ostensiblemente de mí, que no sabía portarme con naturalidad ante una mujer que acababa de acostarse con mi mejor amigo; en segundo lugar, *de puta madre* también quería decir que Inma, a pesar no sólo de su actitud tan prudente hacia mí, sino también de su nombre, era capaz de entregarse carnalmente con la misma liberalidad que ella, Juana Rosa, a condición de que el beneficiario de la entrega no fuese yo. En cuanto a Juan Carlos, en aquella época yo era demasiado joven para saber la luctuosa importancia que tendrían los nombres propios de varón a lo largo de mi vida. Las mujeres a las que me aproximaba no me decían que estaban casadas, o que tenían novio, o que carecían del más mínimo interés en mí. Se limitaban a pronunciar un nombre propio. Al principio yo no me daba cuenta, y persistía. Luego aprendí del fracaso: estaba con una mujer, le había pagado una cena, en general carísima, la había llevado a tomar una copa, me había sentado no frente a ella, sino a su lado, en una penumbra conveniente, con la adecuada —y compartida— dosis de alcoholismo. Y justo en ese momento ella decía un nombre propio, no precedido o continuado por una explicación (mi marido, mi novio, el chico con el que estoy saliendo). No: sólo decían, como casualmente, mientras levantaban la copa o dejaban que yo les encendiera el cigarrillo, decían: «Paco piensa», o «va a venir Luis María», o «como dice Juan Carlos», y yo sabía que ya estaba perdido, y que lo había estado desde el principio, porque Paco, o Luis María, o Juan Carlos eran los miserables individuos en los que ellas estaban interesadas, y yo era, como mucho, un amigo, que es lo más humillante que se puede ser, o *ese pesado del que te hablé el otro día,* pesado cuya solicitud, aunque indeseada, no deja de halagarlas, y gracias al cual ellas pueden sincerarse sin el menor peligro con el individuo al que prefieren o dicen preferir, ofreciéndoselo como en un sacrificio casi gratuito de fidelidad.

Si no fuera por el ordenador portátil no escribiría tantas cosas. La informática modifica el estilo: yo era un escritor lacónico cuando utilizaba mi antigua máquina de escribir, y más aún cuando escribía a mano. Ahora los dedos se me van más rápidamente todavía que los recuerdos, no sé si por culpa del insomnio, o del miedo, o de los botellines de whisky que hay en el minibar de mi habitación, y que muy pronto habré agotado. Pero escribir es una suma de tenacidades y de actos reflejos: cuando se me acabe el whisky llenaré la copa de zumo, o de coñac, o de agua del grifo, y el resultado será el mismo. Se trata de llevarse a los labios el filo curvado de un vaso, de alargar la mano mientras los ojos permanecen fijos en el monitor y encontrar un tacto frío de vidrio en las puntas de los dedos, que así pulsarán luego más ágilmente, más ávidamente todavía las letras y mandos del teclado y atraparán con una rapidez aún más hipnótica palabras que no estoy seguro de escribir yo y recuerdos a los que no había vuelto en muchos años, imágenes súbitas más bien, como instantáneas antiguas de una Polaroid: Juana Rosa envuelta en la bata a cuadros marrones y Funes, con su impoluto mandil de cocinero, apareciendo en seguida tras ella, no sé si para protegerla de una posible agresión mía o para mostrarme cuanto antes su dicha, porque la abrazó por detrás y hasta le dio un beso en el cuello, beso que Juana Rosa recibió mirándome con toda frialdad, como si me dijera: «Ya ves la posición que he adquirido en esta casa durante tu ausencia.»

Me marché tres semanas más tarde. Cegado por la estupidez del amor, Funes pareció no comprender los motivos por los que me iba, si bien tampoco puede decirse que se esforzara mucho en convencerme de que me quedara. En los últimos días la situación en el piso se había enrarecido hasta un extremo irrespirable, agravado por el hecho de que Funes intentaba mostrarse particularmente simpático conmigo, como queriendo hacerme partícipe de su nueva vida, de sus récords sexuales, de una amistad que no cambiaría nunca por mucho que cambiaran las circunstancias. Cambiaron muy suavemente, pero a toda velocidad: Juana Rosa se instaló en el piso, y no sólo en el dormitorio de Funes, sino también en el comedor, que empezó a utilizar como cuarto de estudio, de modo que yo me vi gradualmente confinado a mi habitación, de donde no salía sino para ir al baño, ocupado por ella en los momentos menos previsibles del día, porque a pesar de su aspecto nada limpio Juana Rosa se pasaba horas en la bañera, algunas veces acompañada por Funes, con el consiguiente ruido de oleajes y jadeos que yo no tenía más remedio que oír, ya que el cuarto de baño era contiguo a mi frágil refugio.

Me mudé a una habitación que me alquilaron en una casa particular, lejos del centro, en un barrio nuevo y espacioso, de clase trabajadora, que muy pocos años después sería envenenado y prácticamente arrasado por el tráfico de heroína. Casi dejé de ver a Funes y a Juana Rosa, y mi amor por Inma fue lentamente declinando mientras acababa el curso, gracias en parte a una chica pelirroja y pecosa a la que vi en el rellano de mi nueva casa el día en que me mudaba y resultó ser hija de los dueños. No quiero decir que me acostara con ella: puede que de todos los miembros masculinos de aquella generación yo fuera milagrosamente el único que no recibió ni el más mínimo beneficio o residuo de aquella revolución sexual que al parecer estaba sucediendo, y por la que yo pasé como Fabricio del Dongo por la batalla de Waterloo, sin enterarme de nada. Quiero decir, estrictamente, que la hija de los dueños me gustaba mucho, y que como en esa época yo estaba leyendo a Proust solía compararla con Gilberte Swann, y me ponía colorado cada vez que nos cruzábamos en el pasillo, y más de una noche, a las cuatro de la madrugada, después de leer cien páginas de Proust, apagaba la luz y empezaba a pensar involuntariamente en ella, y el recuerdo de Inma se me desvanecía, y hasta el de Gilberte Swann... No, a mí no me salvaba nadie entonces de la pobreza, de la literatura ni del onanismo, tres aflicciones en las que puedo honradamente reconocer que se basaba mi vida.

Pero sin darme cuenta he ido demasiado lejos y ahora debo apresurarme a volver. ¿No habrán cambiado las formas de recordar de la gente, y sobre todo de los escritores, por influencia de los *flashbacks* de las películas? Me he distraído mucho en el camino y me convendría encontrar un atajo, no sólo por economía narrativa, sino porque es muy probable que el tiempo del que todavía dispongo no sea ilimitado. Funes me lo advirtió mientras me hincaba las uñas en la palma de la mano antes de urgirme a que saliera huyendo: *Lo saben todo, no hay manera de escaparse de ellos,* y luego se corrigió, moribundo, horrorizado infinitamente de sí mismo: escapar de nosotros. A medida que nos hacemos mayores parece que el tiempo discurre a más velocidad y que es mucho más fácil resumirlo. A principios de julio de aquel año —era el setenta y siete, ahora me acuerdo, acababan de celebrarse las primeras elecciones libres—, ya recogida la última papeleta de examen, ya terminada la carrera, con un porvenir temible delante de mí (el ejército y el paro eran mis únicas expectativas), volví a mi antiguo piso para despedirme de Funes y recuperar mi tocadiscos, que por un escrúpulo de delicadeza no me había llevado cuando me mudé. Ni me despedí de Funes ni recuperé el tocadiscos. En el comedor, donde ahora había diversas macetas, un tapiz de lana de vicuña o de llama y un póster de Virginia Woolf, Juana Rosa, con unas gafas muy grandes, estaba sumergida en un volumen de *Medicina tropical* y en la *Sinfonía Patética*, de Tchaikowsky. Tan ordenado, tan limpio, el piso parecía aún más menesteroso, de una mezquina pobreza conyugal. Me armé de valor para preguntarle a Juana Rosa dónde estaba Funes, arriesgándome a la culpabilidad de distraerla momentáneamente de su entrega vocacional al Tercer Mundo y al sinfonismo eslavo.

—Examinándose. Aunque no os lo creáis, entre junio y septiembre terminará la carrera.

El plural me llamó la atención: ¿se refería a la vergonzosa incredulidad de los amigos de Funes o a la de la especie humana en general? Manifesté por la noticia un entusiasmo más bien abyecto que Juana Rosa velozmente interrumpió, depositando las gafas sobre el gran volumen abierto, pero mirándome, no sé por qué, como si todavía las llevara puestas: lo que Funes necesitaba, dijo, no era que lo felicitaran, sino que creyeran en él. Estaba claro que sólo ella creía, que era la Vestal de la Fe en la redención académica de Funes. Le pregunté cuánto tardaría: esto no es un colegio, declaró Juana Rosa, él es libre de volver cuando quiera, y puede que esta noche, si le ha salido bien el examen, se quede a tomar unas copas por ahí, aunque ya prácticamente no bebe, por lo menos como antes, cuando vivía contigo. No estaban atados el uno al otro, insistió, no estaban esposados, y al decir esto último sonrió ante la agudeza del juego de palabras, y como la *Patética* había terminado, con sus lujosas ordinarieces de hipermercado musical, me dio la espalda para poner ahora un disco de Mahler: sí, ella y Funes acababan de ver *Muerte en Venecia*, y mira qué casualidad, en el cine coincidieron con Inma y Juan Carlos. Pasa el tiempo y hay nombres que le siguen sonando a uno como cuchilladas, incluso cuando el sufrimiento y el amor ya se han extinguido, incluso cuando en realidad no hubo ni tanto amor ni tanto sufrimiento.

No dije nada más, no tuve valor para pedirle a Juana Rosa que interrumpiera aquella música sublime, dado que el tocadiscos era mío, y que iba a llevármelo. Me marché de allí, en un anochecer fresco y perfumado de finales de junio, uno de esos anocheceres de verano en los que uno camina por la ciudad como si cruzara el Paraíso, *al fresco del jardín*, como dice el Génesis que se paseaba Dios, y no volví a ver a Juana Rosa y a Funes en los diez años siguientes. Estuve en el Ejército, donde a pesar de mi carrera universitaria no superé la graduación de soldado de segunda, categoría que en los formularios oficiales ocupaba justo la frontera entre la especie humana y el reino animal, dado que por debajo de ella sólo estaban situados los mulos del regimiento. Considerándome un inútil congénito para el manejo de las armas y para cualquier otro tipo de actividad militar, ya fuera el salto del potro, el toque de la corneta o la instrucción, en la que siempre perdía el paso, o se me caía al suelo el fusil, mis superiores me asignaron el puesto de oficinista, en el que pude mostrarles la única habilidad física que poseo, la de escribir a máquina con los diez dedos y sin mirar al teclado. En aquella arcadia de las oficinas militares, donde la negligencia y la pereza, virtudes para las que siempre estuve muy dotado, alcanzaban extremos de insuperable perfección, escribí a ratos perdidos y a lo largo de un año una novela policial tan culta que el detective era un crítico de arte, y el asesino un pintor frustrado que convertía cada crimen en un *environment*, como empezaban a decir entonces los vanguardistas catalanes, tan adictos siempre al inglés: una víctima, por ejemplo, aparecía en la bañera, con un brazo caído hacia el suelo y sosteniendo en la mano una hoja de papel; el detective descubría que el asesino había representado *La muerte de Marat*. Ahora me avergüenzo de haber tramado y escrito esa tontería esteticista, pero lo cierto es que gracias a ella me distraje mucho, se me hizo relativamente más breve la mili y obtuve la satisfacción modesta, pero definitiva, de haber terminado algo, bueno o malo, corto o largo, original o copiado, da lo mismo.

Para que escribir deje de ser un sueño adolescente llega un momento en que uno debe convertir el sueño en un oficio, y en los oficios no hay gloria comparable a la de la terminación. El genio puede cansarse de una obra y dejarla inacabada, tan irresponsablemente como el niño se deja a la mitad un dibujo que le entusiasmaba hace unos minutos o se olvida de un juguete que pataleó por conseguir. El artesano perseverante no deja nada sin terminar, porque él no tiene, ni tampoco ambiciona, la disculpa del genio, y porque para él lo inacabado es siempre una prueba de incompetencia o deshonestidad. A lo que iba: terminé una novela —neciamente titulada *Tratado de la pintura*—, la presenté a varios concursos de segunda importancia y de ámbito regional o provincial, en la creencia, siempre falsa, de que en ellos un novel tendría más posibilidades, y al final de la mili no había ganado ni uno solo de aquellos concursos ni alcanzado siquiera la muy humilde graduación de cabo.

Volví a Granada, recién licenciado, con el pelo todavía cortado a la manera del cuartel, sin un céntimo, sin más expectativa que la de encerrarme a preparar unas oposiciones en las que sería muy difícil que ganara una plaza, porque éramos miles los aspirantes a cada una de ellas. En un bar alguien me habló de Funes: se había casado con Juana Rosa, por lo civil, desde luego, y no en los juzgados de la capital, sino en una aldea alpujarreña, en la que es probable que, para satisfacción de Juana Rosa, el juez de paz llevara abarcas manchadas de estiércol y un mono azul de tractorista. Ahora vivían en una de las zonas más remotas y despobladas de la provincia, hacia los páramos del noroeste, que en invierno no son mucho más hospitalarios que el desierto del Gobi. Una mañana fui a tomar café al bar San Isidro, donde tantos cafés y cañas y vasos de vino y copas de coñac había compartido con Funes, y al mirar hacia el portal de nuestra antigua casa tras las cristaleras se me rompió el corazón. Añoré la amistad, que ya no recuperaría, percibí el paso del tiempo como una injuria prematura y absurda, porque al fin y al cabo iba a cumplir veinticinco años, me sentí perdido y vulnerable en el mundo, sin dinero, sin porvenir, sin nombre, sin aquella ficción de estabilidad y ordenados propósitos que me había permitido la carrera. También el dueño del San Isidro me habló de Funes: él y su señora estuvieron saludándolo unas semanas antes; él ya era abogado, y con un puesto muy bueno en un pueblo, que es donde se gana dinero, y ella médica, o doctora, pero seguían igual que siempre, con la misma sencillez, con la misma pinta, dijo el dueño, casi emocionado, vamos, como usted o como yo. No quiso cobrarme luego el café con leche: gracias a eso pude comprar cigarrillos aquel día.

Anduve dando tumbos una temporada, durmiendo en casas de amigos, ganando algo de dinero gracias a mis conocidas habilidades mecanográficas. Coloqué unos cuantos artículos en el periódico local. Me hicieron un contrato de seis meses como auxiliar administrativo en una compañía de seguros médicos. Era verdad lo que me había dicho mi padre: escribiendo a máquina uno siempre se abre paso en el mundo. Alquilé un apartamento. Por primera vez vivía completamente solo. Me hicieron fijo en la oficina. Me enamoré de manera rutinaria unas cuantas veces, más que nada por culpa de ese instinto que me empuja a estar enamorado desde que tenía siete u ocho años. Reescribí mi novela: inesperadamente gané con ella el premio de narrativa que convocaba un ayuntamiento de Castilla-La Mancha. No era un premio, la verdad, que tuviera mucha difusión, y es posible que los dos mil ejemplares impresos de mi novela aún sigan almacenados en los sótanos del mecenazgo manchego, pero a pesar de todo me entrevistaron en un periódico de Ciudad Real y en un programa de Radio Granada donde trabajaba un amigo mío, y recibí unos cuantos telegramas de felicitación. Ninguno era de Funes. Pensé con amargura y un poco de piedad que a aquel pueblo donde él y Juana Rosa vivían era difícil que llegaran las noticias culturales. Ese premio me lo dieron en el 84: en el 86 publiqué otra novela, y ésta sí que tuvo dos o tres reseñas en los periódicos nacionales y me permitió ganar algún prestigio y un poco de dinero, casi el equivalente a dos meses de mi sueldo de mecanógrafo en la agencia de seguros médicos. Yo era ya un escritor porque los demás habían decidido que lo era, y cuando digo los demás me refiero, por supuesto, a diez o doce personas: un editor, unos cuantos críticos, algún compañero de trabajo («Anda, tú que eres escritor, relléname este impreso»), algún lector angélico que me enviaba una carta, algún organizador de actos culturales que me invitaba a una mesa redonda sobre la narrativa de los años ochenta. En los angostos límites, en el minifundismo literario de mi celebridad, yo me volvía secretamente vanidoso. Por las mañanas, en la media hora del café, hojeaba los suplementos de libros de los periódicos con la angustiosa esperanza de que apareciera en ellos mi foto o se mencionara mi nombre.

Casi nunca ocurría. En otros tiempos había estado seguro de que las mujeres que a mí me gustaban tendían a enamorarse de otros: tal vez la fama, el prestigio, la crítica, se comportaban conmigo igual de esquivamente. Una mañana compré el periódico nada más bajar de la oficina y en la primera página por donde abrí estaba mi foto. Da mucha vergüenza contar estas cosas, pero a estas alturas también me da lo mismo. Escribo para distraer el terror. Escribo porque es la única manera de que cualquier ruido de los que suenan en el pasillo o vienen de la calle no se me vuelvan amenazadores. Comprendo que voy retrasando el final de esta confesión no sólo porque a medida que vaya acercándome a él tendré que contar unos cuantos hechos atroces, sino porque el simple acto del final ya es un augurio, y porque me parece como si el hecho de escribir sin interrupción me garantizara la vida. Los dedos se mueven igual que late el corazón y que el aire inunda los pulmones y vuelve luego a salir de ellos. Ya no me levanto a buscar agua ni whisky, ya ni siquiera aparto los ojos de la pantalla de cristal líquido, con sus tornasoles de azul claro y violeta profundo. Dejé hace tiempo de fumar, así que al menos descarto la angustia suplementaria de que se acaben los cigarrillos. Pero me olvido de por dónde iba. Pulso una flecha vertical y las líneas fosforescentes de palabras huyen hacia abajo: la tonta vanidad, la inconfesable soberbia de ver mi cara en el periódico, la avidez con que leí lo que un crítico escribía sobre mi libro. Sin ver a nadie entré en la cafetería y seguí leyendo mientras me ponían el desayuno. Era una crítica aceptable: tibia, algo clemente, casi perdonavidas, llena de afectuosos consejos. ¡Y hasta el más incorruptible de los literatos es capaz de vender su alma por esas nimiedades, y de amargarse o exaltarse por ellas, y de creer que tienen una grandiosa importancia en el equilibrio del mundo! Cerré el periódico, menos contento que invadido por ese alivio vil del que ha logrado escapar a un castigo. Cerré el periódico, eché el terrón de azúcar en mi café con leche y a mi lado estaba Funes.

Sin mucha desenvoltura nos dimos un abrazo: yo primero extendí la mano, y él, que ya tenía los brazos abiertos, los bajó para estrechármela, pero en ese momento, reanimado por su primera actitud, yo la imité, así que el abrazo no llegó a serlo del todo, casi tan fallido como el apretón de manos. Hicimos un cálculo del tiempo que llevábamos sin vernos. ¿Nueve, diez años? Parecía mentira lo rápida que se pasaba la vida. Funes envidió que yo no tuviera canas todavía: yo que él conservara todo el pelo. Era asesor legal de una cooperativa campesina en aquel norte lejano de la provincia; Juana Rosa dirigía el centro de salud. Por descontado, lo mismo el centro de salud que la cooperativa campesina eran iniciativas pertinaces y heroicas de Juana Rosa. No, no tenían hijos. Se lo habían planteado así desde el principio, me explicó seriamente: noté el anacronismo de Funes no sólo en su indumentaria y en su barba, sino también en que él seguía planteándose las cosas. En ese verbo, plantear, y en su monstruoso sustantivo planteamiento, se resume al menos la mitad de nuestra patética cultura de izquierdas en los años setenta. Uno se planteaba no tener hijos y no los tenía. Uno se hacía un planteamiento de pareja abierta con su compañera y el primer listo que rondara por allí se planteaba levantársela a uno y no había protesta posible, dado que los celos eran un planteamiento anacrónico... Pero en las palabras de Funes creí notar una tristeza de hombre maduro y sin hijos, como si no se atreviera a confesarle a nadie, ni a sí mismo, ni por supuesto a Juana Rosa, que le hubiera gustado tenerlos cuando aún era tiempo.

Me dijo que había oído que me iba muy bien: con un ademán casual, yo me disponía a abrir el periódico por la página donde estaba mi foto, a fin de mostrarle hasta qué punto me iba bien, cuando él terminó la frase y me dejó helado: «... y ya es mérito eso, con lo difíciles que están ahora los seguros médicos». ¡Ni se había enterado de que yo era novelista! ¿Tan embotado por la madurez estaba, tan embrutecido por su retiro rural, que no leía nunca el periódico, ni escuchaba los programas culturales de la radio, ni miraba los escaparates de las librerías? En este país ignorante un escritor nunca alcanza la notoriedad de un futbolista, ya lo sé, ni de un locutor de televisión, pero aun así yo no era en modo alguno un desconocido, y Funes, que había estudiado una carrera, y que además era amigo mío, tenía más motivos que otros para leer mis libros. Cuando le informé, no sin reticente frialdad, de que llevaba publicadas dos novelas, la segunda en una editorial de prestigio (dije el nombre, para impresionarlo, para aplastarlo: ni le sonaba), su reacción no pudo ser más desalentadora, casi paternal.

—Sí, hombre, si me acuerdo, de estudiante ya te gustaba escribir tus cosillas.

Tus cosillas: el diminutivo es muy típico de este país, donde, a diferencia de en las sociedades anglosajonas, al escritor no se le respeta ni se le tiene la más mínima consideración social. Magnánimo, un poco despectivo, le pagué a Funes el café con leche y la media tostada y en cinco minutos me despedí de él, diciéndole que se me hacía tarde para volver a la oficina. Quedamos muy vagamente en vernos la próxima vez que él y Juana Rosa vinieran a la ciudad: venían muy poco, me dijo, te acostumbras a la tranquilidad del pueblo y ya se te hace muy cuesta arriba todo el jaleo de las capitales. Al decirnos adiós lo vi como realmente era, no como yo lo recordaba: un hombre de cuarenta y tantos años, con el pelo gris, abundante y rizado, con la cara de color ceniciento o terroso, con una barba frailuna, con un bolso de cuero al hombro, el zurrón de los melancólicos peregrinos de izquierdas, los últimos mohicanos, los guardianes del fortín derribado, poseedores todavía de un carné del partido al que seguían llamando El Partido, aunque prácticamente hubiera dejado de existir, los defensores de la revolución cubana, incorruptibles, eso sí, pero también berroqueños y fósiles, blindados contra toda innovación, incapaces de interesarse por las últimas tendencias de la novela española, me dije sin piedad mientras volvía a la oficina y repasaba cuidadosamente cada línea y cada palabra de la crítica que le dedicaban a mi libro, comparando su extensión con la de los artículos dedicados a otros, y el tamaño de mi fotografía con los de las suyas: la vanidad, por definición, es vigilante y celosa, y rápidamente se vuelve vengativa.

No tengo reloj. Debe de ser medianoche. Llamaría a recepción para preguntar la hora pero me da vergüenza. También sé que me daría miedo el sonido de una voz humana en el teléfono, o el de los golpes de un camarero en la puerta. Por eso no me he atrevido a pedir que me traigan algo de cenar. El hambre facilita el delirio: miro el teléfono sobre la mesa de noche y me acuerdo de una llamada de Funes, hará un mes, hacia mediados de octubre. Excitantes noticias, sobre todo si uno las recibe en la oficina a las diez de la mañana de un lunes, encarándose a un ventanal gris y a cinco días laborables: en las últimas elecciones municipales, Juana Rosa había salido concejala por la candidatura de izquierdas, en aquel pueblo de nombre irrecordable donde ella velaba por la salud de los aborígenes mientras Funes, su esposo, los protegía de toda incertidumbre laboral. Cumpliendo una antigua vocación, tan arraigada en ella como la Medicina, Juana Rosa había elegido la concejalía de Cultura. Enhorabuena, le dije a Funes, con simpatía farisea, escuchando el entusiasmo lamentable con que me ponderaba la carrera política de su señora, lanzada desde las alturas municipales del cargo a una incansable multiplicación de exposiciones de artesanía, jornadas de teatro popular, ciclos de cine latinoamericano y conferencias y mesas redondas sobre todas las materias posibles, especialmente aquellas vinculadas con la mujer y con la literatura. Imaginé el fervor multitudinario con que habrían acogido los lugareños una reciente I Semana de Narrativa Femenina organizada por Juana Rosa con motivo de no se qué aniversario de Virginia Woolf, y patrocinada por Diputación y Ministerio. Anoté que Funes, como todos los gestores culturales, suprimía con frecuencia el artículo determinado: deduje de esa supresión que había suavizado las aristas de su puritanismo político y moral a fin de colocarse como funcionario o asesor de su señora en la concejalía de Cultura. ¿Me llamaba para corregir su patinazo del año anterior invitándome a dar una conferencia, tal vez en el marco de una Semana de Narrativa Masculina? Eran los tiempos en que una tribu selecta, nutrida y alcohólica de novelistas, poetas y críticos literarios practicaba una alegre trashumancia cultural de norte a sur del país, actuando igual en los teleclubs de aldeas remotas que en los salones de actos con mármoles y arañas de las diputaciones más opulentas, y dejando tras de sí una leyenda no muy gloriosa de minibares expoliados y ardientes poetisas de provincias hipnotizadas hasta el adulterio con el señuelo de una gestión editorial en Madrid, o de un voto favorable en un premio. Ni lo minoritario de mi prestigio ni mis obligaciones laborales me permitían ingresar plenamente en aquel nomadismo, que a más de un literato sin otros lectores que sus parientes próximos, pero con buenos contactos en las administraciones culturales, le resolvió la compra de un coche nuevo o los plazos de la hipoteca para un piso. Sin embargo, cuando Funes me dijo que me llamaba para invitarme a dar una conferencia sobre mi obra narrativa —al fin se enteraba de que yo tenía una obra narrativa—, consideré más digno negarme al principio, aludiendo a compromisos anteriores, y, con voz más misteriosa, a un proyecto literario que me absorbía hasta el punto de no dejarme ganas ni tiempo de desperdiciar mis fuerzas en ese frívolo teatro de las vanidades que es la llamada vida cultural.

Como Flaubert, como Faulkner, yo era un solitario: como Franz Kafka, como Cavafis, como Fernando Pessoa, yo trabajaba modestamente en una oficina mientras mi obra maduraba con segura lentitud en la oscuridad. Funes me dijo que me pagarían cincuenta mil pesetas y todos los gastos. Argumenté que sería difícil que me autorizaran a faltar al trabajo: Funes, inagotable, se ofreció a enviar una carta con membrete oficial en la que el mismo alcalde, o incluso el presidente de la Diputación, solicitarían mi presencia. Por miedo a que si yo seguía poniendo dificultades Funes retirara la invitación dije desganadamente que sí. Cincuenta mil pesetas eran la mitad de lo que yo ganaba en un mes: iban a dármelas por hablar durante media hora en el melancólico salón de actos de una Casa de la Cultura, ante un máximo de quince o veinte personas, algunos adolescentes rústicos, un par de amas de casa recién alfabetizadas, un maestro poeta, dos o tres jubilados, un cronista o arqueólogo local...

¿He dicho que el pueblo se llamaba Pozanco, y que hasta unos pocos años antes se había llamado Pozanco del Caudillo? En apariencia nunca había nadie que quisiera ir allí, al menos utilizando un medio de transporte público. Si uno, como es mi caso, no sabía conducir, tenía que tomar un autobús de línea que remontaba cada tarde las vueltas y revueltas de aquellos caminos montañosos y perdidos cuyos únicos habitantes parecían los olivos. El autobús, al que llamaban la Yenka, me explicó Funes, porque iba saltando hacia atrás y hacia adelante para entrar en cada uno de los pueblos de su recorrido, tardaba unas tres horas en cubrir no más de cien kilómetros, y de hecho no me dejaría en el mismo Pozanco, sino en un cruce donde había una gasolinera y un bar, y adonde irían Funes y Juana Rosa a recogerme con su *Dos Caballos*. Sí: también tenían un *Dos Caballos*, y como muchas parejas de entonces le daban un nombre entre bromista y cariñoso. La Cochinita, dijo Funes, y los dientes casi me chirriaron de vergüenza ajena, iremos Juana Rosa y yo a buscarte con la Cochinita. ¿Por qué acaba siempre resultando ridícula la felicidad de los demás?

En la estación de autobuses me costó conseguir un billete para aquel cruce que por no tener no tenía ni nombre. El vendedor de la ventanilla debía de ser nuevo y no sabía ni que existiera Pozanco. Un empleado más viejo estudió con perplejidad un mapa de las carreteras provinciales y señaló dubitativamente un punto, consultando luego por teléfono con alguien. Iba viéndose claro que no me habían invitado a dar una conferencia en uno de los centros neurálgicos de la cultura y la economía del país. El autobús salía a las cuatro y media. Era el más viejo de todos los que se alineaban en las cocheras de la estación, donde la atmósfera resultaba tan saludable como la de una cámara de gas: de monóxido de carbono, para ser exactos, emitido simultáneamente por todos los autobuses, pero sobre todo por aquel en el que yo iba a hacer mi viaje, y que arrancó justo cuando yo pasaba a la altura del tubo de escape, sofocándome con una humareda tan negra como mi estado de ánimo, pues siempre me deprimo mucho en las estaciones de autobuses, que tienen un grado de suciedad y sordidez perfectamente propicio a la desolación más absoluta, sobre todo si uno va a los servicios o se arriesga a pedir un café con leche en la cafetería. Casi todas las personas que conozco viajan siempre en coche, así que tal vez soy uno de los pocos miembros de mi generación que por culpa de las estaciones de autobuses se sumergen regularmente, no en la memoria del pasado, sino en su realidad intacta y miserable. Seguir viajando en autobuses de línea a los treinta y ocho años es como no haberse desprendido aún de la mugrienta vida de becario: el olor a orina, a tabaco rancio, a ropa sudada, a tapicerías de plástico, a gasolina mal quemada, a una acidez de vómito, las caras de algunos viajeros, la de uno mismo, que envejece muy rápido, como si la barba creciera más deprisa que en circunstancias normales y la ropa se arrugase mucho antes. Al cabo de una hora de encierro en aquel autobús ya me parecía que llevaba un día entero de viaje. Aparte de mí, sólo se habían arriesgado a subir a él unos cuantos pueblerinos con trajes de pana y sombreros de fieltro, dos o tres mujeres enlutadas y gordas, un adicto, de evidente extracción rural, al *heavy metal*, y una señorita de treinta y tantos años que ocupaba el asiento más próximo al conductor, fumaba rubio, leía una novela de José Luis Sampedro y tenía una nariz extraordinariamente larga. En cuanto el autobús abandonó la carretera general y empezó a aventurarse por ramificaciones comarcales el conductor puso en el vídeo una película filipina o coreana de intriga policial y luchas de kárate, protagonizadas —la intriga y las luchas— por un detective manco, de rasgos orientales, que se llamaba O'Hara, y que perseguía a los miembros de una banda criminal dirigida por un tal Merryweather, también asiático, a pesar de su nombre, tan asiático como la ciudad en la que se sucedían lastimosas persecuciones en coche, y a la que sin embargo tanto el detective O'Hara como el malvado Merryweather y todos sus secuaces se empeñaban en llamar Nueva York.

Se hizo de noche y la película aún no había terminado. Cruzábamos, por carreteras retorcidas y estrechas, sierras baldías y parameras ocres en las que de vez en cuando se levantaban las ruinas de alguna casa de labor. Un cielo nublado y cárdeno aplastaba toda la anchura del horizonte un poco antes del anochecer. Todos los pueblos en los que entraba el autobús parecían al principio igualmente abandonados: luego se veía, brillando en la oscuridad, el letrero de algún videoclub o de una cafetería con nombre de estado norteamericano, y se escuchaban balidos de ovejas y redobles lentos de campanas. Varias veces las curvas imposibles que tomaba el autobús, sus retrocesos y rodeos, el olor a plástico caliente y a tabaco, me provocaron náuseas que sólo vencí renunciando a leer. Había caído una noche definitivamente negra, sin estrellas ni luna, sin más claridad que una palidez como de niebla blanca en el horizonte del Oeste. Yo no llevaba reloj, y muy pronto perdí el sentido del tiempo, sobre todo después de que terminara la película y abandonáramos un pueblo en el que se bajaron casi todos los viajeros y no subió nadie. Sólo quedábamos en el autobús la señorita de la nariz larga y yo. Pero yo iba tan atrás, y tan callado en la sombra, que tal vez ni ella ni el conductor se acordaban de mi presencia. Pensar eso me dio mucho miedo: tosí varias veces para que me oyeran. El conductor y la mujer prestaron un instante de atención y luego siguieron conversando: discutían las características de las diversas razas humanas, y se veía que la señorita tenía algo de cultura, tal vez el bachillerato superior o un título de Asistente Técnico Sanitario, y que el conductor, hombre hecho a sí mismo, se ufanaba mucho de hablarle de tú a tú, y de desplegar ante ella sus conocimientos. Ambos llegaron fácilmente al acuerdo de que los negros eran de inteligencia simple, aunque de buen corazón, y muy dotados para el deporte y el ritmo; durante un rato discreparon, sin embargo, sobre la maldad comparativa de los árabes y de los chinos. Para la señorita cultivada, los chinos eran fríos y pérfidos, y mucho más peligrosos que los árabes, dado que, a diferencia de ellos, desconocían el vicio de la pereza, y eran tan diligentes como hormigas. Para el conductor, la indolencia de los árabes, así como su servilismo hacia los blancos, no eran sino la máscara traicionera de su hipocresía. El azar, siempre injusto, les había regalado la riqueza inmerecida del petróleo, ¿pero qué harían cuando se les acabara? Explotar la energía solar, informó con entonación técnica la viajera, por algo tenían en el desierto más horas de sol que nadie... Esto último aniquiló al conductor, arrebatándole la expectativa de una pronta y merecida ruina de los omnipotentes jeques árabes. No siguieron hablando: en el silencio parecía hacerse más profunda la oscuridad. Yo estaba harto del viaje, pero, como suele ocurrirme, tampoco tenía ganas de llegar. Ya imaginaba las caras de Juana Rosa y de Funes, el salón de actos con muebles de formica, la confraternización posterior, en un bar de las inmediaciones, con las lumbreras culturales de la localidad. ¿Y el hotel? ¿Cómo sería pasar la noche en el celebrado hotel El Cruce, del que me había asegurado Funes que era el mejor de toda la comarca?

Ahora el autobús había llegado a una meseta pedregosa y batida por el viento: al fondo brillaba una luz indecisa, que poco a poco fue convirtiéndose en la luz fría, blanca y naranja de una gasolinera. Observé que la mujer ahora no estaba sentada detrás del conductor, sino en el asiento contiguo, a la derecha del volante. Miraban al frente, y el reflejo de los faros sobre la carretera resaltaba sus dos siluetas. Respiraban muy fuerte, a un ritmo tan sofocado como el del motor. La mano izquierda de la mujer me pareció que estaba extendida hacia el regazo del hombre, y que llevaba un rato posada en él, moviéndose, creí ver, con un cierto ritmo. Contuve la respiración, me encogí más en mi asiento, deseé volverme por completo invisible. ¿Pero y si el conductor se olvidaba de parar en el cruce y yo acababa perdido en el extremo más lejano de las serranías? A la altura de la gasolinera el motor del autobús y los jadeos del conductor se detuvieron con dos estertores casi simultáneos. La puerta de atrás se abrió y volvió inmediatamente a cerrarse cuando yo me bajé. En menos de un minuto el viento me había helado los huesos.

Me subí las solapas de la chaqueta, me encogí sobre mí mismo mientras caminaba por el arcén hacia el cobertizo de la gasolinera, donde tal vez ya estaría esperándome

Funes. Mi sentido de la realidad es sumamente quebradizo, y cualquier viaje me lo desbarata: no sólo no sabía la hora, tampoco el día que era ni el lugar donde estaba. Había supuesto que aparte de la gasolinera encontraría también el hotel El Cruce, o al menos un bar restaurante. No había absolutamente nada. No había nadie, ni siquiera un empleado que atendiese los surtidores. No había ni rastro de Funes o de su Cochinita, ni un cartel que indicara el desvío de Pozanco. La única señal de una reciente presencia humana era una pequeña estufa de butano que estaba encendida en el interior del cobertizo. ¿Se había adelantado tanto el autobús que aún faltaba un rato para que vinieran a recogerme, o era más bien que se había retrasado mucho, y que Juana Rosa y Funes habían desistido de seguir esperándome? Me calenté las manos en la llama azulada de la estufa. Salí rápidamente al escuchar algo, tal vez un crujido de neumáticos sobre la grava: era la cadena de un columpio herrumbroso que el viento sacudía detrás de la gasolinera. La visión del columpio medio descolgado, de un tobogán, de la carcasa renegrida de una antigua furgoneta Citroën, acabó de sumirme en una tristeza sin consuelo.

¿Por qué tiendo a encontrarme, o a perderme, en situaciones absurdas, por qué hago tantas veces lo que no deseo hacer y digo que sí cuando sé que debería decir no? ¿A quién se le ocurre viajar en un autobús llamado la Yenka para dar una conferencia en un sitio que se llama Pozanco? Recordé lo que me había dicho Funes cuando le pregunté cómo era el pueblo: «Nada del otro mundo», eso me dijo, encogiéndose de hombros, como si a pesar de todas sus pertinaces militancias rurales ocultara dentro de sí la desesperación del exilio. Con grave peligro de atrapar un enfriamiento de vejiga, dolencia a la que soy muy proclive, oriné contra la pared desconchada del cobertizo. Era imprescindible que al menos encontrase al empleado de la gasolinera. ¿Y si había muerto de un ataque al corazón, o si se había puesto enfermo y lo acababan de evacuar en una ambulancia? ¿Y si no venía nadie a recogerme ni pasaba ningún coche que quisiera llevarme y me veía obligado a dormir en el cobertizo, acurrucado en un rincón, frente a la estufa de butano? La parte más inagotable y desatada de mi imaginación es aquella a la que le corresponde inventar variedades de la desdicha y de la mala suerte. También es cierto que poseo una habilidad particular para verme encallado en situaciones absurdas: ascensores que se paran entre dos pisos, malentendidos con mujeres que me saludan calurosamente confundiéndome con otro, etc. Me alejé un poco en dirección a aquella especie de corral de cemento donde chirriaban las cadenas de los columpios, pisando con cuidado para no tropezar, porque no veía casi nada. Tal vez, me dije, habría cerca de allí una vivienda, y el empleado de la gasolinera estaría en ella, aprovechando para cenar un rato de poco tráfico. Pero no había nada, tan sólo el viento frío y una densa negrura en la que ahora mis ojos empezaban a distinguir las formas de los cerros próximos. De noche las montañas dan tanto miedo como las estatuas. Sobrecogido por el silencio, por toda la extensión invisible de la oscuridad, volví a las luces de la gasolinera. No recordaba haber oído ningún motor, pero el *Dos Caballos* azul de Juana Rosa y de Funes estaba ahora parado junto a los surtidores.

No tenía encendidos los faros. En el asiento del conductor me pareció reconocer a Funes, pero sólo era una figuración mía, porque estaba demasiado oscuro como para distinguir una cara. Se abrió la puerta con el gruñido de latón y de gomas de los *Dos Caballos* y el conductor logró muy trabajosamente salir del coche y venir hacia mí: no es que fuera muy gordo, pero tenía el vientre y el culo sumamente abultados, como algunos taxistas, y además caminaba con mucha dificultad y como en peligro constante de perder el equilibrio, porque su bota derecha llevaba un alza enorme, y el pie giraba en rápidos molinillos antes de posarse, de modo que parecía estar haciendo siempre profundas y metódicas reverencias. Dijo, al estrecharme la mano con una inclinación versallesca, que era el director de la Casa de la Cultura de Pozanco, y me pidió disculpas por el retraso: a última hora, mi amigo Funes había sufrido una indisposición, nada grave, desde luego, y le había pedido a él que acompañara a Juana Rosa. Sólo entonces, al oír el nombre, reparé en que había alguien más dentro del coche, una silueta melenuda e inmóvil, escasamente iluminada por las luces de la gasolinera: sólo ella, Juana Rosa, tendría la suficiente y congénita mala educación como para no bajarse a saludarme, después de tantos años sin vernos, y siendo además concejala de Cultura, y yo su novelista invitado. Con pujanza insultante la animadversión perduraba a través de toda una década. Su cara pálida, circundada por la melena como por los haces de paja de una choza, giró para seguirme mientras yo pasaba a su lado y subía al asiento posterior. Dentro del coche me sorprendió un olor muy intenso a humedad, como a estiércol mojado o a cieno: el olor de las furgonetas de los campesinos cuando han trabajado bajo la lluvia en invierno y tienen los chaquetones húmedos y las botas y las perneras de los pantalones manchadas de barro. Juana Rosa se volvió hacia mí con un ademán algo brusco y me tendió una mano. «Enhorabuena por tantos éxitos», dijo, como si en realidad me compadeciera, y no me miró a los ojos. Su mano, muy pequeña, estaba áspera y sudada. Le pregunté por la indisposición de Funes: nada, un cólico, seguro que cuando llegáramos ya se encontraba mejor y hasta asistía a mi conferencia. Entre el hambre y el olor a cieno yo tenía el estómago trastornado de náuseas. Los ojos de Juana Rosa me examinaban sin disimulo en el espejo retrovisor, aunque no era posible que vieran demasiado, porque la única claridad que nos iluminaba era la del cuentakilómetros, tan débil como la reverberación de los faros. No estábamos lejos de Pozanco, dijo, llegaríamos en unos veinte minutos, si la Cochinita se portaba bien. El conductor soltó una risa muy breve y asintió dando una cabezada: conducía echado hacia adelante, y levantaba y bajaba continuamente la cabeza, haciendo reverencias tan profundas como cuando caminaba. Siempre abyecto, aunque también por distraerme de la oscuridad y del hedor, manifesté un vivo interés hacia la política cultural del Ayuntamiento de Pozanco. Igual que hacía diez años, Juana Rosa hablaba como haciendo cómplice a su interlocutor de las desgracias del mundo: es una de esas mujeres que con sólo el tono de su voz pueden lograr que uno se sienta culpable casi de cualquier cosa, desde el sexismo en la publicidad hasta el agujero en la capa de ozono.

—Ya sabes, no es fácil plantearse una cultura alternativa desde la honestidad. Intentamos hacer cosas, hacemos cosas. Trabajo de base, desde la propia gente. No todo van a ser cuatro grandes nombres y promoción comercial. Casi no hay recompensas materiales, y faltan infraestructuras, pero Funes y yo preferimos cien veces estar aquí, con esta gente, antes que perder el tiempo en las capillitas intelectuales de Granada o Madrid.

Mensaje recibido: yo no era honesto, yo no trabajaba

desde la base, yo estaba entregado a la promoción comercial y a las intrigas de las capillitas intelectuales de Granada y Madrid. Pensé: mira que venir tan lejos a que me perdonen la vida. Y aquel olor a cieno, a pescado, a algas, a hortalizas podridas, creciendo como una monstruosa y universal halitosis a medida que el coche descendía por la orilla de un precipicio, descendía y patinaba, con alarmantes chirridos de los frenos, por culpa del barro, me explicó el conductor. Así que no sólo había ido tan lejos para que me perdonaran la vida, sino para ponerla en peligro, para jugármela en un coche viejo y en una carretera imposible, a merced de un conductor que pega la nariz al cristal como si no viera nada y de una concejala de Cultura que me quitó hace diez años a mi mejor amigo y además aprovecha el viaje para hacer que me sienta culpable por publicar frívolamente novelas en ediciones comerciales en vez de dirigir talleres de teatro en alguna aldea de las montañas.

Con mezquindad previsible, Juana Rosa accedió a manifestarme esa variedad envenenada de la admiración en la que no falta un dejo de lástima y que fácilmente puede llevarle a uno a pedir disculpas por el reconocimiento que haya obtenido: qué difícil, qué humillante debe de ser tratar con los ejecutivos de las editoriales, me decía, cuántas concesiones habrá que hacer para que le publiquen a uno un libro, qué insoportable verse obligado a rendir pleitesía a los críticos, a frecuentar las ya mencionadas capillitas intelectuales de Madrid. ¿No sería mejor, se preguntaban Funes y ella a veces, crear en solitario, lejos de la publicidad y de las presiones comerciales, no ambicionando el éxito, sino la realización personal? ¿Cuántos escritores desconocidos hay que valen más que cualquiera de los más consagrados, y que sin embargo, por vivir en un pueblo pequeño, por no haber querido doblegarse ante las convenciones de los circulitos y de las capillitas, permanecen inéditos hasta su muerte, y sólo después son reconocidos? El conductor asentía fervorosamente, como si tuviera un muelle en el cogote: temí que si duraba un poco más el viaje Juana Rosa acabaría consolándome por mi desgracia de escribir novelas y de publicarlas...

Pero ya estábamos entrando en Pozanco, o al menos eso leí en un desconchado indicador, porque la oscuridad era tan densa que apenas se distinguían las formas de las casas, y no había luces encendidas ni se veía gente por la calle, como si fuera ya muy tarde y todo el mundo se hubiera retirado a dormir. Qué raro, pensé, ya con la lógica absurda de los sueños, voy a dar una conferencia después de medianoche. El *Dos Caballos* se detuvo en lo que parecía la plaza principal. Al frenar, los neumáticos patinaron sobre el barro. Un barro muy fino, descubrí al bajar, muy suave, casi gelatinoso, como el que hay en el lecho de un río embalsado, la clase de barro en el que se hunden los pies y que se introduce con una suavidad líquida entre los dedos. Había dado unos pocos pasos cuando mis zapatos ya estaban tan manchados de barro como las inmortales botas Segarra de Juana Rosa y el alza tremenda del conductor, quien después de cerrar el *Dos Caballos* me precedió con reverencias enérgicas camino de la Casa de la Cultura, que estaba en un ángulo de la plaza, y donde había, al menos, una luz encendida, un pobre tubo fluorescente suspendido sobre la puerta. La suela enorme de su bota exageraba el ruido de chapoteo provocado por nuestros pasos. En las esquinas se vislumbraban figuras que desaparecían conforme uno las miraba o se aproximaba a ellas: era, me dije, la típica hostilidad del lugareño hacia los desconocidos. Empecé a preguntarme si no tendría que dar mi conferencia en un salón de actos casi vacío, con una primera fila tristemente ocupada por organizadores y bedeles. Nada del otro mundo, pensé, acordándome de Funes, maldiciéndolo por haberme enredado en aquella expedición insensata, fatigosa y estéril: Pozanco no era un pueblo normal, sino uno de esos poblados de colonización que se levantaron de la nada durante el franquismo y la mayor parte de los cuales han acabado pareciendo poblados fantasmas, con su iglesia moderna, de una decrépita modernidad franquista de los años cincuenta, y sus deprimentes parodias franquistas de arquitectura popular, todo muy gastado, casi en ruinas, de una bronca fealdad entre mussoliniana y cubista, de un cubismo tan facha como el de un mural de Vázquez Díaz. Pegado con esparadrapo a la puerta de la Casa de la Cultura había un cartel en el que se anunciaba mi conferencia con letras de imprenta torpes y desiguales, escritas a bolígrafo, no sin algunas faltas de ortografía que el director se apresuró a disculpar: había que comprender a los chicos, me dijo, ponían toda su ilusión, pero les faltaban medios, era el eterno problema. La voz de Juana Rosa sonó acusadoramente a mis espaldas:

—Unos tanto, y otros tan poco.

¿Se refería a mí, a los escritores en general, a los desequilibrios económicos entre el Norte y el Sur? Tuve entonces la certeza humillante de que no me iban a pagar la conferencia... Y si Juana Rosa, o Funes, me tendían un cheque, ¿sería yo capaz de guardármelo tranquilamente, o empujado por la culpabilidad y por las miradas acusadoras de Juana Rosa lo devolvería inmediatamente, como una donación a la Casa de la Cultura de Pozanco, o al

Colectivo de Escritores Geniales e Inéditos en Lucha, por poner un ejemplo?

Vi la hora en un reloj de pared y me sorprendió mucho que todavía fueran las ocho. A las cuatro yo estaba tomando café en una ciudad llena de coches y de gente en la que hacía un glorioso sol de invierno: de pronto era como acordarse de una remota juventud, de otra vida, de un sueño. Al menos disponía del alivio de que faltaba media hora para mi conferencia. Entre Juana Rosa y el director de la Casa de la Cultura me escoltaron como a un preso hacia el sótano del edificio, donde según dijeron estaba el salón social: era posible que allí nos esperara Funes, recuperado de su colitis, ansioso por encontrarse de nuevo con un antiguo compañero de juergas estudiantiles. Pero Funes no estaba en el salón social. Algunos hombres hoscos jugaban al dominó en dos o tres mesas de formica, y el olor a humedad era nauseabundo. Cuando entramos, el camarero limpiaba el barro del suelo con una fregona. Sin duda habría habido una tormenta esa tarde, y aquel sótano se había inundado. No se me ocurrió pensar que en invierno no hay tormentas. Como en las películas de ambiente rural en las que un forastero llega al pueblo, los hombres que jugaban al dominó guardaron silencio al verme y me miraron de soslayo, aunque también es posible que sólo dejaran de golpear las mesas con las fichas, y que ésa fuera la causa del silencio, ya que ahora me parece recordar que en ningún momento había oído yo sus voces. El camarero se apresuró a dejar la fregona y a pasar al otro lado de la barra y preguntarnos qué queríamos. Tenía grandes ojeras, y no se había afeitado. El tubo fluorescente del techo acentuaba su palidez y el contraste con lo sombrío de su barba. Tengo un don adivinatorio con respecto a los camareros: puedo saber, mirándolos a la cara, si van a servirme un café bueno, mediocre o espantoso. La cara de éste, su palidez, sus lagrimales enrojecidos, me decían no sólo que su café con leche iba a ser venenoso, sino también que flotarían en él pizcas de nata, y que me lo serviría no en una taza, sino en un vaso. No obstante se lo pedí, justo en el momento en que Juana Rosa conjeturaba en voz alta mi indudable decadencia alcohólica.

—Tú seguro que pides un whisky, como todos los escritores. ¿Qué pasa, que no podéis escribir ni hablar en público sin vuestra dosis de droga?

Pensé que de lo único que tal vez Juana Rosa no me consideraba sospechoso sería de paidofilia, o de falsificación de moneda. El director de la Casa de la Cultura bebía una tristísima cerveza sin alcohol y cada vez que hablaba Juana Rosa me hacía una reverencia, como pidiéndome que la disculpara, como diciéndome: «Usted ya la conoce.» Añoré desesperadamente mi casa, mi sofá, mi televisor, las sábanas de mi cama. Me encontraba en uno de esos trances de abatimiento absoluto que suelen aquejarme unos minutos antes de empezar una conferencia o cuando me quedo solo en un hotel. Me arrepentía de haberle dicho a Funes que sí, me reprochaba amargamente la mezcla de vanidad y de codicia que me había arrastrado a aquella situación. Y en cuanto a él, Funes, mi amigo de los años románticos, mi compañero de hambre, de piso, de militancia política, hasta el momento brillaba escrupulosamente por su ausencia, y las noticias que recibía de su enfermedad empezaban a sonarme a falsas. Le pregunté de nuevo a Juana Rosa. El director miró hacia otra parte, hizo una reverencia oblicua pasándose la mano por el mentón, como si sus dedos añoraran una barba recién suprimida.

—Iré a casa a ver cómo se encuentra. Es muy raro que no haya venido.

—Si quieres te acompaño.

—Ni pensarlo. Tú aquí eres nuestro invitado y estás en capilla, como los toreros.

—¿Y si llamas por teléfono?

Juana Rosa se quedó pensando un instante: mejor no, improvisó, no fuera a ser que Funes estuviera acostado, y que se levantara al oír el teléfono y cogiera un enfriamiento. ¿Me estaba volviendo paranoico, o antes de irse le hizo una señal al camarero, un gesto de complicidad que nos incluía a mí y al tóxico de color marrón que aún no me había decidido a probar? Sin duda le indicaba que no me permitiera pagar, pero a mí casi me pareció que lo animaba a envenenarme. La presencia de Juana Rosa era abominable, pero la perspectiva de quedarme a solas un rato con el director de la Casa de la Cultura, con su melancolía de tabaco negro bajo en nicotina y cerveza sin alcohol, era aún más desoladora. Juana Rosa, al menos, no era del todo una desconocida: hasta ese punto soy capaz de venderme si me siento solo. Ya iba a salir cuando se volvió otra vez para decirme algo, mostrándome una sonrisa seca y más bien forzada que debía de ser la más brillante de su repertorio.

—Por cierto, que ya se me olvidaba. ¿Sabes quién me dijo que vendría a tu conferencia? Inma, aquella que estudiaba contigo, ¿no te acuerdas? Está de profesora en un instituto muy cerca de aquí...

Lo dijo en un tono calculadamente trivial y me dio en seguida la espalda, como si no tuviera interés en observar mi reacción o no necesitara mirarme para descubrirla. Lo cierto es que al oír ese nombre olvidado noté una dolorosa punzada en el corazón y en el estómago, y me sentí bruscamente asustado y ansioso. El director de la Casa de la Cultura me hablaba de algo que yo no conseguía entender y se inclinaba con una reverencia para abrir una cartera negra, llena de libros y papeles. Inmaculada, Inma, todos esos años después, tan por sorpresa como si alguien me hubiera tendido una trampa, profesora en un instituto de aquella comarca lúgubre, con hijos, tal vez, casada o divorciada, desconocida, irremediablemente ajena. El director de la Casa de la Cultura había extraído de la cartera un gran mazo de folios encuadernados en plástico marrón y me lo estaba ofreciendo con una sonrisa reverente, ávida, suplicatoria. Inma, Inmaculada, de quien no me había acordado ni tres veces en la última década, de quien ni siquiera creo que me hubiese enamorado de verdad: y ahora me ponía nervioso al pensar que iba a verla, y le decía que sí al hombre que me hablaba sin hacerle caso, y me acordaba de cómo era Inma cuando tenía veintiuno o veintidós años, de cómo olía en la penumbra del cine cuando deslicé mi mano derecha hacia el interior de su camisa y la cerré en torno a una teta pequeña y caliente, dócil a la presión cautelosa de mis dedos, del índice con el que rehundí suavemente el pezón mientras en torno a nosotros la cofradía cinéfila de Granada concelebraba las imágenes de una película incomprensible de Pasolini... El director de la Casa de la Cultura seguía hablándome: pero ahora era yo quien sostenía entre las manos el mazo de folios encuadernado en plástico marrón y quien decía sí haciendo reverencias, apartando la cara de la melancolía y del borroso entusiasmo de aquel hombre, de su aliento a cerveza sin alcohol y tabaco negro bajo en nicotina.

—Lo que sí te pido por favor es que me des tu opinión sincera. Hombre, y si te gusta y crees que puedes echarme una mano, pues yo encantado...

Miraba hacia la puerta, pero ahora no esperaba la aparición en ella de Funes, ni de Juana Rosa, sino de Inma, y la imaginaba no como debía de ser ahora mismo, sino dotada de una serena intemporalidad, como se ve a veces en los sueños a las mujeres que uno quiso mucho hace mucho tiempo, surgidas del pasado en mitad del presente, en medio de una realidad futura que ellas no conocieron. Pensaba en Inma, casi la veía, estaba sintiéndome miserablemente malogrado, y al mismo tiempo le decía que sí al director de la Casa de la Cultura, le sonreía con una bondad algo patológica, hojeaba el volumen que me había entregado, las páginas impresas en ordenador, fotocopiadas una y otra vez, numeradas, corregidas, a punto de ser quemadas, fotocopiadas de nuevo para enviar cinco ejemplares al próximo concurso: justo en ese instante me di cuenta de que el director de la Casa de la Cultura era novelista inédito y feraz y estaba haciéndome entrega de una de sus obras, y de que yo acababa de comprometerme a leer la novela, darle mi opinión y ayudar en lo posible a que se publicara, aunque sólo en el caso de que me gustara de verdad...

Pero Juana Rosa no volvía, y ya eran casi las ocho y media. Tal vez Funes estuviera seriamente enfermo. ¿No lo había visto yo más pálido de lo normal la última vez que nos encontramos, no le noté en la voz, cuando hablamos luego por teléfono, esa monotonía algo ausente de los que están obsesionados con una enfermedad? Le pregunté al director (nunca me acordaba de su nombre) si quedaba cerca la casa de Funes: yo podría ir antes de la conferencia a asegurarme de que se encontraba bien. Pero no tenemos tiempo, dijo él, con una sonrisa débil, como intimidada, no faltan ni cinco minutos para empezar, y al decir eso me empujó un poco, tocándome el codo sólo con los dedos, lo mejor era que nos fuésemos acercando al salón de actos, el público solía ser muy puntual. Qué público, pensé yo, mirando a los hombres que jugaban al dominó sin hacer ruido con las fichas, sus caras rudas pero reblandecidas, la cara del camarero, las de un grupo de jóvenes con los que nos cruzamos por el pasillo, a la vez desconfiados y temerosos, uno de ellos con una novela mía en la mano, no atreviéndose a aproximarse a mí, a pedirme que se la dedicara. Qué público, me repetí, nada del otro mundo, lo que me correspondía siempre, tampoco mis libros eran nada del otro mundo, ni sus ventas, ni las críticas que les hacían, ni yo mismo, dedicado a un oficio en el que no acababa de brillar, trabajando todavía como auxiliar administrativo en una agencia de seguros, convertido en personaje de tercera categoría en la Casa de la Cultura de un pueblo de séptima donde mi conferencia se anunciaba con un cartel escrito a mano y pegado con esparadrapo... Y aquel hombre que me empujaba con breves golpes de sus dedos por un pasillo manchado de barro y mal iluminado seguramente me envidiaba y me tenía rencor, aunque dijera admirarme tanto, aunque me hubiera confiado las setecientas páginas fotocopiadas de su novela. No te preocupes, me decía ahora, seguro que Funes ya está esperándonos con Juana Rosa en el salón de actos, y seguía empujándome, su pierna derecha trazaba molinetes en el aire cada vez que daba un paso, y el cuerpo entero era arrastrado por el peso del alza, me daba golpes suaves con el hombro, dejándome siempre del lado de la pared, una pared de azulejos que rezumaban vaho. Habíamos subido del sótano, pero el olor a humedad y a cieno seguía siendo muy fuerte, y también yo tenía ya manchados de barro los zapatos y los bajos del pantalón. No habría nadie en el salón de actos, pensé, cuatro o cinco personas como máximo, y entre ellas no estaría Inma, porque Juana Rosa pérfidamente me habría engañado, por gusto, por revivir la humillación de hacía tanto tiempo, y lo más probable era que también faltara Funes, mi amigo perdido, perdido por culpa de ella, desde luego, sepultado en un siniestro pueblo de colonización, desalojado de su propia vida, como yo de la mía, si íbamos a eso. Me temo que los últimos metros que me separaban del salón de actos los recorrí no pisando el barrizal del suelo, sino arrastrado por una marea pestilente de autocompasión en la que casi llegué a ahogarme cuando comprobé que sólo cuatro personas, en un patio de butacas que se me antojó enorme, estaban esperando mi charla, y que ninguna de ellas era Funes o Inma.

El suelo de cemento rezumaba una fría humedad. Para dar mi conferencia yo debía subir a un escenario rodeado de cortinajes cuya amplitud se aliaba a mi depresión para reducirme a un tamaño de enano. A mi lado, el director de la Casa de la Cultura miraba la sala prácticamente desierta y se retorcía las manos como a punto de llorar, o de rendirse para siempre a la desgracia que aqueja a todos los organizadores de actos culturales, al menos de actos culturales en los que yo intervengo: la indiferencia del público, su miserable deslealtad, la vergonzosa manía de preferir las retransmisiones internacionales de fútbol a los recitales de poesía y a las conferencias sobre la narrativa contemporánea en España. Era miércoles, me dijo el director, mientras me escoltaba hacia el escenario, pero eso es lo que me dicen casi siempre, que los miércoles suele haber partido internacional en la televisión, y hablaba con tanta tristeza, tan abochornado, tan vencido, que me sentí en la obligación de consolarlo, yo, que hasta un segundo antes había sido el más necesitado de consuelo: no hay que preocuparse, le dije, más vale poco público y muy interesado que lo contrario, que esos salones de actos repletos de gente y de cámaras de televisión en los que el novelista deja de serlo para convertirse en *vedette.* Esto último lo dije como si yo conociera personalmente esa experiencia, y ya estaba empezando a creérmelo yo mismo y a levantar la moral de aquel hombre cuando me tocó enfrentarme a la siniestra realidad, a la escalerilla que subía al escenario, al temblor de las tablas bajo mis pies, al olor nauseabundo de los cortinajes que debieron sobrevivir a los tiempos en que aquello era un teatro por donde desfilaban jerifaltes del sindicalismo franquista o ruinas humanas pertenecientes a lo más bajo del escalafón de la copla española y de las variedades.

Me senté, cohibido, tras la pequeña mesa donde había un flexo, un micrófono y una jarra con agua. Con algo de ceremonia abrí la carpeta donde guardaba los folios de mi conferencia. Di en el micrófono dos o tres golpes con el dedo índice que resonaron en las profundidades del salón. Muy lejos, desde el pasillo lateral, el director me miraba con melancolía e impotencia, casi con fatalismo, como si me supusiera ya inaccesible a cualquier ayuda. Observé que el público, por llamarlo de algún modo, vestía espesas ropas de abrigo, más adecuadas para resistir la temperatura polar de la sala y su aguda humedad que mi americana de penúltima moda. En la primera fila, un anciano, el más audaz y al parecer el más interesado de mis cuatro oyentes, llevaba una pelliza de pana con el cuello subido, una bufanda que le tapaba la barbilla y una gorra de visera calada. Entre la visera y el filo de la bufanda se discernía una cara amarillenta de ojos claros y húmedos. Me pregunté qué interés podía tener aquel hombre en la nueva narrativa española. Dejé de preguntármelo unos minutos después, cuando ya estaba leyendo el segundo folio de mi conferencia y al levantar los ojos en busca de una señal de comprensión o asentimiento descubrí que el anciano estaba dormido.

Mis palabras sonaban con ecos lúgubres y metálicos en los altavoces, que eran de un modelo muy antiguo, como los primeros que empezaron a poner en las iglesias cuando yo era niño, y que le daban a uno la sensación de estar oyendo, no la voz del cura, sino la del mismo Padre Eterno. Cada vez que miraba hacia la sala me deprimía más, y la congoja me apretaba la garganta y me hacía difícil articular las palabras, así que decidí leer sin levantar la vista ni desear que aparecieran Inma o Funes, leer cuanto antes los diez o doce folios que llevaba escritos y marcharme de aquel lugar lo más rápido que pudiera, ojalá que esa misma noche, aunque tuviera que pagarme un taxi. Pero la tristeza me secaba la boca: al pasar una página aproveché para servirme un poco de agua y me detuve un segundo antes de beberla. Era un agua translúcida, de color verde agrisado, con filamentos como de algas flotando entre tenues grumos de cieno. Contuve una arcada y reanudé la lectura, y entonces cobré conciencia de que desde hacía un rato escuchaba un rumor creciente. Levanté los ojos y no pude creer lo que veía. Estaban apagadas todas las luces, salvo la del flexo que alumbraba mis folios, y en la casi oscuridad de la sala que unos minutos antes estuvo vacía ahora distinguí caras de espectadores que habían ido ocupando los asientos sin que yo lo advirtiera, que desfilaban por los pasillos buscando las primeras filas o que, sin decidirse todavía a entrar, se agrupaban junto a las cortinas de las puertas. No puedo decir honradamente que aquello fuera una aglomeración, lo que se llama un éxito de público, pero sí que todos los asientos estaban ocupados, y que incluso desde la distancia de púlpito donde yo me encontraba podía percibir un confortable rumor de humanidad, sensación al mismo tiempo visual, auditiva y térmica, sobre todo térmica, a pesar de la temperatura de cámara frigorífica que reinaba en Pozanco y su comarca, y especialmente en su Casa de la Cultura. Me costaba trabajo leer, porque la luz que daba el flexo tenía esa peculiar calidad pajiza de las bombillas de hace treinta años, y menguaba y crecía como yo no lo había visto desde aquellos tiempos de mi infancia en los que la luz eléctrica era casi tan precaria como la de las velas o las lámparas de aceite que se encendían ante las estampas de los santos. Y como la luz era tan poca, cuando levantaba los ojos del papel y buscaba las caras del público las veía pálidas y aisladas, como esas caras de los retratos antiguos que surgen del tenebrismo y de la oxidación del óleo y parecen no tener cuerpo ni relación ninguna con el mundo exterior. Desengañado, aunque también resarcido por lo que cabría llamar mi sorprendente capacidad de convocatoria, ya no buscaba entre el público a Funes o a Inmaculada: buscaba expresiones de complicidad, sonrisas que confirmaran la eficacia de algún rasgo irónico, miradas —sobre todo miradas femeninas— que tuvieran esa peculiar intensidad de la inteligencia compartida. Lo raro era que nadie me miraba, o al menos que mis ojos no lograban encontrarse con los ojos de nadie. Cada uno de los espectadores permanecía muy erguido frente al escenario, inmóvil, pero también con una indiferencia absoluta, como si ninguno viera ni escuchara ni pudiera moverse, igual que muñecos de cera o maniquíes repartidos entre las butacas para simular una multitud durante el rodaje de una película. Tal vez mi conferencia se alargaba demasiado, tal vez era excesivamente prolija o intelectual, o mi voz, tan ronca y monótona, tan ahogada por la timidez y la falta de costumbre, lo estropeaba todo, el caso es que de la sorpresa y la alegría de ver la sala llena de gente pasé de nuevo a sumergirme como un buzo con zapatones de plomo en las profundidades más cenagosas de la depresión: mi charla no le interesaba a nadie, y aún me faltaba por leer un número incalculable de hojas mecanografiadas, llenas de citas ridículas, de nombres eruditos, de reflexiones vulgares enjaezadas y maquilladas de literatura.

El anciano de la primera fila seguía durmiendo dulcemente, escorado hacia su izquierda, con la cabeza volcada sobre el hombro de una mujer de melena corta y gafas redondas, la única persona en todo el público a la que sorprendí mirándome a los ojos, tan atenta a lo que yo decía que agitaba la cabeza casi imperceptiblemente en un gesto afirmativo, apoyando la barbilla en sus dos manos unidas con una actitud en la que había algo de fervor. Esa mujer era Inma. Vi sus pómulos anchos y un poco carnosos, sus ojos castaños y muy separados tras los cristales de las gafas, el modo en que su cara se afilaba hacia adelante y hacia abajo, quiero decir, en la nariz y en el mentón. No me era preciso buscar o adivinar los rasgos de otra mujer mucho más joven en la cara que ahora tenía delante de mí. O yo no la recordaba tal como había sido o no había cambiado en nada, salvo en su manera de mirarme: cuando estábamos juntos en la facultad, cuando yo la invitaba a cafés e inventaba pretextos académicos para ir a su casa, cuando extendía una mano para tocarle las rodillas, Inma nunca me miró como me miraba ahora mismo, a pesar de la distancia que nos separaba en el salón de actos y de todos los años que habíamos pasado sin vernos. Nunca me miró con ese entusiasmo, con esa devoción por cada una de mis palabras, con esa avidez de escucharlas todas que la inclinaba hacia adelante como para oír antes que nadie lo que yo aún no había dicho, con esa ternura sonriente y cómplice en sus ojos y en la sonrisa de sus labios. Me acordé de uno de los sueños voluntarios que me habían alimentado durante la carrera: yo me convertía en un escritor célebre y encanecido, y ella, Inmaculada, asistía a una de mis conferencias, quedábamos para después, a escondidas, porque estaba casada, hablábamos durante muchas horas y al final se me entregaba en la habitación de un hotel, y o bien ella regresaba a su casa o lo dejaba todo para venirse conmigo, creando así una doble posibilidad que se desarrollaba en sueños posteriores con todo lujo de detalles sentimentales y eróticos.

Apenas atinaba a seguir leyendo sin equivocarme. Estaba trastornado por la pujanza irreal de una felicidad que a mí mismo me sorprendía, porque no recordaba haber amado tanto a Inma, haberla deseado como la deseaba ahora, tras el mezquino pupitre de conferenciante en la Casa de la Cultura de Pozanco, con una urgencia sin paliativos, con una furia que me cortaba la respiración y que al mismo tiempo me reblandecía de ternura, de una ternura tonta, absoluta, ilimitada, traspasada de entusiasmo y melancolía, como la de un adolescente escuchando su canción preferida. Yo leía unas palabras, sin entenderlas, sin oírlas, levantaba los ojos y encontraba la mirada de Inma y me decía, esta vez no, ahora no te dejaré escapar, ahora no habrá ni Juana Rosa ni Juan Carlos y yo no seré tan cobarde o tan torpe como lo fui entonces.

Tardé en darme cuenta, pero Juana Rosa, desde luego, estaba a su lado, tiesa y fea en contraste con la belleza recobrada de Inma, haciendo como que también ella prestaba atención a mi lectura, con un rictus no sé si de burla o de despecho en sus finos labios violáceos. Tras ellas dos, en las filas siguientes, la penumbra se oscurecía gradualmente hasta borrar del todo las caras de los espectadores, dejándolos convertidos en siluetas y sombras en medio de las cuales brillaban a veces unos ojos vacíos o se escuchaba un rezadero sordo, un rumor como de letanía o de conformidad. Pero yo no quería mirar a nadie, tan sólo a Inma, saciarme de mirarla después de tanto tiempo, aprenderme jubilosamente de memoria su cara, y eludir a Juana Rosa, por supuesto, a Juana Rosa y a Funes, si es que se había mejorado, cobrar mi conferencia y largarme de Pozanco con Inma, que sin duda tendría coche, un Renault 5, como casi todas las profesoras de bachillerato solteras y de treinta y tantos años, soltera o divorciada, calculé, mirándola, pero no casada, seguro, no con un marido y con unos hijos esperándola en algún repulsivo pueblo de las cercanías, no teniendo que volver a una hora invariable o que inventar una mentira y contarla torpemente y culpablemente por teléfono desde la habitación de un hotel... Por el modo iracundo en que Juana Rosa me miraba estuve seguro de que me había adivinado el pensamiento. Quiere separarnos de nuevo, pensé, asustado, supersticioso, despavorido por la furia de vigilancia y reprobación que había de pronto en las pupilas de Juana Rosa, me hundió la vida una vez y quiere volver a hundírmela ahora, me separó de las dos personas a las que yo más quería y no está dispuesta a que las recobre. Me daban ganas de levantarme y de tirar los folios para enfrentarme sin miramientos a ella, para decirle con crueldad y rencor todo lo que pensaba de ella, de la fealdad de su cara y la fealdad de su espíritu, del fanatismo frío y la ruindad de su corazón. Pero sólo me quedaban dos páginas, y por el modo en que Inma atendía a lo que yo iba leyendo me daba la impresión de que la lectura era una forma de seducción, bebía mis palabras, pensé, así que me daba igual ese rumor que se escuchaba en la sala, ese ruido como de voces bisbiseando oraciones, el desasosiego con que se movían los cuerpos en la oscuridad, y hasta las miradas asesinas de Juana Rosa, que en realidad no estaban fijas en mí, sino en algo que debía de estar viendo a mi espalda, y que a mí no me preocupó hasta que aproveché el momento de pasar a la última página para volverme con alarma instintiva, porque en los ojos de Juana Rosa ahora había como un brillo de terror o de odio. Me volví, claro, apenas durante un segundo, pero tuve tiempo de ver que había un hombre detrás de mí, casi oculto entre las bambalinas, y que era a él a quien miraba Juana Rosa con tanta rabia. Un tramoyista, pensé, y volví a la lectura, a la última página de mi conferencia interminable, y antes de acabar y de volver de nuevo la cabeza se me precisó la imagen que aún duraba en mi retina y me di cuenta de que había visto a mi amigo Funes.

¿Si estaba tan enfermo cómo era que le permitían trabajar a deshoras en la Casa de la Cultura? Leí la última frase, procurando darle una entonación sugerente y rotunda que alentara el aplauso. Pero nadie aplaudió, sólo empezaron a moverse a más velocidad las sombras, como aproximándose hacia mí y arrastrando los pies, y se hizo más fuerte el murmullo de las letanías. Abajo, de pie, en la primera fila, Inma se había quitado las gafas y me estaba mirando con los ojos brillantes y una sonrisa absorta en los labios. Juana Rosa y el hombre del zapato con plataforma se acercaban al escenario desde cada uno de los extremos de la sala, con un aire idéntico de sigilo y urgencia. Desconcertado, solo en el escenario enorme, yo aún esperaba escuchar un aplauso, o al menos que se encendieran todas las luces del salón de actos. Pero hasta la del flexo que había encima de la mesa se apagó de repente. Me encontré perdido y aterrado en el vértigo de la oscuridad, oyendo pasos y jadeos que se acercaban, y entre ellos la voz de Inma que decía mi nombre. Una mano helada y húmeda se cerró en torno a mi muñeca: una voz ronca me habló al oído.

—Vete de aquí, vete ahora mismo, no hagas caso de nadie, escápate antes de que venga la luz.

Era la voz de Funes, enferma y asustada, más aún que la última vez que hablamos por teléfono. Se encendieron todas las luces del salón de actos: el flexo con el enchufe arrancado, estaba en el suelo, delante de mis pies, y Juana Rosa y el director de la Casa de la Cultura daban vueltas por el escenario como buscando disimuladamente algo, la prueba de una traición o de un delito. Funes no estaba: por el modo en que Juana Rosa me habló de él llegué a pensar que yo me había imaginado su presencia.

—Le he dicho que se quede en la cama, pero es muy cabezón y va a intentar levantarse. Cualquiera lo convence de que no salga a cenar con su amigo.

Dije distraídamente que iría a verlo: ni siquiera atendí a la negativa de Juana Rosa, ni a la melancolía frenética con que el director de la Casa de la Cultura me entregaba de nuevo el manuscrito de su novela inédita, que yo acababa de olvidar sobre la mesa, y que seguramente olvidaría sin remedio en la habitación del hotel, o en el asiento del autobús, o bajo la barra del bar donde me servirían al día siguiente el desayuno, no porque yo fuera particularmente olvidadizo, que lo soy, sino porque el destino tristísimo de aquel manuscrito era ser olvidado o desdeñado, y el de su autor permanecer inédito, y el mío sentirme culpable de tales desgracias, que sin embargo en aquel momento no me importaban. Lo único que me importaba era acercarme a Inma, que seguía quieta y de pie abajo, en la primera fila, abrazando unas carpetas y algún libro mío con el mismo gesto que tanto había amado yo tantos años antes, esperándome con una especie de absorta paciencia, entre la gente hosca y pálida, entre los lugareños de ropas invernales y miradas oblicuas que se agrupaban con lentitud gregaria bajo el escenario, tal vez esperando que yo accediera a dedicarles libros o firmarles autógrafos. Pero no, no se me acercaban con ejemplares de mis novelas ni con la intención de preguntarme algo, no se acercaban a mí con ningún motivo visible o razonable, ni siquiera con esa curiosidad instintiva de quien se aproxima a una celebridad, sea ésta del deporte, del crimen o de la canción moderna, con los ojos muy abiertos y una actitud de admiración o recelo, o de simple incredulidad. Se me acercaban, solamente, como si yo tuviera un imán que los atraía hacia mí, se congregaban a mi alrededor mientras yo bajaba del escenario y se apretaban poco a poco contra mí de una manera blanda y unánime, mirándome fijamente, pero sin curiosidad, con pupilas obstinadas y muertas, cóncavas, pensé en aquel momento, casi vengativas en su indiferencia, en su decisión colectiva de que no me acercara a Inma, y de que ella no pudiera atravesar la distancia densamente humana que la separaba de mí, el légamo de cuerpos anchos y fríos, con olor a ropa húmeda, a sumidero, a cañería, a halitosis de enfermo. Yo era más alto que la mayoría de la gente: eso me permitía ver a Inma, aún detenida en la misma actitud, de pie, con la cabeza ladeada, poniéndose las gafas, sonriéndome después de una manera distinta y más cálida, porque me veía con más exactitud, pero sin urgencia, sin la desesperación que estaba remordiéndome a mí, como si le diera igual que yo tardara dos minutos o dos años en reunirme con ella, pues al fin y al cabo habían tenido que pasar casi quince para que volviéramos a vernos. Y por encima de las cabezas, más allá de Inmaculada y de las filas de asientos ahora vacíos, vi muy lejos a alguien que me hacía señas furtivamente desde los cortinajes de la entrada: era Funes de nuevo, que agitaba la mano en dirección a mí con ademanes dramáticos, como de bienvenida o despedida portuaria, pero lo cierto es que yo no lo alcanzaba a distinguir bien por culpa de la distancia y de la penumbra, y que un segundo después ya no lo veía: me volví hacia Juana Rosa para decirle que por fin su marido había llegado, pero no debió de oírme entre el murmullo de la gente, y cuando miré otra vez hacia adelante para señalar a Funes ya no había nadie haciéndome señas desde la puerta del salón.

Ahora no sólo me rodeaba pegajosamente el público de mi conferencia: también habían empezado a tirar de mí cuando apenas me faltaba un paso para llegar a donde estaba Inma. Tiraban de mi ropa, se agarraban a mi cinturón o a las hebillas traseras de mis pantalones con un fervor que ya empezaba a ser molesto, aunque todavía entonces mi insensata vanidad lo atribuyera al entusiasmo provocado por mi lectura. Era como avanzar en dirección contraria sobre una de esas cintas deslizantes de goma que hay en los aeropuertos. La mano derecha del director de la Casa de la Cultura se aferraba a mi hombro y me echaba hacia atrás de una manera indecorosa las solapas de la americana, y los dedos cortos y fríos de Juana Rosa me apretaron el codo, traspasándome el hueso con un dolor tan vivo como el de una muela que se cala, y mientras tanto Inma no hacía nada, sólo esperar y mirarme, con una pasiva expectación femenina, como esas damas de los cuadros antiguos que esperan pánfilamente a que San Jorge acabe de pelear con el dragón. Teníamos que pasar un momento a su despacho para arreglar los papeles, me dijo con algo de confidencialidad el director, rozándome la cara con el aliento, y yo supuse rápidamente que iban a pagarme, lo cual suavizó mucho mi angustia y hasta es posible que mi impaciencia por encontrarme con Inma. Juana Rosa me había tomado sin miramiento del brazo y tiraba de mí contra el empuje de la gente, apartándome centímetro a centímetro de mi antigua novia, a la que yo intenté decirle por señas que esperara un poco más, o que se uniera a nosotros, ya no me acuerdo, y ni siquiera sé si ella pudo ver mis gestos, porque el público seguía apelmazándose en silencio a mi alrededor, y las caras, tan próximas, se agrandaban hasta la monstruosidad o la caricatura, proliferaban a mi alrededor como tubérculos, con esa clase de gastada y embotada fealdad que puede verse en los bares de los pueblos pequeños, y que ayuda a desmentir en pocos minutos todas esas leyendas ecologistas sobre la superioridad de la vida en el campo. En el campo, en las aldeas idílicas donde las casas se congregan bajo el campanario de la iglesia y alrededor de la plaza del ayuntamiento, etc., la gente es más pobre, más fea, más bruta, más chismosa y ruin que en las capitales. En los pueblos del interior donde los maestros de izquierdas y los militantes naturistas pedían destino en los años setenta, la inteligencia y las facciones se abotargan en muy poco tiempo, y uno puede acabar, como mi amigo Funes, convertido al cabo de dos o tres cursos en la sombra patética de sí mismo. ¿No sería el director de la Casa de la Cultura otro militante fracasado hacía muchos años y embrutecido por el aislamiento y la tristeza, por la falta de periódicos, de novedades editoriales, de peluquerías modernas y calefacción central? Ni siquiera Inma me parecía ahora completamente a salvo de aquel maleficio. Se mantenía idéntica, desde luego, con el mismo aire intangible de serenidad y juventud que tuvo a los veintidós años, pero justo en aquella persistencia se advertía en seguida un indicio creciente de anacronismo y hasta de vulgaridad. Ese pelo suyo, que yo había estado a punto de tocar con las puntas de los dedos cuando Juana Rosa tiró crudamente de mí, ¿no seguía siendo demasiado largo y demasiado liso, no le hacía una cara ancha y más bien indefinida, tan antigua que en realidad había excitado mi nostalgia más que mi deseo? Pero no es imposible que en ciertas ocasiones la nostalgia sea mucho más poderosa que el deseo, más poderosa y seguramente más dañina...

Inmaculada iba quedándose atrás, borrosa entre las caras brutales o sórdidas que me miraban con fijeza y rehuyendo mis ojos, perdida en la luz turbia y escasa del salón de actos. En su sonrisa, tan intangible como los rasgos de su cara, había ahora un punto de fatalismo o de resignación: que aún estando tan cerca el uno del otro todo fuera imposible era una manera muy exacta de revivir lo que nos ocurrió en el pasado. Hice un ademán de resistir el empuje que me apartaba de ella, de desprenderme de los dedos que seguían sujetando el cuello de mi americana o ciñéndose a mi codo como en un cepo de rencor: no era posible avanzar en dirección contraria, hacia Inma, y ni siquiera quedarse inmóvil, del mismo modo que a veces es imposible correr en sueños. Con sus gafas redondas, con sus libros y carpetas abrazados sobre el pecho, con su sonrisa tierna, fervorosa y en el fondo fría, Inmaculada, Inma, me veía apartarme, veía cómo Juana Rosa y el director de la Casa de la Cultura y las sombras rumorosas e inertes del público me separaban de ella y no hacía nada: ni yo tampoco, es cierto. ¿Acaso había hecho algo para no perderla quince años atrás? Una puerta se cerró a mi espalda y ya no la vi. Me pareció que la gente se agrupaba al otro lado y arañaba la superficie de madera. Era un pasillo con azulejos blancos y tubos fluorescentes, con el suelo de hormigón sucio de un barro casi líquido. El director de la Casa de la Cultura caminaba a mi lado. Delante de nosotros, Juana Rosa iba apagando luces y cerrando puertas a medida que avanzábamos. La pesada humedad del aire casi me hacía desmayarme: yo creo que sólo un sentimiento muy agudo de alarma y peligro me mantenía despierto. Los dos se detuvieron ante una puerta metálica pintada de verde. Juana Rosa la abrió manejando una llave muy grande que chirriaba en la cerradura y por primera vez en su vida me dedicó una amplia sonrisa para invitarme a pasar. Amablemente se situaron cada uno a un lado de la puerta: del interior venía una luz débil y azulada. El director me empujaba con suavidad apoyando una mano blanda y fría en mi espalda. Una pequeña formalidad burocrática, me dijo, y en seguida nos iríamos a cenar. Pero cuando ya casi estaba dentro de la habitación me di cuenta de que ellos no me seguían. Pensé, muerto de miedo, estremecido por la temperatura de cripta que había en el interior: «Si entro, no saldré nunca más.» Me volví, aunque sin brusquedad, para no alarmarlos. Era evidente que a Juana Rosa la decepcionó mi ademán. Su sonrisa había adquirido un aire de bondad tan excesivo que la volvía inverosímil, casi aterradora. Para no entrar en la habitación yo debía inventarme un pretexto en menos de un segundo: le pedí bruscamente al director que me sostuviera la carpeta y su manuscrito, y al mismo tiempo le pregunté dónde estaba el baño. Vi la mirada de alarma que cruzó con Juana Rosa, y que se convirtió instantáneamente en una sonrisa aún más benévola hacia mí: ahí mismo, enfrente de nosotros, me dijo, si quiere lo acompaño.

El lavabo no era tan repugnante como yo había esperado: los he visto mucho más sucios en los bares de carretera donde se detienen los autobuses en los que suelo viajar. Sentí un alivio ilimitado al encontrarme solo. Me lavé la cara con agua fría, me miré en el espejo y me dije a mí mismo para serenarme que ya estaba bien de melancolía y autocompasión, incluso de amor a Inmaculada. ¿Realmente la había querido tanto, era verdad que ahora me gustaba? Me sequé con una toalla un poco húmeda, aunque inesperadamente limpia. Cobraría mi conferencia, volvería a Granada a la mañana siguiente, ingresaría triunfalmente el cheque en el banco, dedicaría la tarde a escribir en casa, ya que me habían dado en la oficina dos días enteros de permiso... Con mucha facilidad y en un tiempo brevísimo puedo pasar de la depresión al entusiasmo, del miedo a una secreta gallardía, de la ternura a la indiferencia, y viceversa. Ahora me sentía tranquilo y fuerte, tal vez por efecto del agua fría en la cara y de la fugaz soledad. Iba a abrir la puerta para reunirme con Juana Rosa y el director cuando escuché el mismo rumor como de multitudes eclesiásticas que dejamos atrás al abandonar el salón de actos. La puerta no estaba cerrada del todo: por una rendija vi que el pasillo se había poblado de gente que miraba en dirección a mí, moviendo los labios, como esperando ávidamente a que yo saliera. Juana Rosa y el director seguían inmóviles a ambos lados de la puerta del despacho por la que seguía brotando una luz azulada. Entre las caras vi la de Inma: acaso porque no sabía que yo estaba mirándola, tenía una expresión plana y vulgar, idéntica a la de los otros, como su palidez ansiosa o su mirada fija y vacía. Agitaban de un lado a otro los hombros y movían los labios sin que llegaran a descifrarse las palabras monótonas que repetían.

De nuevo me ganó el miedo, sobre todo descubrí que no estaba solo en los lavabos: había un hombre mirándome al final de la hilera de urinarios, con la cara más blanca que los azulejos, casi amarilla bajo aquella luz, con barba, con el pelo gris, mi amigo Funes. Retrocedí instintivamente mientras él se me acercaba, pero detrás de mí estaba la puerta y el rumor de aquella gente esperándome. Ni en la cara ni en el aspecto de Funes se había producido ningún cambio notable desde la última vez que nos vimos, pero verlo me hizo el mismo efecto que encontrarme con alguien aniquilado por el cáncer. Había envejecido treinta o cuarenta años en los últimos meses, aunque su piel no estaba más arrugada ni se encorvaba su cuerpo. No, no era algo que estuviera en su aspecto físico, me doy cuenta ahora, era lo mismo que sentí ayer cuando los vi a él y a Juana Rosa en el semáforo, la certeza de que no estaba en este mundo ni pertenecía a él, la distancia absoluta entre los enfermos y los sanos, no menos radical que la que separa a los vivos de los muertos. Miraba, caminaba, podía respirarme y hablar, podía extender su mano derecha hacía mí y retenerme para que no huyera, pero no estaba en este mundo ni era como yo.

—Vete de aquí. Escápate por la ventana. No dejes que se te acerque nadie. No vayas a permitir que te bese Inmaculada. Están todos muertos. Estamos todos muertos. Si te quedas esta noche aquí serás como nosotros. Somos una gran sociedad secreta. Pero yo no quería atraerte hacia aquí. Ellos me obligaron...

—Ellos no, Funes: ella, Juana Rosa, a que sí.

Bajó la cabeza, rehuyó mis ojos, exactamente igual que hace tantos años, cuando yo le dije que me iba a marchar de nuestro piso y él no hizo nada para que me quedara. Sus pupilas tenían la misma fijeza y la misma ausencia de brillo que las de todos los demás, y su aliento también olía a sumidero. Le apreté la mano, y él quiso rechazarme y no me miró, pero yo seguí estrechándosela, a pesar del frío y de la humedad, tal vez del peligro. Levantó la cara, y durante unos segundos vi en él la misma sonrisa de golfemia, melancolía y complicidad que tuvo en los tiempos en que aún no conocía a Juana Rosa. Pero las voces ya se habían acercado, y se escuchaban arañazos y golpes en la puerta y roces de pies sobre el cemento. Funes se apoyó contra ella, y me señaló sin decirme una palabra más la ventana que había sobre los urinarios. Trepé a uno de ellos, no sin resbalar varias veces, abrí la ventana, le pedí a Funes por señas que viniera conmigo. Negó con la cabeza tristemente y me urgió a que me marchara. Salté a la oscuridad exterior. Mis pies, mis rodillas y mis manos se hundieron en el cieno. Eché a correr por un descampado, huyendo de las esquinas mal alumbradas del final del pueblo y de los ladridos que venían desde el otro lado de las bardas de los corrales. Tropezaba con raíces hundidas en el barro que se me enredaban a los pies. Al volverme veía siluetas de hombres que manejaban linternas o levantaban faroles amarillos en la oscuridad tamizada de niebla. Muy pronto también los veía frente a mí: estaban rodeándome. Me parecía escuchar las salmodias monótonas y adormecedoras de mis perseguidores y por encima de ellas la voz terminante de Juana Rosa. Providencialmente caí en una zanja: de no haber caído en ella me habría descubierto la luz de una linterna. Me quedé encogido en el barro, confundido con él, tiritando, con los dientes apretados para que el ruido que harían al chocar no me denunciara. Luego las voces y los ladridos se alejaron.

Durante no sé cuántas horas anduve sin rumbo y sin detenerme nunca por aquellos cenagales. Antes del amanecer reconocí bajo mis pisadas el asfalto de una carretera. Creo que perdí el conocimiento. Ya era de día cuando un hombre con una furgoneta me recogió. Le dije que había tenido un accidente, en Pozanco, y el hombre se echó a reír.

—Para mí que se confunde usted de pueblo. Pozanco lo inundó la presa hace treinta años. Claro que ahora, con la sequía, el agua ha bajado tanto que hasta se ven las casas... Pero, oiga, ¿le pasa algo malo? ¿De verdad que no quiere que lo lleve al hospital?

Durante varias semanas apenas conseguí dormir: cerraba los ojos y en cuanto empezaba a vencerme el sueño de nuevo se hundían mis pies en el barro y me volvía para verlos acercarse a mí, rumorosos e idénticos, pálidos, obstinados, muertos en vida o vivos en la muerte, afanados en la propagación de una siniestra y universal cofradía a la que mi amigo Funes sucumbió por amor hace quince años. Si me quedaba en casa, temblaba al oír el timbre de la puerta o el del teléfono y me parecía oír en el silencio arañazos en el otro lado de la pared y rezos de aquella sórdida letanía inoculada tan hondamente a mi memoria que la oigo incluso en el rumor de mi sangre y en los latidos de mi corazón que amplifica la almohada. Si salía a la calle, todas las caras y todas las miradas me daban miedo: hasta el modo en que me sonríe el portero por las mañanas se me volvió amenazador y siniestro. Conseguí una baja temporal por enfermedad en la oficina, aunque eso me obligó a visitar la consulta de un psicólogo. Al despedirme de él tras la segunda sesión decidí que probablemente era también uno de los cómplices de Juana Rosa: le olía el aliento, y sus manos estaban heladas. Por supuesto no le he contado esta historia que ahora confío a mi ordenador portátil. Me tranquilicé poco a poco, volví a la oficina, asistí a un congreso de escritores que se celebró en Alcázar de San Juan, incluso tuve un rápido *affaire* con una poetisa, o poeta, como se dice ahora, que me confesó una desconcertante admiración por mi primera novela. De la segunda ha empezado a rumorearse que puede ganar el premio de la Crítica. No es que la poetisa me resultara muy atractiva, pero fue tal novedad gustarle a alguien que por gratitud casi me enamoré de ella. El lunes, anteayer, volví a la oficina, y por la noche conseguí dormir con una dosis mínima de válium. Fue ayer cuando los vi, a Juana Rosa y a Funes. Pensé que podían vigilar mi casa. Recogí un poco de ropa, mi ordenador portátil y mi tarjeta de crédito y me encerré en este hotel. Anoche no dormí. Tampoco dormiré esta noche, aunque me duele mucho la espalda y tengo los ojos enrojecidos por el brillo de la pantalla del ordenador. Los dedos se mueven sobre el teclado sin que yo los gobierne. Las palabras surgen en la pantalla como si no las escribiera. Es como caminar y caminar por una ciudad desconocida y estar muerto de fatiga y no detenerse nunca. Muerto: también ellos lo están y no se detienen. Pero me doy cuenta, casi con alivio, de que el final ya no va a retrasarse. Son las cuatro de la madrugada. Hace quince minutos sonó por primera vez el teléfono. Ha vuelto a sonar exactamente cada cinco minutos. Me detengo junto a él y lo miro, extiendo la mano derecha y toco el auricular sin levantarlo. Dentro de dos minutos volverá a sonar. Me pregunto si Inmaculada también vino con ellos, si escucharé su voz cuando por fin me rinda y alce el teléfono y me lo ponga al oído.

EL HOMBRE SOMBRA

Andaba Santiago Pardo mirándose el recién peinado perfil en los espejos de las tiendas, eligiendo, alternativamente, el lado derecho o el izquierdo, y de tanto mirarse y andar solo le acabó sucediendo, como ya era su costumbre, que se imaginaba vivir dentro de una película de intriga, y que un espía o perseguidor del enemigo lo estaba siguiendo por la ciudad. Una mujer de peluca rubia y labios muy pintados lo miró un instante desde la barra de una cafetería, y Santiago Pardo sospechó que era ella, con ese aire como casual y tan atento, uno de los eslabones que iban cerrando en torno suyo la trama de la persecución.

Esa tarde, apenas media hora antes de la cita, había salido del cine dispuesto a figurarse que estaba en la ciudad con el propósito clandestino y heroico de volar la fortaleza de Navarone, pero fue salir del cine y el olor del aire, que anunciaba la lluvia y la larga noche de septiembre, le trajo la memoria de Nélida, que ya estaría mirándose, como él, en los espejos de las calles, nerviosa, insatisfecha de su peinado o de su blusa, espiando en el reloj los minutos que transcurrían lenta o vertiginosamente hacia las ocho y media y el pedestal de la estatua donde al cabo de un cuarto de hora iban a encontrarse. Nélida, dijo, porque le gustaba su nombre, y quiso inútilmente recordar su voz y asignarle uno de los cuerpos que pasaban a su lado, el más hermoso y el más grácil, pero no había ninguno que mereciera a Nélida, del mismo modo que ninguna de las voces que escuchaba podía ser la suya. Con avaricia de enamorado conservaba una cinta donde estaba su voz, lenta y cándida, la voz nasal que exigía o rogaba y se quedaba algunas veces en silencio dando paso a una oscura respiración próxima a las lágrimas, sobre todo al final, aquella misma tarde, cuando dijo que era la última vez y que podía tolerarlo todo menos la mentira. «Todo —repitió—, incluso que te vayas.» Así que ahora la aventura de los espías y el miedo a las patrullas alemanas que rondaban las calles de Navarone se extinguió en el recuerdo de Nélida, en las sílabas de su nombre, en su modo de andar o de quedarse quieta al pie de la estatua, mirando todas las esquinas mientras esperaba el instante en que tendrían fin la mentira y la simulación, pero no, y ella debiera saberlo, el larguísimo adiós que nunca termina cuando se dice adiós, pues es entonces cuando empieza su definitiva tiranía. Cuando ella se quedó en silencio, después de precisar la hora y el lugar de la cita, Santiago Pardo quiso decirle algo y entreabrió los labios, pero era inútil hablar, pues nada hubieran podido sus palabras contra el silencio y tal vez el llanto que se emboscaba al otro lado del auricular humedecido por el aliento de Nélida, tan lejos, en el otro mundo, en una habitación y una casa que él no había visto nunca.

A Nélida algunas veces podía verla con absoluta claridad, sobre todo después de una noche que soñó con ella. No sus rasgos exactos y no siempre el color de su pelo o la forma de su peinado, pero sí el alto perfil, el paso rápido, sus delgados tacones, la manera lenta y tan dulce que tenía de echar a un lado la cabeza y sujetarse el pelo con una mano mientras se inclinaba para encender un cigarrillo. Lo encendió, contra un fondo de cortinas azules, con el mismo mechero que a la mañana siguiente encontró Santiago Pardo sobre su mesa de noche, y que fue la súbita contraseña para el recuerdo del sueño. Aún en el despertar le había quedado un tenue rescoldo de la figura de Nélida, y para avivarlo le bastaba pronunciar su nombre y recordarla a ella, desnuda, en una habitación de su infancia en la que nada sucedía sino la felicidad. «Aunque sólo sea eso —pensó, enfilando la última calle que debía recorrer antes de llegar a la plaza donde la estatua, y tal vez Nélida, lo estaban esperando—, le debo al menos un sueño feliz.»

También le debía tantas noches de espera junto al teléfono, la lealtad, casi la vida a la que lentamente había regresado desde la primera o la segunda vez que oyó su voz. Recordaba ahora el insomnio de la primera noche, turbio de alcohol, envenenado de culpa, el desorden de las sábanas y la punta del cigarrillo que se movía ante sus ojos en la oscuridad, y luego, de pronto, el timbre del teléfono sobresaltándole el corazón a las dos de la madrugada: uno espera siempre, a cualquier hora, que alguien llame, que suenen en la escalera unos pasos imposibles. Esa noche, al apagar la luz, Santiago Pardo se disolvió en la sombra como si alguien hubiera dejado de pensar en él. Por eso cuando sonó el teléfono su cuerpo y su conciencia cobraron forma otra vez, y buscó la luz y descolgó el auricular para descubrir en seguida que se trataba de un error. «¿Mario?», dijo una voz que aún no era Nélida, y Santiago Pardo, sintiendo de un golpe toda la humillación de haber sido engañado, contestó agriamente y se dispuso a colgar, pero la mujer que hablaba no pareció escucharle. «Soy yo, Nélida», dijo, y hubo un breve silencio y acaso otra voz que Santiago Pardo no escuchaba. «Te he estado esperando hasta media noche. Imagino que se te olvidó que estábamos citados a las nueve.» No pedía, y tampoco acusaba, sólo enunciaba las cosas con una especie de irónica serenidad. El otro, Mario, debió urdir una disculpa inútil, una prolija coartada que no alcanzaba siquiera la calidad de una mentira, porque Nélida decía sí una y otra vez como si únicamente el desdén pudiera defenderla, y luego, abruptamente, colgó el teléfono y dejó a Santiago Pardo mirando el suyo con el estupor de quien descubre su mágico don de transmitir voces de fantasmas.

A la mañana siguiente ya había olvidado a Nélida del mismo modo irrevocable que se olvidan los sueños. Pero ella volvió a llamar dos noches después para repetir frente al mismo silencio impasible donde se alojaba Mario sus palabras de acusación o fervor, su desvergonzada ternura, y Santiago Pardo, quieto y cauteloso en el dormitorio cuya luz no encendía para escuchar a Nélida, como un mirón tras una cerradura, oía la voz muy pronto reconocida y deseada imaginando que era a él a quien le hablaba para recordarle los pormenores de una caricia o de una cita clandestina. La voz de Nélida le encendía el deseo de su cuerpo invisible, y poco a poco también, los celos y un crudo rencor contra el hombre llamado Mario. Se complacía en adivinarlo insolente y turbio, minuciosamente vulgar, con anchas corbatas de colores, con pulseras de plata en las muñecas velludas. Le gustaban, sin duda, los coches extranjeros, y lucía a Nélida por los bares de los hoteles donde consumaban sus citas con la petulancia de un viajante. «Ya sé que es una imprudencia —dijo ella una noche—, pero no podía estar más tiempo sin saber nada de ti.» Tenía los ojos verdes algunas veces y otras grises o azules, pero siempre grandes y tan claros que las cosas se volvían transparentes si ella las miraba. Más de una noche, cuando crecía el silencio en el auricular y se escuchaba sólo la respiración de Nélida, Santiago Pardo los imaginaba húmedos y fijos, y luego andaba por la ciudad buscando unos ojos como aquéllos en los rostros de todas las mujeres, sin encontrarlos nunca, porque participaban de una calidad de indulgencia o ternura que sólo estaba en la voz de Nélida, y eran, como ella, irrepetibles.

Veía, sí, sus ojos, el pelo suelto y largo, acaso su boca y su sonrisa, una falda amarilla y una blusa blanca que ella dijo una vez que acababa de comprarse, unos zapatos azules, cierto perfume cuyo nombre no alcanzó a escuchar. Buscaba en las calles a una mujer así, y una vez siguió durante toda una tarde a una muchacha porque vestía como Nélida, pero cuando vio su cara supo con absoluta certeza que no podía ser ella. Pronto renunció del todo a tales cacerías imaginarias: prefería quedarse en casa y esperarla allí incansablemente hasta que a media tarde o a la una de la madrugada, Nélida venía secreta y sola, como una amante cautiva a la que Santiago Pardo escondiera para no compartir con nadie el don de su presencia. Hubo días en que no llamó, hubo una semana sin fin en la que Santiago Pardo temió que nunca volvería a escuchar la voz de Nélida. Sabía que el azar puede ser generoso, pero no ignoraba su ilimitada crueldad. Quién sabe si alguien había desbaratado para siempre el leve roce de líneas que unía al suyo el teléfono de Nélida, o si ella había resuelto no llamar nunca más a Mario.

La última vez no pudo hablarle: indudablemente, Mario la engañaba, nunca la había merecido. «¿Está Mario, por favor?», dijo, tras un instante de vacilación, como si hubiera estado a punto de colgar. Hubo un silencio corto, y luego Nélida dijo gravemente que no, que llamaría más tarde, tal vez a las once. A esa hora, Santiago Pardo montaba guardia junto al teléfono esperando la voz de Nélida y deseando que tampoco esta vez pudiera hablar con el hombre que se había convertido en su rival. Nélida llamó por fin, pero la misma voz que le había contestado antes debió de decirle que Mario seguía sin venir, y ella dio las gracias y esperó un segundo antes de colgar. «La rehúye, el cobarde. Está ahí y no quiere hablar con ella, y Nélida lo sabe.» Santiago Pardo se entregaba al rencor y a los celos como si Nélida, cuando renegara de Mario, fuese a buscarlo a él.

Y cuando al salir del cine olió el aire de septiembre y decidió que acudiría a la cita, imaginaba que era a él, y no a Mario, a quien Nélida estaba esperando al pie de la estatua. A medida que las calles y los relojes lo aproximaban a ella, Santiago Pardo percibía el temblor de sus manos y el vértigo que le trepaba del estómago al corazón, y no pudo apaciguarlo ni aun cuando se detuvo en un café y bebió de un trago una copa de coñac. Igual que en otro tiempo, el alcohol le encendía la imaginación y le otorgaba un brioso espejismo de voluntad, pero toda su audacia se deshizo en miedo cuando llegó a la plaza donde iba a surgir Nélida y vio a una mujer parada junto al pedestal de la estatua. Faltaban cinco minutos para las ocho y media y la mujer, que sólo se había detenido para mirar a las palomas, siguió caminando hacia Santiago Pardo, para convertirse en un muchacho con el pelo muy largo. «Quizá no venga —pensó—, quizá ha comprendido que Mario no va a venir o que es inútil ensañarse en la despedida, pedir cuentas, rendirse a la súplica o al perdón.»

Entonces vio a Nélida. Eran las ocho y media y no había nadie junto al pedestal de la estatua, pero cuando Santiago Pardo apuró la segunda copa y levantó los ojos, Nélida estaba allí, indudable, mirando su reloj y atenta a todas las esquinas donde Mario no iba a aparecer. No era alta, desde lejos, pero sí rubia y altiva y a la vez dócil a la desdicha, como a una antigua costumbre, de tal modo que cuando Santiago Pardo salió del bar y caminó hacia ella no pudo advertir señales de la inquietud y tal vez la desesperación que ya la dominaban, sólo el gesto repetido de mirar el reloj o buscar en el bolso un cigarrillo y el mechero, sólo su forma resuelta de cruzar los brazos y bajar la cabeza cuando se decidía a caminar, como si fuera a irse, y únicamente daba unos pasos alrededor de la estatua y se quedaba quieta tirando el cigarrillo y aplastándolo con la punta de su zapato azul. La falda amarilla, sí, los ojos ocultos tras unas gafas de sol, la nariz y la boca que al principio lo desconcertaron porque eran exactamente la parte de Nélida que él no había sabido imaginar.

La desconocía, la iba reconociendo despacio a medida que se acercaba a ella y le añadía los pormenores delicados y precisos de la realidad. Cruzó la plaza entre las palomas y los veladores vacíos pensando, Nélida, murmurando su nombre que había sido una voz y ahora se encarnaba, sin sorpresa, en un cuerpo infinitamente inaccesible y próximo, precisando sus rasgos, las manos sin anillos, pero no los ojos ocultos que ya no miraban hacia las esquinas y que se detuvieron en él, el impostor Santiago Pardo, como si lo hubieran reconocido, cuando llegó junto a ella, casi rozando su perfume, y le pidió fuego tratando de contener el temblor de la mano que sostenía el cigarrillo. Nélida buscó el mechero, y al encenderlo miró a Santiago Pardo con una leve sonrisa que pareció invitarlo a decir: «Nélida», no el nombre, sino la confesión y la ternura, la mágica palabra para conjugar el desconsuelo de las citas fracasadas y los teléfonos que suenan para nadie en habitaciones vacías. «Nélida», dijo, mientras caminaba solo por las aceras iluminadas, mientras hendía la noche roja y azul con la cabeza baja y subía en el ascensor y se tapaba la cabeza con la almohada para no recordar su cobardía y su vergüenza, para no oír el teléfono que siguió sonando hasta que adelantó la mano en la oscuridad y lo dejó descolgado y muerto sobre la mesa de noche.

LAS AGUAS DEL OLVIDO

Nadie cruzaba el río, aunque estaba muy cerca la otra orilla, tal vez porque la mirada no podía encontrar en ella nada que no hubiera a este lado, y porque quien cruza un río parece que deba exigir alguna compensación simbólica, que en este caso quedaba descartada por la cercanía y la similitud. Todo era igual a ambos lados, las mismas dunas y yerbazales tendidos por el viento del mar, el mismo brillo salino en las crestas de arena. El perro, *Saúl*, cruzó el río por la mañana, persiguiendo algo que Márquez había arrojado a la otra orilla con un rápido ademán en el que entonces no advertí premeditación, sino una de esas decisiones baldías que dicta el tedio. *Saúl* nadó ávida y ruidosamente, alzando el hocico sobre el agua revuelta, y cuando emergió al otro lado pareció que se hubiera extraviado. Sacudiéndose la pelambre empapada deambuló por la orilla y estuvo ladrando un rato con quejidos de lobo, sin atender al silbido ni a las voces de Márquez. A media tarde me di cuenta de que aún no había regresado.

Esta mañana, mientras tomábamos el aperitivo en la penumbra de la biblioteca, Márquez me dijo el nombre del río, Guadalete, y apeló a un par de diccionarios geográficos para explicarme su etimología. Siento no haberlo escuchado entonces; supongo que si lo hubiera hecho no habría sabido evitar nada. Márquez abrió uno de sus diccionarios y buscó la palabra, deteniendo en ella su dedo índice, pero yo casi no le hice caso; atento a mi martini, a la ventana que da a la pista de tenis, a las dunas de este lado, al río. «Palabra compuesta de una doble raíz griega y árabe», dijo Márquez, leyendo. En ese instante yo miraba los muslos de Ivonne, excesivos bajo el *short* blanco, y los terminantes vaivenes con que Charlie Gómez movía la raqueta, abajo, en la pista de tenis. De cuando en cuando dejaban de jugar y conversaban separados por la red, bromeando en voz baja, reteniéndose fugazmente las manos mientras se cedían la pelota blanca. En una ocasión, Charlie Gómez alzó los ojos hacia la ventana de la biblioteca y vio que yo estaba mirándolos. Me hizo un estúpido saludo deportivo, extendiendo el pulgar, y le dijo algo a Ivonne, que miró también hacia arriba y se echó a reír.

Charlie Gómez tenía el aspecto general de esos galanes que anuncian en televisión colonias masculinas. Alto, inmutablemente bronceado, parecía menos adicto a Ivonne que a los deportes y a los automóviles, y cuando jugaba al tenis se ceñía la frente con una banda listada que sin duda Ivonne encontraba irresistible. Durante el desayuno, sentado frente a él, pensé que podía sin remordimiento considerarlo un imbécil. ¿Puede no serlo quien permite que le llamen Charlie Gómez?

Cuando nos saludó desde la pista de tenis, Márquez, ante otro diccionario, había pronunciado la palabra *semental*, mirándolo con tristeza por encima de sus gafas. Eso me hizo pensar en Ivonne como en un proyecto de vaca. Lo sería a la vuelta de algunos años y de dos o tres hijos. Decía que le gustaban los niños y los perros, y cuando supo que yo escribía libros —había tres en la biblioteca, pero ésa era una habitación que ella casi nunca visitaba— se entretuvo en hallar copiosas semejanzas entre la maternidad y la literatura. Me preguntó jovialmente si yo había tenido hijos y plantado árboles. Ella los plantó en su infancia, nos dijo, su padre era un campesino, por eso debíamos disculparla si sus modales no se ajustaban siempre a la etiqueta. Viéndola comer con los labios tan pintados un trozo de pastel y chuparse sin escrúpulo, con halagado aire de travesura infantil, los dedos untados en azúcar, comprendí que era detestable y que Márquez la amaba más allá de la razón y del ridículo, incluso del evidente escarnio. Estaba sentada tan cerca de Charlie Gómez que sin duda le rozaba las piernas bajo la mesa.

—Escribir un libro —me dijo— ¿no será como dar a luz?

—A eso él no puede contestarte, Ivonne —dijo suavemente Márquez. La miraba siempre como vigilando la posibilidad de un desastre que él debiera atajar.

—Muchas veces yo he pensado en escribir mi vida. —Ivonne se volvió hacia Charlie Gómez—. Sería una novela.

—A mí me faltaría paciencia para estar sentado tanto tiempo sin hacer nada —dijo Charlie Gómez. Pensé: «Ahora va a decir que él es un hombre de acción.» Lo hizo. Explicó luego que si él escribiera, lo contaría todo en una página y terminaría en seguida, porque no le gustaba adornar las cosas: él iba siempre al grano.

—Yo también —dije tímidamente, pero ni Charlie Gómez ni Ivonne me oyeron, y Márquez estaba demasiado absorto en ella como para hacerme caso. Tuve la sensación de que mi laconismo era una descortesía. Al fin y al cabo, yo era un invitado, y si hablaban de literatura a la hora del desayuno era en atención a mí. Me arrepentí secretamente de haber aceptado la invitación de Márquez y empecé a imaginar un pretexto para marcharme cuanto antes de la casa. Era sábado por la mañana; hasta la noche del domingo no podría volver a la ciudad. Pero lo más grave era que Charlie Gómez se había ofrecido a llevarme en su coche. Pensé con pavor en la velocidad que su descapotable alcanzaría en la carretera de la costa.

La cocinera, una mujer gorda y callada, empezó a retirar la mesa antes de que nosotros nos levantáramos. Ivonne le dijo que se volviera a su cocina con un gesto irritado.

—No sabe comportarse —dijo—. Se pone nerviosa cuando hay invitados.

—Debiste esperar al lunes para despedir a la doncella —le sugirió Márquez como temiendo enfadarla—. Y no hables tan alto. Te ha oído.

—Que me oiga. Es igual que la otra. —Ahora, Ivonne me miró, hablándome con su roja boca llena de pastel—. ¿Sabe usted por qué la despedí ayer tarde? Empezó a olvidársele todo, estaría drogada, yo qué sé. Le pedí que preparara un *lunch* y se puso a fregar platos que no estaban sucios. Como usted y Charlie Gómez iban a venir, le dije que arreglara las habitaciones de invitados. ¿Sabe lo que hizo? Sentarse a tomar el sol en la pista de tenis... Pero yo sé por qué no tenía la cabeza en su sitio. Por la mañana se había escapado para reunirse con un hombre. En las dunas, en la otra orilla del río. Volvió nadando cuando nosotros todavía no nos habíamos levantado. Pero yo la

vi. Yo vi que puso a secar su bañador en la ventana de su cuarto...

—El servicio es hoy día un problema indisoluble —dijo severamente Charlie Gómez.

—Insoluble —apuntó Márquez, y me sonrió, sin mirarlo.

—¿Usted juega al tenis? —me preguntó Ivonne—. Es un aburrimiento jugar con Charlie y perder siempre.

—A mí me ganaría —dije yo—. No he jugado nunca.

—No hacía falta que me lo dijera. —Ivonne suspiró con tristeza y buscó alivio en Charlie Gómez; se atrevió a rozarle la mano sobre el mantel, entre las tazas, fingiendo procurar que su marido no la viera—. Es usted como mi Álvaro. Sólo la tiene por los libros. Claro que usted al menos los escribe...

Charlie Gómez y ella salieron del comedor hacia la piscina y la pista de tenis, vestidos de blanco, con pantalones cortos, moviéndose con una premeditada agilidad, como si nos ofrecieran a Márquez y a mí un ejemplo de los alegres beneficios del adulterio y del deporte.

—Venga conmigo a la biblioteca —dijo Márquez, pero pensaba en otra cosa—. Me firmará sus libros y le enseñaré mis diccionarios.

El perro *Saúl* entró en el comedor y se adhirió jadeando a sus piernas. Márquez le acarició la cabeza y el lomo con la mano derecha. En la otra sostenía un pesado trozo de madera y lo examinaba meditativamente, como calculando la posibilidad de hacer algo a lo que no estuviera seguro de atreverse. El perro se alzaba sobre las patas posteriores para tocar el trozo de madera y lo husmeaba con desasosiego. No subimos todavía a la biblioteca. Cruzamos la parte baja de la casa, llena de cuadros y de muebles antiguos que Márquez me había mostrado el día antes con satisfacción y desdén, y salimos a la pista de tenis, frente al río. Charlie Gómez e Ivonne reían a carcajadas, muy juntos, cada uno a un lado de la red. Al vernos nos saludaron agitando al mismo tiempo las raquetas, con esa felicidad, tan frecuente en el cine, de quienes están a punto de emprender un crucero.

—*Saúl* —dijo Márquez. Levantó el trozo de madera, echó el brazo hacia atrás, arqueando el cuerpo hasta casi perder el equilibrio, luego la mano avanzó trazando una rápida curva y el objeto que hacía un instante estuvo en ella cruzó el aire sobre las aguas del río y fue a caer entre las dunas. De un salto, el perro se arrojó al agua y empezó a nadar hacia la orilla. Cuando lo vimos desaparecer, Márquez volvió a decirme que subiéramos a la biblioteca.

Procuré escribirle dedicatorias distintas en cada uno de mis libros. En el aire quieto de la mañana de verano oía los secos golpes de la pelota y las carcajadas de Ivonne y de Charlie Gómez, y sentía que mi gratitud hacia Márquez —era rico, conocía mis libros, gracias a ellos yo estaba invitado en su casa— iba siendo desplazada por una torpe obligación de piedad. Sobre la mesa, en los anaqueles, había fotos en blanco y negro de Ivonne; en algunas de ellas era más joven y estaba peor vestida y peinada; sin duda procedían del tiempo en que Márquez aún no se había encontrado con ella. Me pregunté dónde sucedió y por qué fue irreparable.

—Me gusta leer diccionarios y averiguar etimologías —dijo Márquez, mirando por la ventana a Ivonne, que nos daba la espalda—. No lo tome a mal, pero no conozco ninguna novela que me apasione más que la lectura de un diccionario.

—No se preocupe —dije yo—. A mí hay veces que me pasa lo mismo.

—Orden y armonía. ¿No es eso lo que ustedes buscan en las palabras y en las cosas? Donde otros, los que no escribimos, sólo vemos el azar, ustedes encuentran los cabos sueltos de una historia. Pero el orden más inflexible es el de los diccionarios, y el misterio más cercano y difícil es el de la etimología de cada palabra. Le pongo un ejemplo. Usted ve a ese tipo que ahora está con mi mujer haciendo como que juega al tenis y es fácil que le asigne un calificativo...

—Desde luego. —Agradecí la ocasión de mostrarle a Márquez mi solidaridad—. Es un imbécil.

—... un tipo jovial —continuó hablando, sin prestarme atención—. *Jovial.* Una palabra cualquiera, sin misterio. ¿Sabe lo que de verdad significa y por qué nuestro amigo no la merece? *Jovial* es el poseído por Jove, por Júpiter, por un dios... Manejamos las palabras sin darnos cuenta de que bajo su forma gastada por el uso hay una moneda de oro. Mire ese río de ahí abajo. ¿No se ha preguntado nunca por qué le llaman Guadalete?

Pero no esperó mi respuesta, porque entonces empezamos a oír, traídos desde muy lejos por el viento, los ladridos de un perro. Eran largos quejidos, cada vez más remotos, que al cabo de unos minutos se extinguieron del todo en un silencio punteado por los golpes de la pelota en la pista de tenis.

Luego bajamos al jardín, dimos una vuelta por la orilla del río, hacia el mar, queriendo ver al perro *Saúl* entre las dunas; volvimos a casa para beber unos martinis. Desde la ventana del comedor vi que Ivonne y Charlie Gómez se abrazaban con ademanes convulsivos tras un árbol, sin soltar las raquetas. En ese momento, Márquez se me acercaba con las dos copas en las manos. Para que no viera nada me alejé con rapidez absurda hacia el otro extremo de la habitación.

Los martinis y luego la comida me sumieron en un pesado letargo. Sólo tras dos tazas de café volví a sentirme lúcido y a odiar a Charlie Gómez, y a fijarme con reprobable interés en la ceñida blusa deportiva de Ivonne. Hablábamos lánguidamente de lo difícil que es hacerse rico con los libros; del calor, que se mitigaría al anochecer; de la lealtad de los perros, de un pastor alemán en cuyos ojos había descubierto Charlie Gómez una expresión del todo humana. Ivonne propuso con abatida tenacidad una excursión a la playa por la que nadie llegó a entusiasmarse. Márquez, advirtiendo el sueño y la fatiga en mis ojos, me sugirió que subiera a dormir una siesta. Creí correcto resistirme un poco y en seguida accedí, imaginando casi desesperadamente el alivio de estar solo y tendido en una habitación en penumbra.

—Iré contigo a la playa —le dijo Charlie Gómez a Ivonne.

—Tengo una idea mejor. —Desde la puerta, de antemano dormido, oí con sorpresa la voz de Márquez—. Juguemos usted y yo un partido de tenis, Charlie.

Entre sueños seguí escuchando sus voces, los golpes de la pelota, rápidos y multiplicados pasos de zapatillas de lona sobre el suelo de cemento, muy lejos y muy cerca, como los ladridos del perro *Saúl*, que no sé si también se oyeron en la realidad.

Me desperté casi de noche. Tenía la boca seca y amarga, y me pesaba el estómago como si acabara de comer. Cuando caminaba hacia la biblioteca en busca de Márquez noté un opresivo silencio de casa abandonada. Sentado ante la mesa, donde todavía estaba abierto un diccionario, miré la pista vacía y las dunas, las copas sonoras de los árboles, la corriente del río. *Guadalete*, leí; esa palabra estaba subrayada. Iba a seguir leyendo cuando vi a Ivonne parada frente a mí. Todavía llevaba la blusa deportiva y el pantalón corto, y estaba llorando.

—Se ha ido —me dijo—. Sin decir adiós, sin explicarme nada, sin mirarme. Terminó de jugar con Álvaro y ya no era el mismo.

—¿Discutieron?

—Nada. —Ivonne se limpió las lágrimas y la nariz con un pañuelo manchado de rímel—. Yo los miraba jugar. No sé por qué se empeñó Álvaro, si no sabe ni coger la raqueta. Fue a sacar y tiró la pelota al otro lado del río. Una pelota carísima. Charlie se irritó...

—¿Cruzó él para buscarla? —dije, pero yo sabía la respuesta. Fue como un relámpago; en un segundo recordé a la doncella despedida y al perro *Saúl*. Con incredulidad, sin asombro, lo entendí todo; también la sabiduría y la venganza de Márquez.

—Se tiró al agua y cruzó el río en un momento —dijo Ivonne—. Cuando volvió pasó a mi lado sin mirarme. Se cambió de ropa y se fue. Usted es hombre y escritor. ¿Puede explicarme qué he hecho para que Charlie me abandone así? Mi marido no sospechaba...

—No sospechaba —dije, y le mostré el diccionario abierto y la palabra subrayada—. Sabía. Hasta yo lo supe, y no hace ni un día que estoy aquí.

—¿Cree que él amenazó a Charlie?

—No era necesario. Su marido descubrió el modo de que Charlie se olvidara para siempre de usted. Bastaba con hacer que cruzara ese río.

Ivonne me miró sin entender, sin encontrar alivio en mis palabras. Por la ventana abierta de la biblioteca le señalé el río y la región de las dunas, ya oscurecida por el anochecer.

—¿Se acuerda de la criada que usted despidió ayer? —continué—. Cruzó el río y cuando volvió no recordaba nada. Usted misma nos dijo que le ordenó arreglar las habitaciones de invitados y que ella se fue a tomar el sol, que se puso a fregar platos que ya estaban limpios... Y ese perro, *Saúl*, acuérdese, su marido le hizo cruzar el río y ya no ha vuelto. El río se llama Guadalete. Es una palabra árabe que viene del griego. Los antiguos le llamaban Leteo, el río del olvido, porque era la frontera entre el reino de los vivos y el de los muertos. Quien lo cruza pierde la memoria.

Cerré de un golpe el pesado diccionario, miré a Ivonne con piedad y un poco de deseo, preguntándome qué estaría haciendo Márquez, dónde. Ivonne no comprendía o no aceptaba. Dio un paso hacia mí, me abrazó, respirando oscuramente contra mi pecho. Para eludir su mirada, que buscaba mi boca, miré de nuevo hacia la ventana. Alguien, un hombre, cruzaba la pista de tenis, en bañador, con zapatillas blancas, llevando una toalla al hombro. Casi en la oscuridad reconocí a Márquez. Lo vi detenerse en la orilla arenosa del río, quitarse las zapatillas y dejarlas cuidadosamente en el suelo, junto a la toalla. Como si se apartara el pelo de la cara echó atrás la cabeza y luego entró muy despacio en el agua, adelantando los brazos, las manos juntas y extendidas. Antes de dar la primera brazada se volvió hacia la ventana desde donde yo estaba mirando e hizo un gesto con la mano, como diciendo adiós.

LA POSEÍDA

Marino alzó los ojos del café y se volvió con disimulo hacia las mesas del fondo. Como ya había presentido, casi temido, la muchacha estaba allí, con sus labios sin pintar y su carpeta de colores vivos, haciendo sitio en la mesa para dejarla sobre ella, examinando el interior de un pequeño monedero de plástico, porque tal vez no estaba segura de poder pagarse un desayuno. Era tan joven que aún faltaban varios años para que en su rostro hubiera rasgos definitivos. La nariz, la boca, los pómulos, eran casi del todo infantiles, y también sus cortos dedos con las uñas mordidas, pero no el gesto con que se ponía el cigarrillo en los labios, ni la mirada, fija en la puerta del bar, casi vidriosa a veces. Dormía mal, desde luego, tenía ojeras y estaba muy pálida, sin duda madrugaba para llegar a tiempo al bar y mentía diciendo que las clases empezaban muy temprano, y era probable que ni siquiera fuese al instituto. Cómo imaginar ese rostro en una fila de bancas, junto a una ventana, atento a las explicaciones de alguien.

Llegaba uno o dos minutos después de las nueve y se sentaba en la misma mesa. Él lo sabía y la esperaba, ya instalado en la barra, hojeando el periódico mientras tomaba el desayuno. La verdad es que ni siquiera tenía que pedirlo, y que eso le otorgaba una modesta certidumbre de estabilidad. Apenas cruzaba la puerta, el camarero ya se apresuraba a buscar el periódico del día para ofrecérselo y ponía en la cafetera un tazón de desayuno, saludándolo con una sonrisa de hospitalidad, casi de dulzura. Marino llevaba meses apareciendo a la misma hora en el bar y marchándose justo veinte minutos más tarde para volver a tiempo a la oficina, al reloj donde introducía una tarjeta plastificada con su foto, oyendo un seco chasquido como de absolución, las nueve y media en punto. Decían los otros que el reloj era él, que tenía en su alma una puntualidad de cristal líquido.

De nueve a nueve y media, las dimensiones del mundo se ceñían al camino entre la oficina y el bar. Habitar ese tiempo era tan confortable como ser ciudadano de uno de esos principados centroeuropeos que tienen el tamaño de una aldea en la que todos se conocen y donde no hay pobreza ni ejército, sino tranquilos bancos con cuentas numeradas. Un país de aduanas benévolas; bastaba introducir la tarjeta magnética en la ranura del reloj para cruzar su frontera, y luego bajar a la calle y cruzar una plaza donde había árboles y un jardín con una fuente mediocre. Marino sabía exactamente a quién iba a ver en cada esquina y quién estaría ya en el bar cuando él entrara, empleados furtivos, señoras de cierta edad que mojaban con reverencia sus *croissants* en altos vasos de leche con cacao. Se trataba de gente tan familiar como desconocida, porque Marino no se la encontraba nunca en otros lugares de la ciudad, como si todos, también él, agotaran su existencia en la media hora del desayuno.

A aquel país casi nunca iban extranjeros. Y si llegaba alguno era difícil que los habituales lo notaran, ensimismados en la costumbre de saberse pocos e ignorados, tal vez felices. Por eso él tardó algunos días en advertir la presencia de la muchacha. Cuando la vio fue como si concluyera un lento proceso de saturación, semejante a ese goteo de un líquido incoloro en un vaso de agua al que de pronto añade un tono rojizo o azul que ni siquiera se insinuó hasta el instante en que aparece. Se fijó en ella un día sin sorpresa ninguna y tardó menos de diez minutos en enamorarse. Veinte minutos después, en la oficina, ya la había olvidado. Le hizo falta verla a la mañana siguiente para reconocer en sí mismo la dosis justa y letal de desgracia, la sensación de no ser joven y de haber perdido algo, una felicidad o plenitud de las que nada sabía, una noticia fugaz sobre un país adonde no iría nunca.

Sentado ante la barra, de espaldas a la puerta, Marino la sentía pasar a su lado, caminando hacia el fondo, tan indudable como un golpe de viento o como el curso de un río. El verano se había adelantado y todo el mundo llevaba camisas de manga corta, menos ella. El hombre a quien esperaba también parecía indiferente al calor. Vestía un traje marrón, de chaqueta ceñida y pantalón ligeramente acampanado, llevaba siempre chaqueta y corbata de nudo grueso y unas gafas de sol, incluso en las mañanas nubladas. Ella lo esperaba ávidamente cada segundo que tardaba en llegar. Se notaba que esperándolo no había dormido y que cuando iba hacia el bar la impulsaba el desesperado deseo de encontrarse allí con él, pero el hombre nunca llegaba antes que ella. La impuntualidad, la indiferencia, eran los privilegios de su hombría.

En el curso de dos o tres desayunos, Marino calculó la historia completa. El hombre tendría treinta y cinco o cuarenta años y la trataba con una frialdad exagerada o dictada por el disimulo. Estaba casado; en el dedo anular de la mano izquierda Marino había visto su anillo. Tendría hijos no mucho más jóvenes que ella, acaso un pequeño negocio no demasiado próspero, una *boutique* en los suburbios o un taller de aparatos de radio, y se iría a abrirlo en cuanto la dejara a ella en la parada de algún autobús, aliviado, un poco clandestino, permitiéndose una discreta sensación de libertad y de halago; quién a su edad no desea un asunto con una muchacha como ésa, quién lo obtiene.

Él le traía regalos. Paquetes pequeños, sobres con anillos baratos, suponía Marino, cosas así. Objetos fáciles de disimular que el tipo sacaba del bolsillo y deslizaba sobre la mesa con la mano cerrada y que desaparecían en seguida en el bolso o en la carpeta de la muchacha, como si nada más verse cada mañana se entretuvieran en un juego infantil. Marino los espiaba de soslayo pensando con suficiencia y envidia en la estupidez del amor. Algunas veces no se quedaban en el bar ni diez minutos. Una mañana, el hombre ni siquiera entró. Marino vio que la chica levantaba bruscamente los ojos, agrandados y enrojecidos por el insomnio, hacia la puerta de cristal. El hombre estaba parado en la calle, con las manos en los bolsillos, las gafas oscuras, la corbata floja, como si también él hubiera pasado una mala noche, y cuando supo que ella lo había visto le hizo una señal. Como una sonámbula, la chica se puso en pie, recogió su carpeta y su paquete de cigarrillos rubios y salió tras él.

—Otra vez se me ha ido sin pagar —le dijo el camarero.

—La invito yo. —Marino a veces tenía inútiles arrebatos de audacia.

—No sabía que la conociera. —El camarero lo miraba con una sospecha de reprobación.

—Ella tampoco lo sabe.

—Allá usted.

Marino, que padecía una ilimitada capacidad de vergüenza, pagó los cafés y se arrepintió instantáneamente, pero ya era tarde, siempre lo era cuando decidía hacer o no hacer algo, y ese día terminó de desayunar diez minutos antes de lo acostumbrado, y fichó de regreso en el reloj de la oficina a las nueve y veinticinco, hecho que no dejaron de anotar con agrado sus superiores inmediatos, y que a fin de mes debía suponerle un incremento casi imperceptible en su nómina. De igual modo, si al volver se retrasaba un solo minuto, el ordenador le descontaba una mínima parte proporcional de su sueldo, y lo peor no era el perjuicio económico, difícil de advertir en una paga ya tan baja, sino el oprobio de saber que las impuntualidades más sutiles quedaban automáticamente registradas en su ficha personal. Por eso Marino prefería salir a desayunar con unos segundos de retraso, y volver con un margen de tranquilidad más amplio, un minuto o dos, y cuando daban las nueve treinta él ya estaba sentado en su mesa, ante su máquina de escribir, chupando un pequeño caramelo de menta, porque ya no fumaba, o sacándole punta a un lápiz hasta volverlo tan agudo como un bisturí. En la oficina había quien le llamaba en voz baja esquirol.

Marino pasó tres días sin atreverse a desayunar en el sitio de siempre. Se avergonzaba, casi enrojecía al recordar la cara con que lo había mirado el camarero cuando le pagó los cafés. Le había sonreído, pensaba, como adivinándole un vicio secreto; sin duda lo tomaba por uno de esos hombres maduros y sombríos que se apostan tras las tapias de los colegios de niñas. Esas cosas eran increíbles, pero ocurrían. Marino leía de vez en cuando sobre ellas en las crónicas de sucesos y en una revista de divulgación sanitaria a la que estaba suscrito.

Y también era espantosamente posible que el camarero, sin malicia, le hubiera hablado de él a la muchacha, lo cual crearía una situación singularmente vidriosa para todos; seguro que ella sospechaba algo y se burlaba, y el hombre podía tomar a Marino por un competidor, uno de esos espías famélicos del amor de los otros. De qué le sirve a uno forjarse una vida respetable, obtener un puesto de trabajo para siempre y cumplir sus horarios y sus obligaciones con fidelidad impoluta, si un solo gesto, si un antojo irreflexivo lo puede arrojar a la intemperie del descrédito. Durante tres días, provisionalmente desterrado de su bar de costumbre, Marino sobrevivió entre nueve y nueve y media a un desorden semejante al que provocan las riadas. Tardó más tiempo del debido en encontrar otra cafetería. El aire olía turbiamente a tabaco y a orines, el suelo estaba sucio de serrín, el café era lamentable, los *croissants* añejos, el público desconocido, los camareros hostiles. Así que volvió a la oficina con dolor de estómago y con tres minutos de retraso, y a la mañana siguiente cambió de bar, pero fue inútil, y el tercer día ni siquiera desayunó, sumido ya en el abandono enfermizo de la melancolía, como quien renuncia a toda disciplina y se entrega a la bebida. Pasó la aciaga media hora de su libertad dando vueltas por las calles próximas a la oficina, examinando desde fuera bares desconocidos, como un mendigo que si se atreve a entrar será expulsado, mirando rostros de muchachas apresuradas que salían de los portales con carpetas de colores vivos asidas contra el pecho, sin verla nunca a ella, sin darse cuenta exacta de que la estaba buscando. A las diez y diecinueve minutos, después de subrayar con tinta roja el título de un expediente, decidió que se rendía a una doble evidencia: estaba enamorado y no había en la ciudad otro café como el que le daban en su bar de siempre.

Al día siguiente lo despertó la excitación del regreso, igual que cuando era más joven y no lo dejaba dormir la proximidad de un viaje. A las ocho menos tres minutos ya estaba en la oficina, antes que nadie, no como esos bohemios que aparecían jadeando y sin lavar a las ocho y cinco, mintiendo indisposiciones y disculpas. Marino los miraba con profunda piedad, con el alivio de no ser como ellos, y seguía afilando las puntas de sus lápices. Aquella mañana partió varias, si bien el prestigio menor que le había ganado su pericia en esa tarea se mantuvo inalterable, pues nadie se dio cuenta. Marino reprobaba el sacapuntas y usaba siempre, con delicado anacronismo, una cuchilla de afeitar.

A las ocho cincuenta y siete, contra su costumbre, ya se había puesto la chaqueta y cerrado con llave el cajón de su escritorio, donde guardaba los lápices y la cuchilla, así como varias gomas de borrar tinta y lápiz y un muestrario de grapas de diversos tamaños. A y cincuenta y nueve ya estaba al acecho frente al reloj digital de la oficina con su tarjeta perforada en la mano, esperando el instante justo en que aparecieran en la pantalla las nueve cero cero. Cuando vio por fin el deseado temblor rojizo de los números introdujo la tarjeta en la ranura con la misma gallarda exactitud con que hinca un torero las banderillas en la cerviz del animal. Pero Marino estaba enamorado y le era indiferente hasta su propia perfección.

La muchacha ya estaba en el bar, dulce patria recobrada que desplegó ante Marino sus mejores atributos, sus banderas más íntimas, su tal vez inmerecida clemencia. El camarero, en cuyo rostro no pudo descubrir Marino la más lejana seña de reprobación, se apresuró a servirle el café exactamente como a él le gustaba, muy corto, con la leche muy caliente, con una última gota de leche fría, y en cuanto a la tostada, nunca la había probado él más en su punto. Pero todo se volvió súbitamente inútil, porque el amor, como en la adolescencia, le había quitado el apetito.

La muchacha estaba sola en el bar y lo miraba. Sentada en su mesa de siempre, bebiendo con desgana su café, fumando, tan temprano, manchando circularmente con la taza las hojas de apuntes de su carpeta escolar. Más pálida y despeinada que nunca, con un sucio y ceñido pantalón de raso amarillo y un basto jersey del que sobresalían con descuido los faldones de una camisa que debía pertenecer a un hombre mucho más alto que ella, el hombre que esa mañana ya no aparecería, el infiel. El pelo liso y descuidado le tapaba los ojos. Se mordía un mechón con sus agrietados labios rosa, extraviada en la inmóvil desesperación, en la soledad y el insomnio.

Cada vez que aparecía la silueta de alguien tras las cristaleras del bar la muchacha se erguía como si recobrara por un instante la conciencia. En realidad no había mirado a Marino, no parecía que pudiera mirar nada ni a nadie, tan sólo despertaban por un instante sus pupilas para permitirle comprobar de nuevo que quien ella esperaba ya no iba a venir. A las nueve y veinte se marchó. Olía casi intangiblemente a sudor tibio cuando pasó junto a Marino, que sólo se atrevió a volverse hacia ella cuando ya no pudo verla.

—Tengo una hija —le dijo amargamente el camarero—. Me da miedo que crezca. Ve uno tantas cosas.

Marino asintió con fervor. Merecer las confidencias del camarero, un desconocido, lo emocionaba intensamente, mucho más que el amor, sentimiento que ignoraba en gran parte.

Por la noche, hacia las diez, cuando volvía de un cursillo nocturno, vio desde el autobús a un hombre que le resultaba conocido. Antes de que su memoria terminara de reconocerlo ya lo había identificado el rencor. Caminaba solo, con las manos en los bolsillos y la chaqueta abierta, y la punta de su corbata sobresalía casi obscenamente bajo el chaleco marrón. Desde hacía años nadie que tuviera un poco de decencia llevaba tan largas patillas. Marino, sobresaltado, buscó en la acera a la muchacha, y al principio obtuvo la decepción y el alivio de no verla. El hombre quedó atrás, pero luego el autobús se detuvo en un semáforo y los mismos rostros que Marino había visto un minuto antes se repitieron sucesivamente, como si el tiempo retrocediera al pasado inmediato, sensación que con frecuencia inquietaba a Marino cuando iba en autobús.

Ahora sí que la vio. Caminaba tras él, vestida exactamente igual que por la mañana, con los faldones arrugados de la camisa cubriéndole los muslos, con la carpeta entre los brazos, más fatigada y pálida, más obstinada en la desesperación, como si no hubiera dejado de seguir al hombre y de buscarlo inútilmente desde las ocho de la mañana, despeinada, sonámbula bajo las luces de la noche, invulnerable a toda tregua o rendición. El hombre ni siquiera se volvía para mirarla o esperarla, tan seguro de su lealtad como de la de un perro maltratado, ajeno a ella, a todo. Se abrió el semáforo y Marino ya no los vio más.

—Ahí la tiene usted —le dijo a la mañana siguiente el camarero, señalándola sin disimulo—. Lleva media hora esperando. Alguien debería avisarle a su padre.

—Si lo tiene —dijo Marino. Imaginarla huérfana exageraba un poco turbiamente su amor.

—Asco de vida. —Sin que Marino lo pidiera, el camarero le entregó el periódico, doblado todavía, intacto. Estaba abriéndolo cuando un gesto de la muchacha lo estremeció de cobardía. Se había levantado y pareció mirarlo y caminar hacia él, llevando algo en la mano, un monedero o un estuche de lápices. Pero cuando llegó a la barra y se acodó en ella ya no lo miraba. Bajo el pelo, en los pómulos y en la frente, le brillaban gotas de sudor como pequeñas y fugaces cuentas de vidrio. Por primera vez Marino escuchó su voz cuando le pedía con urgencia un vaso de agua al camarero, tamborileando nerviosamente sobre el mármol con sus cortos dedos de uñas mordidas y pintadas. Ni su voz ni sus pupilas parecían pertenecerle: tal vez serían suyas muchos años más tarde, cuando no hubiera nada en su vida que no fuera irreparable.

Algunas cosas lo eran ya, temió Marino, viéndola ir hacia el lavabo; la soledad y el miedo, el insomnio. Sin duda el hombre del traje marrón había decidido no volver, se había disculpado ante ella con previsible cobardía y mentira, digno padre de nuevo, esposo arrepentido y culpable. Engañada, pensó Marino contemplando el breve pasillo que conducía a los lavabos, envilecida, abandonada. Llorando con las piernas abiertas en el retrete de un bar, temiendo acaso que no hubieran bastado, para ocultarlo todo, el sigilo y las diminutas píldoras blancas numeradas por días, como las lunas sucesivas de los calendarios. Eran las nueve y dieciséis y la muchacha aún no había salido. Haciendo como que leía el periódico, para evitar en el camarero cualquier sospecha de ingratitud, Marino vaticinó: «Cuando salga se habrá pintado los ojos y ya no llorará y será como si hubieran pasado cinco años y lo recordará todo desde muy lejos.»

A las nueve y veintiuno el camarero ya no reparaba

en Marino, porque la barra se había llenado de gente, y la única mesa que quedaba vacía era la de la chica abandonada: una carpeta rosa con fotografías de cantantes y actores de televisión, una taza de café, un cenicero con una sola colilla en la que Marino creía distinguir huellas de lápiz de labios. Pero a Marino el amor también le borraba los detalles y era posible que la chica no se pintara los labios. Para distraer su impaciencia imaginaba secretas obligaciones femeninas, el ácido, el escondido olor de celulosa adherida a las ingles. Era como estar espiando algo que no debía tras una puerta entornada, como oler su pelo o su jersey sin que ella lo supiera.

Pero nunca salía y el tiempo se desgranaba en la conciencia de Marino con el vertiginoso parpadeo con que se transfiguraban los números de los segundos en el reloj donde debía fichar al cabo de seis minutos, porque ya eran las nueve y veinticuatro, y aún debía pagar su desayuno y doblar el periódico y cruzar la plaza hasta el portal de su oficina y subir a ella en el ascensor, todo lo cual, en el mejor de los casos, y si se iba ahora mismo, le ocuparía más de cinco minutos, plazo arriesgado, pero ya imposible, porque el camarero, agobiado por el público, no le hacía ningún caso, y él no tenía suelto ni se atrevía a marcharse sin pagar el desayuno, y quién sabe si cuando a las y veintisiete llegara al portal no estaría bloqueado el ascensor, desgracia que le ocurría con alguna frecuencia.

El pasillo oscuro de los lavabos era como un reloj sin agujas. Marino calculó que la chica llevaba encerrada más de veinte minutos. En su trato con las fracciones menores del tiempo la gente suele actuar con una ciega inconsciencia. Armándose de audacia, Marino decidió que tenía ganas de orinar. A las nueve y veintiséis podría estar en la calle. Como última precaución observó al camarero: hablaba a voces con alguien mientras limpiaba la barra con un paño húmedo, y, de cualquier modo, nadie podría desconfiar del comportamiento de Marino; cualquiera puede bajar de su taburete y caminar hacia el lavabo.

Hacía al menos diez años que no le latía tan fieramente el corazón, que no notaba en el estómago ese vacío de náusea. En la puerta del lavabo de mujeres había una silueta japonesa con paraguas. Estaba entornada y se oía tras ella el agua del depósito. Eran las nueve y veintisiete y Marino ya no tuvo coraje para seguir simulando. Como quien se arroja a la indignidad y al vicio la empujó. Notó con desesperación una resistencia obstinada e inerte. Junto al bidé, en el suelo, sin entrar todavía, vio una mano extendida hacia arriba, desarbolada como un pájaro muerto.

«Se ha desmayado», pensó Marino, como si oyera esas palabras en una pesadilla, y siguió empujando hasta que su cuerpo fue atrapado entre la puerta y el dintel, y, ya ahogado por la desdicha, sintió que iban a sorprenderlo y que perdería el trabajo y que nunca más introduciría su tarjeta de plástico a la hora exacta en la ranura del reloj. Sólo a la mañana siguiente, al leer el periódico —no en el bar, adonde nunca volvería— pudo entender lo que estaba viendo. La cara de la muchacha era tan blanca y fría como la loza del bidé, y también su brazo desnudo, que tenía una mancha morada un poco más oscura que la de los labios contraídos sobre las encías. En sus ojos abiertos brillaba la luz de la sucia bombilla como en un vidrio escarchado. Yacía doblada contra el suelo en una postura imposible, y parecía que en el último instante hubiera querido contener una hemorragia, porque tenía un largo pañuelo con dibujos atado al antebrazo. Antes de salir, Marino pisó algo, una cosa de plástico que crujió bajo su pie derecho reventando como una sanguijuela.

Temblando cruzó el bar. Nadie se fijó en él, nadie vio las rojas pisadas que iba dejando tras de sí. A las nueve y treinta y dos introdujo su tarjeta magnética en el reloj de la oficina. Mucho más tarde, como en sueños, subió hasta él el sonido de una sirena de la policía o del hospital, hendiendo amortiguadamente el aire cálido, el rumor de los acondicionadores y de las máquinas de escribir.

LAS OTRAS VIDAS

¿Quién puede atreverse a decir que conoce Marrakech si no ha presenciado la lentitud de sus crepúsculos desde la terraza del hotel Savoy? La historia que ahora debo contar tiene allí su comienzo, una tarde de septiembre, bajo los apacibles toldos del verano, en aquel lugar que parece la cubierta de primera clase de un privilegiado transatlántico. Los toldos semejan recamadas tiendas berberiscas. El exotismo y la higiene, factores tantas veces en discordia en los parajes magrebíes, se alían a satisfacción del más exigente turista europeo. Consumiendo en breves tazas de plata rondas de té con hierbabuena, los miembros de la expedición soslayábamos la diversidad de nacionalidades gracias a la similitud de nuestros gustos y oficios. Nos había reunido en aquel viaje la munificencia de la casa Fujisutmi & Sons, que tan enérgicamente ha sabido abrirse paso en el difícil *ranking* de la fabricación de pianos de cola. Casi todos los presentes regíamos salas de conciertos en Sudamérica y Europa, y todos nosotros, sin excepción, nos habíamos inclinado en los últimos tiempos —al principio con renuencia, luego con satisfecho entusiasmo— por los pianos Fujisutmi, obteniendo así lo que *mister* Urara, anfitrión y guía del viaje, llamaba un merecido reconocimiento, es decir, en términos estrictamente materiales, una gira *full credit* por los mejores hoteles del norte de África. Tiempo habría, cuando el verano terminara, de regresar al ejercicio de nuestras responsabilidades. Pasábamos las indolentes tardes de septiembre conversando en la terraza del Savoy, y elaborábamos vagas estrategias comunes que redundarían en beneficio de nuestros programas de conciertos: giras transoceánicas, grabaciones rotatorias de discos, estrechamiento de lazos entre los teatros españoles y los de la América hispana. Solíamos contrastar experiencias y referirnos a nuestra plural intimidad con artistas de fama y a los molestos percances que suele siempre deparar la visita de una gran orquesta sinfónica. Un lugar común de todas las confidencias era nuestra indefensión ante las extravagancias y los vanos antojos de soberbia de algunos concertistas: llegan tarde, son salvajemente antipáticos, reprueban la mejor *suite* de un hotel porque les molesta el ruido de los grifos, algunos son esclavos del alcohol o de la cocainomanía...

Era inevitable, pues, que apareciese en la conversación el nombre venerado y temible de Milton Oliveira, y que todos nosotros, con insistencia unánime, nos lamentáramos del contraste entre la suprema altura de su música y la zafiedad incivil de su comportamiento. ¿Quién no ha deseado culminar su temporada de conciertos obteniendo un contrato con Oliveira? ¿Quién, al firmarlo, no ha temblado de miedo, pensando en sus insoportables manías, en sus perversidades de misántropo, en la aterradora posibilidad de recibir un telegrama y un falso certificado médico cinco minutos antes de que se apaguen las luces de sala?

Según recuerdo, predominaba aquella tarde en la conversación el vehemente comodoro Hoffmann Goicoechea, gerente del Nacional de Paraguay, que tenía voz y corpulencia de barítono. Lo escuchábamos, con nuestras respectivas esposas, el director del Liceo Académico de Parma, *onorevole* Gelli, el segundo regente del Auditorio de Valladolid, el activo concejal Gómez Ochoa y el autor de estas líneas, que por aquellos años dirigía —tácitamente, es verdad, sin sueldo fijo y casi sin reconocimiento oficial— los acontecimientos musicales de una ciudad levantina cuyo nombre, por ahora, creo preferible omitir. Pero ya me olvidaba de otro miembro del grupo que constituyó desde el principio del viaje una verdadera pesadilla para el señor Urara, quien más de una vez, por culpa suya, a punto estuvo de trocar en furia de guerrero samurai su imperturbable, su japonesa *politesse.* Me refiero, por supuesto, al huraño afinador y técnico de sonido Armando Cadafells, joven de pelambre encrespada e indumentaria de *clochard*, así como de una eficaz antipatía catalana. Era, según me consta, una eminencia en su trabajo, y fue discípulo en Salzburgo del proverbial Blumstein. Pero ostentaba diversos hábitos irritantes que convertían su proximidad en una mortificación: señaladamente, el de no limpiarse nunca el luto de las uñas, y el de comer con la boca abierta haciendo con la lengua y los dientes extraños ruidos de succión. Pasó el viaje fumando hachís sin el menor recato y emborrachándose con toda clase de licores, circunstancia especialmente onerosa para la casa Fujisutmi, pues ya es sabido el precio de las bebidas alcohólicas en los países del Islam. Lo acompañaba una joven sucia y melenuda que poseía una peculiar habilidad para exhibir unas bragas azules. Como nos hizo notar la encantadora esposa del concejal Gómez Ochoa, dichas bragas debían de ser el único ejemplar de esa prenda con que contaba en su vestuario, porque nunca advertimos que cambiara su color. Ambos concluían las comidas con notorios eructos. Cadafells se reía y se limpiaba la boca con la mano explicándonos que ésa era una norma de cortesía entre los árabes.

Nunca se levantaban antes de mediodía ni participaban en las visitas a los lugares pintorescos que traía programadas desde Tokio el implacable Urara. Si los demás, por ejemplo, después de levantarnos al amanecer, regresábamos muertos de calor y embadurnados en el polvo del desierto tras una excursión a las deprimentes ruinas de un anfiteatro romano —con las consiguientes secuelas de picaduras de insectos y asedios de buhoneros nativos—, encontrábamos a Cadafells y a su novia frescos y recién duchados, bebiendo espumosas cervezas en el bar del hotel, indiferentes a todo atractivo local que no fuera el del aire acondicionado. En Egipto no vieron las pirámides, que a mi esposa le costaron una insolación y al *onorevole* Gelli la torcedura de un tobillo; en Argel omitieron la extenuante gira por la alcazaba; en Túnez soslayaron con desdén cierta llanura sofocante en la que, según nos dijo el señor Urara, estuvo la ciudad de Cartago, información que la señora de Hoffmann Goicoechea atribuyó al instinto de mentira que caracteriza a las razas orientales, singularmente a los chinos. (Diré de paso que la señora de Hoffmann Goicoechea, durante todo el viaje, se obstinó en creer chino a nuestro guía.)

Añadiré algo más para completar el retrato del afinador Cadafells: era un pianista excelente, dotado de una versátil facilidad para la parodia. Cualquier tarde, en el piano del hotel, ejecutaba a petición del auditorio rápidas imitaciones de concertistas célebres, o bien comenzaba a tocar y nos proponía que adivináramos a qué maestro estaba parodiando. Sabía hacer un Beethoven de Daniel Bahremboim, un Schumann de Weissenberg, un Chopin de Rubinstein, o un Bach de Glenn y lo hacía todo medio en broma, como si pensara en otra cosa, como si nada de aquello tuviera la menor importancia. Tocaba una fuga de Bach muriéndose de risa, con su deforme cigarrillo de hachís en la boca, y al cabo de unos pocos compases, sin que advirtiéramos ninguna transición, había puesto cara de luto y estaba imitando la *Patética*, de Beethoven, interpretada tristemente por Claudio Arrau...

Una última precisión, que tal vez ya habrá sido adivinada: en secreto, casi vergonzosamente, yo me pasé el viaje envidiando al execrable Cadafells, hecho que no dejó de notar la vigilante reprobación de mi esposa. ¿Puede algo permanecer oculto al cabo de veinte años de matrimonio? Una noche, en el Carlton de Trípoli, minutos antes de acostarme preví que se aproximaba una de esas turbulencias conyugales que uno discierne en la tensión del silencio igual que un meteorólogo vaticina, por la forma casual de una nube rosada, la proximidad ineludible de un temporal de lluvias. Durante la cena, en rencorosos apartes, exacerbada por el vino y la profusión de las especias, mi mujer se había empeñado en repetir una ya gastada enumeración de las pruebas que certifican mi falta de carácter: gano poco dinero, abusan de mi buena fe, soy un imbécil, a mi edad, y ya no soy un niño, no me he labrado una posición comparable a la del comodoro Hoffmann o el *onorevole* Gelli, cuya esposa va siempre decorada con pulseras de plata y largos pendientes de amatista. Toda una vida trabajando y no he llegado a nada, y es probable que ya no llegue nunca, porque la vida, asegura mi esposa, es como una estación en la que el tren del éxito sólo se detiene unos pocos minutos, y el que no corre vuela, y camarón que no nada se lo lleva la corriente, y había que ver las camisas de seda cruda que gastaba el concejal Gómez Ochoa, que por no tener no tenía ni terminada la carrera... Con el sigilo de un ladrón de guante blanco me deslicé desde el cuarto de baño hasta el pasillo ya en penumbra, escuchando con lejanía creciente el monólogo de mi mujer. Me fatigaban doblemente el sentimiento de culpa y un apetito inmoderado de bebidas alcohólicas. Pero cada vez que resuelvo lanzarme a la mala vida se acentúa en mí una congénita capacidad de infortunio: nada más doblar el corredor se abrió una puerta y apareció en ella, con una bata de dibujos florales y dos zapatos en la mano, el inquisitivo señor Urara, que no llevaba gafas y parecía más pequeño (recordé que la señora de Hoffmann Goicoechea lo llamaba siempre «el chinito»). Hizo una profunda reverencia oriental, o tal vez fue tan sólo que se inclinó para dejar los zapatos junto a la puerta, y me dijo severa y suavemente que ya era casi medianoche y que cinco horas después saldría nuestro microbús hacia no sé qué mercado de artesanía beduina. Con la abyección inherente a mi absoluta falta de carácter le aseguré que iba a recepción en busca de aspirinas, y hasta mostré mi vehemencia por conocer *in situ* las maravillas en cuero repujado y en costumbres vernáculas que nos auguraba la excursión. Luego bajé al vestíbulo y descubrí que no había bar, sólo una melancólica vitrina con gaseosas de colores que tenían, escritas torpemente a mano, etiquetas en árabe. Cadafells estaba allí, bostezando, con las manos en los bolsillos.

—Nada de alcohol —me dijo—. Prohibición absoluta. ¿Creerá que el camarero me ha amenazado con llamar a la policía cuando he querido sobornarlo? Pero todavía me queda una botella de escocés en la maleta. Suba conmigo, hombre. Se le ve mala cara.

—Pero su novia estará durmiendo...

—La despertamos.

Conmovido por la inesperada hospitalidad de Cadafells —cuando estoy triste todo me conmueve— subí con él a su habitación, y en las brumosas horas que pasaron hasta que sonó el timbrazo inmisericorde que nos reclutaba para la expedición al desierto no hice nada que no fuera censurable. Bebí whisky, primero en circunspectos vasos de papel, luego directamente de la botella, fumé hachís y marihuana, apurando con avaricia compartida las últimas colillas, me desplomé de tanta embriaguez y tanta risa sobre la cama deshecha, entre los muslos tibios de la amiga de Cadafells, que también reía mucho y me acariciaba el pelo, improvisé barbaridades insultantes sobre el perímetro de la señora de Hoffmann Goicoechea, bruscamente caí enfermo de melancolía y de náuseas a los pies de la cama, y lo único que recuerdo a partir de ese instante es que la pierna desnuda de la chica pendía o se columpiaba despacio ante mí y que yo le acariciaba el tobillo hablándole de mi mala suerte en la vida y de mi habilidad para los masajes tranquilizadores. Luego salí corriendo hacia el cuarto de baño, y llegué tarde, y oí los timbrazos furibundos de Urara.

Mi salud, mi armonía conyugal y mi respeto hacia mí mismo tardaron varios días en restablecerse. Rehuía las miradas de Urara y la presencia de Cadafells y de su novia como un ex convicto que lucha solitariamente por forjarse una nueva vida y no quiere saber nada de sus antiguos secuaces. En Marrakech, en la terraza del Savoy, aquella tarde en la que estuvimos conversando sobre Milton Oliveira, sentí por fin que había obtenido la rehabilitación. El comodoro Hoffmann y el *onorevole* Gelli me sonreían como a uno de los suyos. En el grupo de las señoras, mi mujer ponderaba en voz alta los méritos de mi gestión y refería las pruebas de amistad con que me ha distinguido siempre que visita España el maestro Abbado. Fue entonces cuando Cadafells, sentándose al piano, comenzó a improvisar unas divagaciones que el *onorevole* Gelli identificó en seguida con un suspiro de pesar.

—Oliveira —dijo—. El concierto de Berna. El del setenta y siete.

—Lástima que ese piano no sea un Fujisutmi —se apresuró a decir el concejal Gómez Ochoa, que era un risueño ignorante educado en el ramo de la peluquería.

—Cada vez que oigo esa música se me eriza el pelo —dijo el segundo regente del Auditorio de Valladolid—. Si yo les contara el calvario que me hizo pasar Oliveira hace tres años...

—¿A eso lo llama usted música? —rugió el comodoro Hoffmann Goicoechea—. El tipo llega y se sienta, sin partitura ni nada, con esas gafas, con esas zapatillas de deporte. Me dio un sofoco cuando lo vi aparecer así en el escenario del Nacional. Imagínense que mi señora lo tomaba por un electricista. ¿Y lo han visto cómo toca? Parece un miope que está aprendiendo mecanografía. Con dos horas de retraso empezó el concierto. Y lo peor fue que luego estuvo tocando casi cuatro horas. El presidente de la República se marchó de su palco y me dio una orden terminante: «Hoffmann, que ese indeseable no vuelva a poner los pies en el Paraguay.»

—Tuvo usted suerte, comodoro —dijo el *onorevole* Gelli—. En Parma no tocó ni veinticinco minutos.

—Qué alivio —murmuró el concejal Gómez Ochoa.

—¿Alivio? —dijo Gelli—. ¿Con el *cachet* de *prima donna* que cobra? El teatro estaba lleno. Tuve que llamar a los *carabinieri* para que contuvieran el tumulto.

—No estaría bien afinado el piano. —Cadafells se había acercado a nosotros—. Ahí nunca transige.

—No me hable de afinación —dijo Gelli—. Oliveira atormentó durante un día entero al mejor afinador de Parma, y ya sabe usted que allí los tenemos magníficos. El pobre hombre se fue llorando a su casa aquella noche, presa de un ataque de nervios. No. Ése no fue el problema.

—Estaría muy fuerte la calefacción —apuntó el segundo regente de Valladolid—. Si hace calor, dice que le sale un sarpullido.

—Un caramelo —dijo Gelli, suspirando—. El papel de un caramelo. Había alguien en la tercera fila que tomaba caramelos para la tos. Ya conocen la acústica del Liceo de Parma. Cuando oí por segunda vez el ruido del envoltorio me dio un sudor frío. Ese hombre, Oliveira, tiene un oído sobrehumano. Levantó la cabeza y puso cara de dolor o de rabia, ya saben, con los ojos cerrados, mostrando los dientes. A la tercera vez ya supe que se avecinaba la catástrofe. Oliveira se levantó, miró al hombre de la tercera fila y lo insultó en inglés. Luego dio media vuelta y se fue del escenario tan tranquilamente como si saliera de su casa. Imaginen los gritos.

Por momentos la conversación se acaloraba, rozando ese estado colectivo de ánimo que preludia las apelaciones a la ley de Lynch. El comodoro Hoffmann Goicoechea contó el rumor de que en Cochabamba, Bolivia, Oliveira fue arrestado en 1979, y lamentó que una llamada telefónica de la embajada estadounidense lo salvara *in extremis* de recibir una sesión de picana. Disgustado por ciertas colgaduras que decoraban el teatro, se había negado a tocar si no las retiraban, y no lo hicieron, porque era la fiesta de la Raza, y Oliveira no tocó. En Valladolid, dijo el segundo regente del Auditorio, Oliveira notó minutos antes del concierto que el escenario tenía una ligera inclinación hacia el público, lo cual es muy común en los teatros antiguos. Urgentemente hubo que evacuar la sala y pasaron tres horas hasta que los carpinteros municipales instalaron una tarima de dos centímetros de espesor que corregía la pendiente. Pero Oliveira, aburrido, no tocó ni una hora, limitándose a una serie de desganados ejercicios, y luego, cuando salía del teatro, le dio una certera patada en la espinilla al fotógrafo de un periódico local, y trató con una frialdad rayana en el desprecio al alcalde de Valladolid, diciéndole —mediante intérprete, aunque es bien sabido que habla español— que no podía asistir a la recepción organizada en su honor porque tenía sueño.

—Gente rara, los artistas —concluyó el *onorevole* Gelli.

—Bobadas —dijo el comodoro—. Gente desordenada. Drogadictos. ¿Qué me dicen de esos negros que nos factura el Departamento de Estado? ¿Conocen a uno que toca una trompeta torcida hinchando mucho los carrillos?

—*Mil* Davis —dijo rápidamente Gómez Ochoa, como si respondiera a una adivinanza. Me sonrió con vanidad y yo procuré mirar hacia otra parte. Entonces, armándome de valor, porque me sobrecogía el tamaño del comodoro, me atreví a decir:

—Pero no me negarán que Oliveira es uno de los mejores pianistas del mundo.

En la otra esquina del sofá mi mujer se estremeció,

mirándome como si hubiera vuelto dolorosamente a recordar que yo era un imbécil. Busqué el apoyo de Cadafells y de su novia, pero en ese momento estaban culminando un cigarrillo de marihuana y no debieron oírme. Obtuve al menos el abatido asentimiento del *onorevole* Gelli, que movió la cabeza limpiándose con un pañuelo el sudor que había renovado en su frente el recuerdo de Oliveira. Inmutable como un monolito, el comodoro Hoffmann Goicoechea me dedicó una fría mirada.

—Oiga —me dijo—. Le cambio todas las extravagancias de ese embaucador por cinco minutos de arpa paraguaya.

—A condición de que la pulse Cholo Mendizábal —precisó su mujer. Constituían un matrimonio sumamente unido—. Qué sentimiento, qué dulzura.

Al oír el nombre del arpista Mendizábal, presunta gloria del folclore paraguayo, los miembros europeos de la expedición nos apresuramos a difuminarnos en ocupaciones urgentes, entre ellas la de acudir al comedor, donde ya estaría esperándonos para la cena el diligente Urara, que si nos retrasábamos hacía sonar un curioso gong portátil. Desde el principio del viaje, el matrimonio Hoffmann Goicoechea había emprendido una cruzada contumaz en beneficio del arpista, con la intención de promoverle una gira europea, regalándonos innumerables discos y casetes y folletos biográficos, y hasta un póster desplegable, de tamaño natural, en el que sonreía con tristeza, flanqueado por su arpa, un hombre de mediana edad vestido con un poncho. Se rumoreaba que muy pronto viajaría al Japón invitado por la casa Fujisutmi, que estudiaba en secreto la posibilidad de introducirse —de manera experimental, desde luego— en el mercado del arpa paraguaya, igual que se había introducido ya no sólo en el del piano, sino también, aunque con prudente sigilo, en el de la guitarra española...

Durante la cena me fui sumiendo suavemente en la desdicha y en el vino blanco, con tal éxito que a la llegada de los postres ya era víctima de una halagüeña y silenciosa embriaguez. El nombre de Milton Oliveira no volvió a pronunciarse. La caída fortuita de un tenedor me dio ocasión de vislumbrar unos segundos bajo los manteles las piernas de la novia de Cadafells, que se había quitado el tacón izquierdo e introducía su pie desnudo bajo el pantalón del afinador. Al recobrar la vertical, un arrebato de calor me encendió la cara. «Estás bebiendo demasiado», me dijo en voz baja mi mujer, sin dejar de sonreírle al concejal Gómez Ochoa, que le contaba, con entusiasmo abominable, el resurgimiento de la inquietud cultural en las barriadas periféricas. Frente a mí, Cadafells iba notando la tibieza ascendente de las caricias de su novia y sorbía la sopa de mariscos con una especie de escandaloso gorgoteo. Yo procuraba no mirarlo para eludir un impulso de culpabilidad y de náuseas, y hacía como que me interesaba en el rumor de las conversaciones de los otros, pero era inútil, porque los efectos del vino me impedían discernir el tono de las voces y el sentido de las palabras, y me sentía impúdicamente desamparado y solo, y volvía a llenar mi copa y mi mujer me miraba de soslayo pisándome el pie, y yo, para no perderme del todo en los pantanos del infortunio, pensaba en el pie desnudo de la novia de Cadafells y en el modo en que Milton Oliveira se inclina sobre el piano, y en que soy, con diferencia, uno de los hombres más desgraciados de este mundo.

Seguí pensándolo más tarde, en la habitación, mientras mi mujer, enconada y firme ante el espejo, se aplicaba una crema hidratante que huele de una manera peculiar. Huele, para decirlo todo, igual que mi desdicha, y expande, como ella, un efecto somnífero. Bostezando me quitaba la pajarita del esmoquin cuando llamaron a la puerta. Cadafells. Vi su cara y volví a cerrar como si se me hubiera aparecido un fantasma. «Quién llama», dijo mi mujer. «Nadie.» Abrí de nuevo. Con la uña del dedo índice, Cadafells se escarbaba los dientes, limpiándose luego en el faldón de una menesterosa chaqueta.

—¿Tiene cinco minutos?

—Estaba a punto de acostarme.

—Baje conmigo al bar. Quiero hablar con usted.

—¿Y si hablamos mañana?

—Sería tarde. Mañana nos vamos de aquí. A las seis. El japonés me va a quitar la vida.

Cadafells parecía urgido por la necesidad de revelarme un secreto, o de pedirme ayuda. ¿Quería recabar la experiencia de un hombre maduro en algún delicado trance entre él y su novia? Poniéndome el dedo índice en los labios me volví hacia el interior de la habitación. Con la luz ya apagada, removiéndose en la cama, mi mujer murmuraba algo, seguramente contra mí. Busqué a tientas la pajarita del esmoquin y me reuní con Cadafells.

—Sólo cinco minutos —le dije, mientras cerraba la puerta silenciosamente.

Cadafells asintió. Pasamos sin novedad ante la puerta de la habitación de Urara, oyendo sus ronquidos. Pensé con reverencia que ser japonés es una forma impoluta de felicidad. Pero ya he dicho que había bebido demasiado. La novia de Cadafells nos estaba esperando ante una bandeja de *gin-tonics.* Cuando cruzó las piernas pude corroborar la persistencia de las bragas azules. Me senté en un blando taburete con bordados geométricos sobre el que era imposible mantener la dignidad y crucé gravemente las manos sobre las rodillas, procurando, con un gesto severo, que se dieran cuenta de que no los seguiría a otra noche de disolución.

—¿Cree usted en el azar? —me dijo sin previo aviso Cadafells.

—Claro que sí —le contesté—. Actúa siempre en contra mía.

—Yo no. —Cadafells, que era muy joven, no entendió mi lamento—. Yo no creo en la casualidad.

—Ni yo tampoco —declaró su novia, con una sonrisa como de ceguera angélica—. Todo está escrito en las líneas de la mano.

—Tonterías. —De vez en cuando Cadafells la miraba como un cantor de tangos—. Me refiero a otra clase de azar. Por ejemplo, el que nos reunió a nosotros tres hace unas pocas noches...

—Un azar lamentable —murmuré, pero no me oyeron.

—O el que nos trajo aquí, a Marrakech, precisamente ahora, en septiembre. O el que esta tarde nos ha hecho hablar de Milton Oliveira.

—Usted tocó una pieza suya al piano. Por eso hablamos de él.

—¿Y por qué toqué yo esa música, y no otra cualquiera? —De un trago vigoroso Cadafells apuró la mitad de un *gin-tonic*, con los consiguientes episodios sonoros de fontanería—. Sólo usted lo sabrá. Y ésta. Anoche, cuando bajé a la ciudad, descubrí algo. Quiero que lo vea usted. Pero prométame que no les dirá nada a esos paquidermos.

Se pusieron en pie. Decidí resueltamente que me negaría a seguirlos, imaginando antros insalubres llenos de humo de hachís y vapores de lámparas de queroseno. Pero ya dije que no tengo carácter, y a mi edad es probable que no llegue a adquirirlo nunca. Mientras esperábamos a un taxi, la novia de Cadafells me tendió con naturalidad de cómplice un pitillo de marihuana. Bastó el olor dulce y resinoso del humo para que la cabeza terminara de írseme. En el taxi repetí con éxito una broma indecente sobre los cuartos traseros de la señora de Hoffmann Goicoechea, y a la novia de Cadafells le dio un ataque de risa, y dijo que tenía sueño y puso su cabeza en mi pecho y una mano en mis rodillas. En la penumbra, Cadafells sonreía aprobadoramente y daba instrucciones al taxista en un francés casi del todo imaginario. Supuse con alivio que no podía ver lo cerca que estaba de mis ingles la mano de la chica ni el efecto ostensible, aunque involuntario, que esa proximidad me provocaba.

Dando tumbos de camello insumiso, el taxi se adentró en lo que llaman las guías un intrincado dédalo de callejuelas pintorescas. Cada vez que los neumáticos sucumbían a una irregularidad del empedrado, la novia de Cadafells se acercaba un poco más a mí. En un par de ocasiones el roce casual de una mano o de un muslo me cortó la respiración, ya de antemano trastornada por el abuso de marihuana y de alcohol. Me han dicho que el espectáculo nocturno de Marrakech es admirable: yo no vi nada y no recuerdo nada. La noche de Marrakech se resume en mi memoria en la sensación de estar rozando una piel desnuda en la oscuridad y en el olor a gasolina y plástico caliente que me aturdía en el taxi.

Con desconsoladora rapidez llegó a su fin aquel viaje, que en mi recuerdo es tan largo. Nos detuvimos ante una señal que prohibía el paso de automóviles. Pagué al conductor, dejándole una propina insensata, motivada en gran parte por mi escasa familiaridad con la moneda marroquí, pero que tuvo la halagadora consecuencia de que la novia de Cadafells admirase mi rumbo de caballero generoso. Tomados del brazo, como borrachos fraternales, nos extraviamos entre la multitud de una plaza iluminada por faroles de carburo. El aire olía espesamente a grasa de cordero quemada, a especias y a sudor. Yo caminaba como un ciego al que guían de la mano por una ciudad desconocida. Tenía la sensación de andar cabeza abajo por una noche vuelta del revés cuyas constelaciones fueran las blancas llamas del carburo. Vi a un faquir que fumaba con la boca atravesada por una aguja de punto. Vi con espanto sucesivo una hilera de cinco encantadores de serpientes. Vi a un hombre partido por la cintura que nos pasó entre las piernas haciendo sonar una bocina de goma. Vi, de pronto, a alguien que se parecía extraordinariamente al *onorevole* Gelli, pero que iba vestido con un pantalón rojo y una camisa de palmeras y pájaros y se reía, con grititos agudos y gestos de melindre, junto a un muchacho de piel muy oscura. Cuando ya no lo veía supe que era de verdad el *onorevole*, y recordé, sin entender nada, lo temprano que se acostaba cada noche y la cara tan lívida y casi verdosa que tenía por las mañanas.

Cadafells iba explicándonos algo, pero su voz se perdía como si nos hablara junto al mar. Salimos de la plaza, pero no del agobio pegajoso de la muchedumbre, porque la calle que ahora cruzábamos era muy estrecha y estaba llena de cafetines y de pequeñas casas con las fachadas pintadas en azul y las puertas en rojo. «Ya estamos llegando», me gritó Cadafells, señalándome, unos metros más arriba, el portal de una taberna de la que provenía un humo denso y agrio de frituras. Temí que pretendiera mostrarme alguna extravagancia de la cocina local, uno de esos platos grasientos de aspecto indefinido que en diez minutos le excavan a quien los prueba una úlcera de estómago. Entonces, mientras nos abríamos paso a empujones tenaces, oí entre la discordancia de las voces una nítida frase musical, y la perdí en seguida, y cuando la recobré ya habíamos entrado en la taberna y era como si increíblemente sonara en aquel lugar un disco maltratado de Milton Oliveira, uno que yo no conocía. Extenuados, sudando, ganamos un breve espacio ante la barra. No había ni una sola superficie donde los dedos no quedasen adheridos por la suciedad y la grasa. Del techo colgaban largas tiras de papel matamoscas que algunas veces nos rozaban la cara. Mujeres gordas y bruñidas de sudor y de aceite repartían a gritos hediondas bandejas de calamares. Y por encima del escándalo y de los olores la música sonaba y volvía a perderse, y Cadafells me miraba sonriendo como retándome a averiguar de dónde procedía. Bajo la amplia melena despeinada su novia se mordía los labios con expresión de ultraje.

—Venga conmigo —me dijo Cadafells. Actuaba como si la chica no existiera.

—¿Cómo descubrió este lugar?

—El azar, ya se lo dije. El azar que no existe.

A medida que íbamos hacia el fondo sombrío del bar la música se escuchaba más claramente. Pero no era un disco de Oliveira. Era alguien que imitaba su música en un piano de desecho, que tocaba, como él, en rápidas alternancias de furia y de ternura, que se quedaba en silencio y luego repetía una sola nota y viajaba en décimas de segundo por todas las edades de la música y después volvía no al presente, sino a un porvenir que ningún oído que no sea el de Oliveira ha logrado aún conocer. Había contra la pared desconchada un piano vertical, y un hombre ajeno a todo se inclinaba sobre él, la espalda recta, el cuello dolorosamente torcido, como si padeciera alguna clase de parálisis, de espaldas a nosotros, al mundo. A un paso de mí yo estaba viendo —pero aquella noche no sucedió nada que no fuera imposible— a Milton Oliveira. Quise acercarme a él. Cadafells me retuvo.

—Viene todas las noches —me dijo—. Desde hace una semana. Viene y toca durante cuatro o cinco horas y no habla con nadie. Me lo contó anoche el dueño. Cree que es uno de esos americanos que se quedan colgados en Marruecos y tienen que vivir de limosna.

Pero yo no oía a Cadafells. Miraba a Oliveira, lo espiaba, lo reconocía, escuchaba aquella música que no habría sido más pura en el silencio de una sala de conciertos, que era invulnerable al ruido y a la mugre del bar y a la infamia del piano. Entre la sucia muchedumbre sólo Cadafells y yo la escuchábamos, pero yo sabía que también nosotros le éramos innecesarios. No recuerdo cuánto tiempo pasó. Hubo un momento en que se me humedecieron de desconsuelo y felicidad los ojos y vi las cosas como a través de un cristal escarchado.

Cadafells me tocó el hombro, me señaló el reloj.

Eran casi las cuatro de la madrugada y el bar estaba quedándose vacío. Enajenado y solo, Oliveira no había dejado de tocar. Acodada en la barra, más pálida, sin atractivo, la novia de Cadafells bebía amargamente un zumo de naranja. Oliveira apoyaba los codos en el teclado y se cubría la cara con las manos, y tras la opacidad de las ventanas se anunciaba un amanecer azulado y rojizo. Dejé sobre la barra un puñado de billetes de banco. El dueño se inclinó ante mí y dijo unas palabras en árabe, tocándose la frente, la barbilla y el pecho. Me llevaron a un taxi. La chica me apretaba la mano y me decía al oído cosas memorables que tardé media hora en olvidar. Sólo recuerdo su voz y el perfumado roce de su pelo en mis labios, y la mirada fija y perdida de Cadafells, que espiaba el alba tras la ventanilla del taxi. Nos despedimos en el vestíbulo del Savoy adivinando que nunca más volveríamos a vernos. Pedí la llave de mi habitación. Mientras caminaba por los corredores alfombrados fui despojándome de la pajarita del esmoquin. Cuando me deslicé en la cama, acogido a la oscuridad y al silencio, oí la lenta respiración de mi mujer, que parecía dormida, que tenía cerrados los ojos. Pero yo sabía que estaba despierta y que cuando nos levantáramos no me haría ni una sola pregunta.

EXTRAÑOS EN LA NOCHE

Habría dado cualquier cosa por no encontrar la foto en el periódico, en la sección de sucesos, aquella cara redonda y vulgar que no parecía que pudiera pertenecer al recuerdo de nadie y a la que nadie, ni siquiera él, que la había tenido frente a sí una sola noche en su vida, podía darle un nombre, y cuando pasó la página apresuradamente y miró otros titulares y alzó los ojos para observar a la gente que desayunaba en torno suyo, en las otras mesas de la cafetería, comprendió que ya era demasiado tarde y que él sí había seguido recordándola, aunque nunca hubiera sabido su nombre, a pesar de los meses y de su voluntad de olvidar, y que aquella cara que deseaba no haber visto jamás volvía a mirarlo igual que la primera y única noche, fea y absorta, corrompida por la soledad y la desgracia, con sus acuosos ojos detenidos en él como si lo hubiera elegido entre una multitud.

Apuró el café con leche, que se le había quedado tibio, y llamó al camarero con un gesto de autoridad laboriosamente forjado y perfectamente inútil, porque el camarero ni reparó en él. Habría dado cualquier cosa por no abrir esa mañana el periódico, pero ya era demasiado tarde, como siempre en su vida. Aquella cara le traía consigo el vaticinio de la mala suerte, la negra, decía él cuando se desesperaba; la ingrata sensación de que sería vano todo lo que hiciera, de que aquello de lo que venía escapando desde que tuvo uso de razón lo perseguía de nuevo y volvía a encontrarlo aunque se hubiera escondido en las populosas calles y en las cafeterías de Madrid, buscándolo siempre con la tenacidad de un perro vil y rechazado, como aquel malhechor cojo que nunca dejaba en paz al héroe de una serie en blanco y negro de la televisión. Uno se cree que está a salvo, se descuida, y de pronto todo lo que tenía se le deshace entre los dedos. Mira una foto y un titular en un periódico y le vuelven el miedo y el remordimiento de siempre, y los camareros de los bares le pierden el respeto y no hacen caso a su llamada. Para no rendirse del todo dejó unas monedas junto a la taza de café y se levantó temiendo que sospecharan que intentaba irse sin pagar, pero quién se atrevería a desconfiar de él, con su traje gris claro, con su cartera negra donde guardaba los catálogos y los talonarios de pedidos; quién iba a imaginar que él sí conocía a esa mujer del periódico. Hay que imponerse, pensaba; quien tiene cara de víctima será sacrificado. Añadió una considerable propina a la cantidad exacta que había dejado para pagar el desayuno y estuvo a punto de fingir que olvidaba el periódico sobre la mesa. Lo recogió en el último instante como si eliminara la prueba del delito. Pero quién iba a acusarlo, de qué; también él ignoraba el nombre de la mujer de la foto, porque ella se había negado a decírselo, y si se lo hubiera dicho, posiblemente lo habría olvidado igual que se olvidan la mayor parte de las caras y de los nombres.

Ahora, sin embargo, lo recordaba todo, y no le hacía

falta abrir de nuevo el periódico para ver la cara como de carne muerta que iluminaron una noche de varios meses atrás las luces del hotel de Madrid donde pasó unas pocas horas con ella, sin desearla, sin saber su nombre, sabiendo únicamente que nunca más volverían a encontrarse. «Extraños en la noche», dijo él, mientras la miraba y no sabía qué decirle, sentado junto a ella en la cama, oyéndola respirar. Recordaba que entonces fue cuando la desconocida le sonrió por primera vez y que le había contado, mintiendo, sin la menor duda, que en otro tiempo bailó mucho esa canción. «Soy muy romántica —le dijo—; ésa ha sido siempre mi desgracia.» Pero no, no quería acordarse, no quería sentir otra vez aquella culpa semejante a un regusto de vómito de la que había tardado tanto tiempo en librarse, como de los residuos de una borrachera, de una de esas noches abyectas cuyo maleficio sigue durando bajo la luz del día. Como siempre que descubría un error en sus actos pasados, se arrepintió minuciosamente de cada una de las cosas que había hecho esa mañana, de los azares y de las decisiones que lo condujeron al momento en que miró la página de sucesos. Se arrepentía de haber nacido pobre, de no haber acabado el último curso de la escuela, de no haberse buscado una colocación fija mientras estuvo a tiempo. Se arrepentía de no haber encontrado a la mujer de su vida, de viajar solo y de vivir solo, de abandonar algunas noches la habitación de un hotel para internarse por calles oscuras en busca de mujeres. Pero pensó que no quería sentir compasión de sí mismo, menos que nunca ahora, cuando notaba que tal vez había empezado a librarse de la predestinación al infortunio. Ya no dormía en pensiones ni acurrucado en el coche como en los peores tiempos; ya lo invitaban con los gastos pagados a las convenciones de la empresa y algunos directivos lo llamaban por su nombre de pila, y ahora estaba en Madrid, caminando Gran Vía abajo con su traje gris claro y su cartera en la mano, y a las dos y media lo esperaba un cliente para celebrar una comida de negocios, no en un restaurante de lujo, desde luego, pero sí en esos lugares ante cuya puerta se detenía uno o dos años atrás para mirar las listas de manjares que no podía permitirse.

«No sé quién es —pensó—, nadie lo sabe, yo no la he visto nunca.» Tiraría el periódico, pero le gustaba llevarlo bajo el brazo cuando iba a una reunión. Arrancaría la página donde estaba la foto; al fin y al cabo, él nunca leía los sucesos. Tampoco leía los deportes. Buscaba los artículos de fondo, las crónicas internacionales. Años atrás, cuando era más joven, se había comprado un robusto cuaderno de hojas rayadas que parecía un libro de contabilidad y le dio el nombre de archivo, y cuando veía una foto o una noticia interesante en el periódico la recortaba y la pegaba en el cuaderno, escribiendo debajo la fecha. Había observado que otros viajantes sólo compraban diarios deportivos, si los compraban, que muchos ni siquiera eso, y advertía, con un oculto sentimiento de superioridad, que eran incapaces de mantener una conversación sobre política. Él, en cambio, se sabía los nombres de los dirigentes de las principales potencias y podía repetirlos en voz alta igual que repetía, cuando iba solo en el coche, las capitales de África, por ejemplo, o los ríos de España con sus principales afluentes. Recordaba con orgullo, con una nostalgia casi dolorosa, que en la escuela solían elogiarlo por su buena memoria. Nunca olvidaba el nombre de un cliente. Odiaba el fútbol y la televisión, opio del pueblo, había leído en una revista, alimento de esclavos. Y en las pensiones, al principio, y luego en los hostales de una y hasta de dos estrellas que pudo frecuentar cuando empezó a librarse de la mala suerte, se quedaba leyendo hasta después de medianoche los libros que compraba un poco al azar en los tenderetes de ocasión, enciclopedias de mecánica o de ciencias naturales o de vida sexual, grandes biografías, que le gustaban más que las novelas, porque trataban de hombres y mujeres reales, Napoleón, *madame* Curie —la descubridora del radio—, Hillary —el que escaló por primera vez el Everest—, Stalin, Winston Churchill. Tenía un diccionario de bolsillo, que manejaba asiduamente para enriquecer su vocabulario, y durante algún tiempo había seguido un curso de taquigrafía por correspondencia, esfuerzo inútil, porque pasaba la mayor parte del año fuera de su casa —más de una vez ni siquiera la tuvo— y no había manera de que le enviasen regularmente las lecciones ni de que le devolvieran sus ejercicios corregidos. A lo que sí aprendió fue a escribir a máquina. Su padre le había dicho siempre que el saber no ocupaba lugar y que un hombre que supiera mecanografía era más capaz que nadie de abrirse paso en la vida. Se compró una máquina portátil, de segunda mano, con la que le regalaron un método, y al cabo de un año de repetir sin falta todos los ejercicios aprendió a escribir usando los diez dedos. Llevaba consigo la máquina en todos los viajes: la usaba para pasar a limpio las hojas de pedidos. Aquella noche que ahora no quería recordar, la mujer se quedó mirando la máquina, que estaba abierta sobre una mesa baja, y le preguntó para qué le servía. Entonces él dijo la primera mentira, sin premeditación, todavía sin remordimiento:

—Soy escritor. Trabajo por mi cuenta.

—Pero no tienes cara de escritor.

—¿Has visto alguno?

Se puso serio porque le habían herido las palabras de ella.

—No.

La mujer se replegó en sí misma, débil de pronto, como si tuviera miedo.

—Pues entonces.

Era posible que ella en ningún momento le hubiera mentido. Lo único que hacía cuando deseaba que él no supiera algo era guardar silencio. Y eso mismo estaba haciendo ahora, pensó, cuando se detuvo en otro bar y desplegó el periódico sobre el mostrador de aluminio y no tuvo ni siquiera que buscar la página, que apareció ante él como si obedeciera a una voluntad que no era la suya. Allí estaba la cara, abajo, a la izquierda, la clase de fotografía y de noticia en la que nadie repara, sólo él, que vivía hipnotizado por el papel impreso, por el prestigio de los titulares y de las palabras escritas, un reino que miraba de lejos y del que se sabía excluido como de esos restaurantes y bares de lujo a cuyos ventanales iluminados alguna vez se acercó de noche para mirar las caras de la gente exótica que habitaba en ellos y escuchar el rumor de la porcelana y de los cubiertos de plata y las copas de cristal. Fue la cara lo primero que vio, y la reconoció en seguida, aunque la foto, desde luego, había sido tomada varios años atrás. El peinado era antiguo, más antiguo todavía que cuando él la conoció; el pelo liso y una especie de diadema o pañuelo ceñido por encima de la frente que le hizo acordarse de las primeras locutoras de la televisión, de mujeres dotadas en su recuerdo de una juventud anacrónica que anunciaban electrodomésticos o productos de limpieza y participaban en concursos; madres y esposas felices que daban pasos de vals sobre un suelo recién abrillantado. Pero incluso entonces ella debió de ser una parodia, y lo supo. Bastaba mirar su fotografía para comprenderlo, esa pesada y torpe lozanía de los pómulos, esa manera de sonreír apretando los labios para mantener los dientes escondidos, el pelo lacio subrayando la anchura de la cara. Pero por alguna razón ella guardó esa fotografía y la siguió conservando después de perderlo todo o de despojarse de todo, porque no tenía nada cuando la encontraron tirada sin conocimiento a la puerta de un hotel. «Mujer desconocida lleva un mes en estado de coma», decía el periódico. Volvió a leer los detalles con avidez y repulsión, como si tocara y oliera de nuevo aquel cuerpo blando y deshecho que una vez lo envolvió y que temblaba sobre él como una estatua de cieno. Imaginó los grandes muslos abiertos sobre la acera, la curiosidad de la gente que miraba y no se detenía, la camilla y los hombres de uniforme blanco, la sirena abriendo paso en el tráfico hacia el hospital donde ella estaba ahora exactamente igual que hacía un mes, cuando la recogieron en la calle, respirando con los ojos cerrados, con un tubo de plástico incrustado en la nariz.

Hacia las seis de la tarde, el 22 de febrero, una mujer cae desmayada ante el vestíbulo de un hotel, rueda las escaleras hacia la calle. El recepcionista afirma que no es uno de los huéspedes. Nadie en la vecindad sabe nada de ella; abren su bolso buscando algún documento y no encuentran nada en él, sólo una fotografía que se le parece vagamente, una foto pequeña, en blanco y negro, como de carné. En todo ese tiempo nadie la ha reclamado, nadie entre esa gente que acude a la policía y recorre las salas de los hospitales en busca de algún familiar perdido había sabido identificarla. De cuando en cuando abría los ojos, leyó, y parecía que recobraba el conocimiento, movía los labios como si quisiera decir algo, tal vez su nombre, pero la enfermera que la atendía no había logrado comprender ninguna de las cuatro o cinco palabras que se desvanecieron en sus labios como pompas de aire. Se removía en la cama, los ojos fijos en el techo o en la cara de un médico, y luego los cerraba otra vez y durante varios días no daba más señales de vida que el ruido monótono de su respiración y los latidos que fosforecían como puntos de luz quebrando sobre una pantalla verde oscuro la línea impasible de su ritmo cardíaco.

«Pero yo tampoco sé quién es», dijo, como si se disculpara ante alguien, tampoco él podía salvarla, y seguía sintiéndose culpable, como en la mañana de aquel día que se despertó en la cama de un hotel y no supo dónde estaba ni quién respiraba a su lado, una mujer desconocida, echada en el respaldo, fumando un agrio cigarrillo negro que llenaba la habitación de un olor a noche innoble y a humo sucio y enfriado. La resaca y la falta de sueño agravaron la desventura de su despertar, y no quiso abrir los ojos ni moverse bajo las sábanas, súbitamente abrumado por el recuerdo de la noche anterior, de la que sólo le separaban dos o tres horas, porque también recordaba que cuando miró por última vez el reloj antes de dormirse eran casi las siete y ya había una helada luz gris en la ventana. «Cierra las cortinas —le pidió ella, desesperada y suplicando—; no quiero ver la luz, no quiero que se haga de día.» Él se levantó, cerró los postigos y echó las cortinas, y la habitación volvió a quedar sumida en la penumbra, iluminada sólo por la luz del cuarto de baño. No odiaba el día, pensó él, le tenía miedo, le daba terror igual que a los vampiros, temía que la claridad le cegara los ojos. Y cuando él se vistió y recogió furtivamente sus cosas, la mujer le dijo que si le permitía quedarse un poco más en la habitación. Seguía sentada en la cama, sujetando la sábana sobre sus pechos grandes y caídos con un gesto que parecía imitado de las escenas eróticas del cine, llevándose continuamente un cigarrillo a los labios con la mano izquierda. El cenicero que había sobre la mesa de noche estaba lleno de colillas y en la habitación duraba todavía una vaga luz de amanecer, aunque se oían automóviles y voces al otro lado de las cortinas echadas, muy gruesas, de un color marrón que a él se le antojó inmundo. Le dijo que sí, que podía quedarse. Se disculpó por su premura, explicándole algo sobre un compromiso de trabajo. Le prometió, porque ella se lo había pedido, que le dejaría sus señas en recepción: ahora no podía anotárselas, no llevaba bolígrafo, mintió, haciendo como que lo buscaba en los bolsillos interiores de su chaqueta. Temió que ella sí tuviera uno. Pero si lo tenía prefirió no decírselo y aceptar la mentira.

Viendo la foto del periódico se acordó de su cara cuando antes de salir volvió a mirarla para decirle adiós. Pagó la cuenta, recelando miradas de desprecio o de burla en los empleados de la recepción, subió a su coche y esa misma mañana abandonó Madrid, y de cuando en cuando se olía las manos o la ropa para comprobar que se iba diluyendo el olor de aquella mujer, deseando que al mismo tiempo que se borraban de su piel los rastros de la noche desapareciera de su memoria el recuerdo de lo que le había sucedido, no una culpa abstracta ni un obsesivo arrepentimiento, sino una sensación puramente física de vergüenza, la misma conciencia de estar sucio y haber sido manchado que todas las mañanas acudía a él en ese tiempo en que dormía en el coche porque no tenía dinero para pagar una pensión y se lavaba la cara y se afeitaba ante el espejo del retrete de cualquier bar de carretera.

Desde el principio supo que aquella mujer estaba

condenada, y si tuvo miedo y sintió náuseas y una especie de piedad —la había abrazado, había fingido que la deseaba— fue porque sospechó en su encuentro la señal odiosa de un destino común. También él se había arrojado solo a una noche en la que nadie ni nada lo esperaban, y había bebido con hombres y mujeres a los que no conocía, y regresado al hotel casi tambaleándose por las calles de una ciudad que siempre le sería hostil y que al mismo tiempo se le figuraba poblada de promesas y de cuerpos que resplandecerían cuando los alcanzara como las luces de los clubes. Pudo no haber salido esa noche, como le sugería una parte de sí mismo a la que no hizo caso aunque supiera que se arrepentiría más tarde; pudo haberse quedado en su habitación repitiendo ejercicios de mecanografía en su máquina portátil o leyendo una de esas vidas que le servían de exaltación y de consuelo, vidas de hombres que habían empezado exactamente igual que él, desde la misma nada y la pobreza, que se rebelaron y perseveraron contra el infortunio y supieron alcanzar la cima del mundo, gobernar países o ejércitos, descubrir la máquina de vapor, o la dinamita, o la electricidad, o escalar la montaña más inaccesible de la Tierra. Lo había hecho otras veces, en otras ciudades. Cenaba en un restaurante barato, se concedía una sobremesa de cigarro puro y *sol y sombra* mirando la televisión, y no quería fijarse en las mujeres que caminaban por la calle, sin pensar en todo el tiempo que llevaba sin acariciar a ninguna. Salía del restaurante con las manos en los bolsillos, fumando todavía, y se encaminaba al hotel, desesperado, tranquilo, más extranjero que un perro, premeditando las tareas de la mañana siguiente, calculando los porcentajes que obtendría de cada venta que hiciera, ventas mezquinas, en droguerías de segundo orden, donde los dueños usaban guardapolvos grises y había siempre un denso olor infantil a sosa cáustica y a detergentes de marcas desaparecidas muchos años atrás.

Empleaba la parte más enérgica de su voluntad en arrepentirse de lo que ya era irreparable. Si no hubiera salido aquella noche por segunda vez del hotel, si no le hubiera dado tanto miedo de pronto la habitación vacía, con la maleta abierta sobre la cama, con su ropa sucia tirada por el suelo, como las habitaciones de todos los hoteles donde había vivido desde hacía tanto tiempo que ya no recordaba la sensación de poseer un lugar que fuera únicamente suyo. A las tres de la madrugada lo habían dejado solo, después de una cena larguísima y de una borrosa travesía por locales nocturnos de los que sólo recordaba la violencia de la música, el gusto y la saciedad del alcohol y el brillo de los ojos de las mujeres, que a él nunca lo miraban. En el silencio y en el frío de la calle las palabras confusas que había dicho y escuchado seguían sonando en el interior de su conciencia como el estrépito del mar. Procuró caminar bien erguido mientras cruzaba el vestíbulo en dirección al ascensor, perdido en una exaltadora embriaguez de porcentajes y cifras, de propósitos que olvidaba casi a la misma velocidad con que los iba formulando su imaginación. Estaba claro que la mala suerte no existía, que uno se ganaba a pulso el fracaso o el éxito y que sólo los débiles o los privilegiados podían permitirse la desesperación. Se sentó en la cama, excitado, nervioso, incapaz de tranquilizarse y dormir. Al otro lado de la ventana, en la calle, palpitaba la noche de la ciudad, circulaban los taxis, caminaban mujeres de tacones altos y medias oscuras.

Debió haber hecho lo mismo que otras veces, quedarse en la habitación, aceptar que también esa noche la pasaría solo, leyendo alguna biografía, pasando a máquina sus hojas de pedido. Podía haberse concedido el deleite secreto y casi siempre melancólico de mirar una de esas revistas que de cuando en cuando compraba en los quioscos y que venían envueltas en celofán y contenían fotos de mujeres desnudas, de mujeres que se retorcían abiertas en ofrecimientos imposibles y parecía que fijaban en él sus pupilas dilatadas por el doloroso deseo y la locura. Hubo tal vez un momento en que pudo no hacer lo que hizo, pero también hubo otro en el que estuvo a punto de no encontrar en el periódico la cara de la mujer a quien conoció aquella noche. Imaginó cuerpos y palabras que sólo había oído en las películas y recordó esa canción antigua que le gustaba tanto porque era como una película, *Extraños en la noche,* un hombre y una mujer que están solos y se buscan aunque únicamente cuando se miran por primera vez saben que han pasado toda la vida buscándose. Él nunca dejaba de esperar la aparición de una mujer así, la había buscado en todas las ciudades, todas y cada una de las noches, en las barras de los bares y en los vestíbulos de los hoteles, incluso en esos turbios clubes cuyas luces se encienden al atardecer a un lado de las carreteras, en reservados con pegajosos divanes de plástico y en habitaciones donde sólo había un colchón desnudo sobre el suelo de cemento y donde todo sucedía tan rápida y tan desalentadoramente como una cruda transacción.

Pudo haberse quedado en el hotel, al fin y al cabo ya eran casi las cuatro de la madrugada, y él bien sabía lo que era caminar a esa hora por ciudades sin nadie, pero volvió a ponerse la chaqueta y guardó en ella el dinero y el carné de identidad —a uno lo pueden arrestar si no va documentado—, y cuando pisó la calle de nuevo le pareció que revivía. Vio bares con los cierres metálicos echados, vio rostros hostiles que le dieron miedo, hombres encogidos en huecos de portales que dormían envueltos en trapos de muladar y hojas de periódicos. En una esquina, una muchacha muy delgada tiritaba como si estuviera muriéndose de frío y un hombre la insultaba y la sacudía por los hombros, levantándole con violencia la cara, señalándole imperiosamente algo, el portal o la ventana de una casa donde había encendida una luz.

La noche se retiraba como una furiosa marea que dejara tras de sí una escoria de despojos. Él caminaba aún, sin rendirse, sin saber dónde estaba ni hacia dónde iba. Encontró un bar abierto, aunque del todo vacío, y bebió con desgana una cerveza tibia. Volvió a la calle y siguió caminando, vencido y no resignado, esperando que al otro lado de la próxima esquina hubiera un nuevo bar abierto o una larga acera poblada de mujeres inmóviles.

Eran las cuatro y media cuando el azar de sus pasos, y no su voluntad extinguida, le devolvió a la cercanía del hotel. Pensó que estaba a salvo, que no le importaba la soledad, sino la certidumbre de tener una habitación donde dormir unas pocas horas, hasta el fin de la noche. De día todo le resultaba mucho más fácil de aceptar. Pediría que le sirvieran el desayuno en la habitación, y antes de las once, las once y media a lo sumo, estaría en la carretera, limpio de resaca y de todo arrepentimiento, mirando en el espejo retrovisor cómo se alejaban y se desvanecían los edificios de Madrid. Entonces vio a la mujer. La vio venir lentamente hacia él desde el fondo de la calle, sin rasgos todavía, sin volumen, cobrando forma a medida que se le acercaba, como si no fuese una mujer verdadera, sino una encarnación de su avaricioso y solitario deseo, nacida de la nada, de la oscuridad nocturna.

Tal vez ella no le había visto aún. Venía con la cabeza baja y los brazos cruzados y no llevaba bolso, no parecía una de esas mujeres que rondan hasta muy tarde las puertas de los hoteles y se acercan a uno para pedirle fuego. Pero él, oscilando un poco todavía por culpa del alcohol, se detuvo a esperarla y encendió un cigarrillo, queriendo distinguir su cara en la sombra, preguntándose si sería ella quien le dirigiría primero la palabra, si pasaría a su lado sin mirarle y sin que él se atreviera a decirle nada.

Antes de que llegara junto a él ya había comprendido que no era deseable. Caminaba pesadamente sobre sus tacones torcidos, como si no hubiera descansado en mucho tiempo; tenía las caderas anchas y su falda descubría unas rodillas carnosas, y cuando su cara ingresó en el espacio iluminado por las cristaleras del hotel se dio cuenta de que ya no era joven y de que nunca había sido hermosa, pero ya estaba muy cerca y lo miraba sabiendo que él se había detenido para esperarla. Se quedó quieta, se limpió la boca y la nariz con el dorso de la mano. Tenía los ojos húmedos y manchados de rímel. Estaba parada frente a él, mirándolo tan fijamente como si le pidiera la explicación de su dolor. Debió escapar entonces, darse la vuelta y huir de aquella cara estragada por la fealdad y las lágrimas y del ruido del llanto, pero no lo hizo. Le preguntó qué le pasaba, a dónde iba, y la mujer no le contestó, y siguió mirándolo y se limpió otra vez la nariz, temblando, con los brazos cruzados. Sacó el paquete de tabaco y le ofreció un cigarrillo. La mujer se lo puso en los labios, pero no aspiró cuando él le dio fuego, como si no recordara que se disponía a fumar.

—Quiero una copa —dijo—. La última.

—Es muy tarde. Ya está todo cerrado.

—Quiero una copa, una sola.

—Estoy parando aquí, en este hotel. Podemos tomarla en mi habitación.

—Quiero una copa en un bar. —La mujer hablaba siempre en el mismo tono, sin responder a lo que él le decía, sin oírlo.

—No hay bares abiertos por aquí. Son casi las cinco de la madrugada.

—No me importa. No tengo reloj.

—¿Te han robado?

—Tenía un bolso y un reloj, pero los he dejado en algún sitio.

—¿Tienes casa aquí?

—No vivo aquí. No soy de aquí.

—¿De dónde vienes?

—No tengo ganas de acordarme. Tengo ganas de tomar una copa.

—No hay bares. Sube a mi habitación. La tomaremos allí.

—¿Tienes guardada una botella? —La mujer sonrió, le brillaron los ojos.

—Nos la subirán si la pido. Es un hotel muy bueno.

Él la tomó del brazo. La mujer lo rechazó con un gesto instintivo, como si la rozara un hocico húmedo.

—No soy de ésas. No pienses que quiero acostarme contigo.

Lo siguió a una cierta distancia, como avergonzada. Él pidió la llave al recepcionista de noche y no se atrevió a mirarlo a los ojos. Tampoco la miró a ella mientras subían en el ascensor. La mujer había reclinado la cabeza contra la superficie metálica y seguía respirando muy fuerte y limpiándose de cuando en cuando la nariz, sorbiendo de una manera impúdica. Él nunca supo por qué la había invitado a subir. No era deseo y ni siquiera lástima, sino un extraño sentimiento de no estar allí, de que no era verdad lo que le sucedía. Actuaba como a través de la niebla de un estado hipnótico, y cuando entraron en la habitación y cerró la puerta se dio cuenta de que ya no estaba borracho y no le quedaba ni la disculpa del alcohol.

—Pediré las copas —dijo, sentándose en la cama, junto al teléfono.

Levantó el auricular y se acordó de que no había llegado a descubrir qué se hacía para pedir algo. La mujer seguía en pie y examinaba sin agrado la maleta abierta, los libros, la máquina de escribir. Era posible que también ella se arrepintiera de sus actos y que se preguntara qué estaba haciendo a las cinco de la madrugada en la habitación de un desconocido, un hombre un poco gordo y no muy joven que vestía un traje gris y le miraba sin hablarle, sosteniendo todavía el teléfono, como si no recordara que había llamado a recepción para pedir bebidas.

—Me prometiste que conseguirías una copa —dijo ella con una avidez sin esperanza, sedienta, mordiéndose los labios.

—No cogen el teléfono. —Él escuchaba monótonamente la señal en su oído y no se decidía a colgar—. Se habrá dormido el portero.

—Me has mentido. Querías traerme aquí y me has engañado.

—Oiga. —En el auricular, muy lejos, había una voz soñolienta—. Quiero pedir unas bebidas.

—No servimos en las habitaciones a estas horas —dijo la voz, y la comunicación se cortó abruptamente, como si alguien hubiera colgado el teléfono en un rapto de ira.

—No hay copas —dijo él, abrumado por la dejación,

por el ridículo. Sin duda, ahora el portero estaría murmurando un insulto, acordándose de él, de esa mujer fea y madura que lo acompañaba.

—Vuelve a llamar. —Ella permanecía inmóvil, moviendo sólo los labios al hablar, no los ojos, ni los músculos de su cara ancha y como aplastada, sin maquillaje, sin color, sin rasgos precisos que uno pudiera luego recordar—. Llama otra vez y dile que le pagarás el doble.

—No hay copas —repitió él, levantándose, deseando que la mujer se fuera de allí o al menos que se moviera o hiciera algo—. Bebe agua si quieres. Hay un vaso limpio en el lavabo.

—Dame de beber. —De pronto, el cuerpo blando de ella pareció que se deshacía y él se encontró sosteniéndola, aprisionado por sus brazos, sofocado por el contacto de su cara, que otra vez humedecían las lágrimas—. Dame una copa o me moriré.

Se desprendió de ella, la obligó a sentarse en la cama. Fue al cuarto de baño a buscar el vaso de agua y cuando volvió la mujer seguía en la misma actitud, pero ahora estaba fumando. Fumaba cigarrillos negros con filtro, una marca que él no había visto desde muchos años atrás, Celtas emboquillados. Le extrañó que siguieran vendiéndose —los asociaba a su adolescencia— y que los fumara una mujer.

—No quiero agua. —Ella rechazó el vaso sin mirarlo—. Quiero bebida de verdad. Me prometiste que la conseguirías. Pero te equivocas si piensas que me acostaré contigo.

—No pensaba pedírtelo.

—Mientes, siempre mentís. Habías salido a la calle para buscar una mujer.

Pero era cierto que no pensaba tocarla y que seguramente ningún hombre lo desearía. Pensó borrosamente que esa cara y ese cuerpo nunca habían sido enaltecidos por una mirada de deseo, y eso le hizo acordarse de sí mismo y de su propio cuerpo, cuando salía mojado de la ducha y se miraba en un espejo, cuando sufría una especie de retardado estertor y dejaba caer al suelo, junto a la cama, una revista con fotografías en color de mujeres desnudas. Tenía sueño, quería cerrar los ojos y que cuando volviera a abrirlos esa mujer ya no estuviera en la habitación. Pero se sentó junto a ella y le tocó los pómulos mojados con las yemas de los dedos.

—Hablaremos si quieres —le dijo, pero no era cierto que quisiera hablar: sentía que estaba repitiendo por obligación el diálogo de una película o de un libro—. Cuéntame qué te pasa. A lo mejor es lo mismo que a mí, que estás sola o que te ha dejado alguien.

—¿Estás casado?

—No tengo a nadie. —Él había empezado a acariciarle el cuello.

—Seguro que estás casado. —La mujer se apartó—. Tienes cara de eso. Engañas a tu mujer. Mañana le dirás que te dormiste pronto y que la echaste de menos.

—Ojalá lo estuviera.

—Mentira. —Ella encendió otro de sus cigarrillos negros—. Siempre mentís.

—Para qué iba a mentirte. Estoy tan solo como tú.

—Si eso fuera verdad, te habrías vuelto loco.

Al murmurar esas palabras, la mujer sostuvo su mirada con tanta fijeza que él sintió un acceso de terror y pensó que ella sí se había vuelto loca, que había escapado de algún lejano hospital psiquiátrico y andaba ahora de noche y de día por las calles de Madrid como esos mendigos enajenados que hablan solos en voz alta y bracean como si pelearan con los fantasmas invisibles del aire. Pero ni aquella noche ni nunca llegó a saber nada de su vida, porque ella no le quiso decir su nombre, y a pesar del miedo él no creyó que hubiera perdido la razón. Posiblemente la razón era lo único que le quedaba, la lucidez ante un desastre ignorado que él temió que se le contagiaría si le permitía quedarse unos minutos o unas horas más a su lado. La vio hundir la cara entre las manos, sentada sobre la cama, con las piernas abiertas; la oyó de nuevo sorber y respirar muy hondo, y emitir una larga queja que sonó como el aullido de un animal golpeado. Le acarició la cara sin deseo, con repugnancia; la empujó hasta tenderla y le quitó con dificultad los zapatos, porque tenía hinchados los pies, y entonces ella lo atrajo hacia sí y lo hizo hundirse sobre su cuerpo estremecido, buscando su piel y su vientre bajo la ropa, con los ojos cerrados, con las manos suaves y húmedas asidas a su cuello, como si tuviera miedo de perderlo.

Al cabo de unos minutos se rindió, apartándolo de ella, que se quedó medio desnuda y despeinada, buscando a tientas un cigarrillo en la mesa de noche. «Es imposible —dijo cuando lo encendió—, estoy seca.» Él se encogió al otro lado de la cama, apretando los párpados, queriendo no oírla ni oler el humo de su cigarrillo ni el sudor de su cuerpo, deseando sobre todas las cosas no volver a mirarla y ni siquiera ver su propia cara en los espejos. Dos horas más tarde, cuando se despertó, la mujer permanecía exactamente en la misma actitud, recostada en la almohada, fumando. «Yo no duermo —le había dicho—; lo único que yo hago de noche es fumar y no dormir.»

Así la imaginó luego muchas veces, cuando a él mismo le llegaba el insomnio en los hoteles de otras ciudades, sentada en la cama, sujetándose la sábana sobre los pechos, esperando el amanecer con las cortinas cerradas para eludir la afrenta de la luz. Pensaba en ella, y rechazaba su recuerdo porque le traía la pesadumbre de la mala suerte y del miedo a que también él fuera exterminado algún día por la soledad, a que lo despidieran del trabajo y acabara tirado por las calles como los borrachos y los locos, como las mujeres que andaban solas hasta la madrugada y una tarde cualquiera perdían el conocimiento y eran llevadas en estado de coma a un hospital donde nadie iría a identificarlas. Derribada en el suelo, pensó, en medio de la gente que se apartaría mirándola de soslayo para no detenerse, con un bolso vacío, sin dinero y sin nombre, tan despojada de todo propósito como cuando él la conoció. No, a él no le correspondía ni una parte de culpa, no había razón para que lo agobiara el remordimiento. Pero al salir de la cafetería, cuando tiró el periódico en una papelera, sintió que ese gesto también participaba de la universal injuria a la que ella fue sacrificada, a la que él mismo no era inmune.

Consultó su reloj. Tenía el coche aparcado muy cerca, sabía la dirección del hospital. Hasta las dos y media no debía acudir a ninguna cita de trabajo. Ya estaba acostumbrado a conducir por Madrid y calculaba correctamente las distancias. Pensó, aunque sin orgullo, que si ella pudiera verlo ahora no lo reconocería. En la puerta del hospital estuvo a punto de volverse. Al fin y al cabo no tenía ningún vínculo con aquella mujer y lo ignoraba todo sobre ella. Un médico joven le estrechó la mano y lo condujo a un pabellón de camas blancas y alineadas donde todos los cuerpos eran como bultos inmóviles. «Han venido ya tres personas esta mañana —dijo el médico—.

Por lo de la foto del periódico. No sabe usted cuánta gente desaparece cada día.»

El médico se detuvo y señaló la cabecera de una cama. Allí estaba la mujer, su cara ancha y aplastada, la tenue línea de vello sobre el labio superior. En contraste con la blancura de la almohada, su piel tenía una sucia tonalidad amarilla. Un tubo transparente desaparecía en la comisura izquierda de su boca. «Ayer tarde pareció que se despertaba —dijo el médico—. Se quedó un rato con los ojos abiertos, pero le pasé la mano por delante y no movió las pupilas.»

Él se sentó con el aire grave de un pariente que visita a un enfermo, vigilando el movimiento casi imperceptible de su pecho bajo el embozo, incómodo, deseando marcharse y sin saber decir que se iba, que esa mujer no era la que buscaba. Preguntó si le quedaba mucho tiempo de vida. Unas horas, una semana, un año, cualquiera sabe, dijo el médico. Pero era muy difícil que recobrara el conocimiento. Preguntó qué harían con ella si cuando muriera aún no la había identificado nadie, y el médico volvió a encogerse de hombros. Iría a la fosa común, aunque era posible que su cuerpo fuera útil para las prácticas en la facultad. Explicó algo que él no quiso entender sobre la escasez de cadáveres y el mal estado en que llegaban los pocos que procedían de donaciones o de ventas. «De ventas voluntarias, imagínese», precisó.

Se puso en pie, se inclinó sobre la cama para mirarla de cerca, temiendo cobardemente que abriera los ojos y lo reconociera. Pero los ojos permanecieron cerrados y notó que las órbitas se movían con lento desasosiego bajo la piel de los párpados. Qué habría hecho en los últimos meses, adónde fue aquella mañana, cuando se quedó sola en la habitación del hotel. Advirtió que el médico lo estaba observando con una atención peculiar, como si sospechara. «No la conozco —dijo—. En la foto del periódico se parecía un poco a una mujer de mi familia.» El médico asintió, volvió a estrecharle la mano antes de que se marchara, pero él pensó que no lo había creído, que estaba seguro de que la conocía y lo dejaba irse, como a un ladrón mezquino al que no vale la pena detener.

EL CUARTO DEL FANTASMA

Ese dinámico joven, Lorencito Quesada, que tan alto mantiene el pabellón de nuestra localidad en el periódico de la provincia, se acordará de la noche en que nuestra tertulia del café Royal se prolongó, contra toda costumbre, hasta después de las doce, y no por culpa de la bebida, que ninguno de nosotros era proclive a la estéril bohemia, sino porque alguien, tal vez el mismo Lorencito, amigo, como él dice, de investigar los fenómenos sobrenaturales, comenzó a contar historias de aparecidos. De pronto todos recordábamos alguna, y cuando Plácido Salcedo, que profesa la cátedra de Física en el instituto, quiso cortar las alas de la imaginación y restablecer el fuero de la ciencia, ya era demasiado tarde, y el joven Quesada nos instruía copiosamente sobre no sé qué propiedades magnéticas de las pirámides de Egipto y sobre las bien documentadas visitas de naves extraterrestres a nuestro planeta. Por ejemplo, dijo, el carro de fuego que arrebató a Elías no era tal, sino un platillo volante, como la estrella de Belén... En ese punto, mi primo Simón, que es muy suspicaz en cuestiones de dogma, le pidió que no hablara de lo que no sabía, porque ni él, Quesada, ni nadie que no estuviera debidamente autorizado, podía interpretar las Escrituras a su antojo, y entonces Salcedo, queriendo apaciguarlos, empeoró la disputa, pues si animó a Lorencito a secundarle en el respeto que, como científico, le merecía toda creencia, también quiso suavizar a mi primo hablándole del libre examen, y eso fue igual que si mentara al diablo. Mi primo montó en cólera y lo llamó luterano; Salcedo a él Torquemada, Lorencito, tan hablador aquella noche, nos preguntó retadoramente si creíamos que la Redención afectaba a los habitantes de otros planetas; yo contuve a mi primo y a Salcedo y los obligué a sentarse; y tuvo que ser don Palmiro Sejayán, ante cuyas canas nos inclinábamos todos, quien diera por terminada la contienda. Dijo: «Señores, formalidad», y nos callamos en seguida. El poeta Jacob Bustamante, recién laureado entonces por la Diputación, aprovechó el silencio para lanzar contra mi primo y contra mí una saeta envenenada:

—Hay algunos —dijo— que se empeñan en no enterarse del Vaticano Segundo.

—Tengo en casa las actas conciliares completas —saltó mi primo como un rayo— y puedo asegurarles que en ninguna se habla de platillos volantes.

—Amigo Simón —dijo desconsoladamente Lorencito Quesada—, no se me ponga así, que usted y yo nunca hemos divagado en materia de fe.

Todo el mundo sabe que el joven Quesada es un alma de Dios, un corazón de oro. Autodidacta, vicesecretario perpetuo de la Adoración Nocturna, empleado desde los doce años en los almacenes El Sistema Métrico, ¿podría alguien reprocharle que dijera divagar por divergir o ínsula por ínfula? El verdadero elemento contestatario en nuestro *petit comité* era Jacob Bustamante: ostentaba pobladísima barba y melena que le cubría las orejas y era sectario ardiente del verso libre y de las misas con guitarras. El éxito lo había envanecido: después del premio cosechado por él en el certamen de la Diputación, insistentemente se rumoreaba su nombre entre los finalistas del que convocaba todos los años el Ministerio de Marina...

—Señores —Don Palmiro Sejayán tuvo que restaurar de nuevo el orden—, si ustedes me prometen que no volverán a discutir, les contaré yo una historia de fantasmas.

—¿Una leyenda folclórica de su país? —dijo Salcedo, abogado siempre del escepticismo, de la fría razón.

—Nada de leyendas, mi querido profesor. Lo que quiero contarles me ocurrió a mí. Si me permiten...

—Un momento, don Palmiro —dijo Quesada, levantándose—. Si usted me da permiso registraré su historia en mi grabadora.

Con la generosidad que lo caracterizaba, don Palmiro asintió. Lorencito Quesada le tenía grabadas ya varias interviús en las que don Palmiro le había ido contando su larga y azarosa vida desde el día en que abandonó Armenia, niño aún, envuelto en un rollo de alfombras. Quesada nos prometía siempre que las entrevistas se iban a publicar en *Singladura,* diario cuya corresponsalía ostenta en nuestra localidad, pero lo cierto es que el tiempo pasaba sin que las aventuras de don Palmiro quedasen perpetuadas por las rotativas. «Paciencia —nos pedía Quesada—, me dicen en redacción que hay un exceso de originales.» Mordaz, Salcedo apuntaba como razón del retraso la posibilidad de un conflicto diplomático con el Imperio Otomano, y Bustamante sugería por lo bajo que Lorencito Quesada, en *Singladura,* era el último mono. Sólo don Palmiro hacía como que no se enteraba de la inutilidad de tantas interviús, y seguía sometiéndose a ellas, por deferencia a la vocación periodística de Lorencito, con un agrado invariable que declaraba muy a lo vivo su ancestral bonhomía.

¿Quién no se acuerda de don Palmiro Sejayán, quién ha olvidado su figura de prócer, tan gallarda a despecho de la avanzada edad, sus bastones de junco de Macao, sus trajes de severo luto, la sencillez de su trato con los inferiores, y lo éramos todos, porque don Palmiro poseía la fortuna más sólida de nuestra localidad, si no de toda la provincia? Me parece que lo estoy viendo en su rincón de la tertulia, fuerte como un roble, las manos unidas sobre el bastón, con su nariz aguileña y su níveo bigote, emblemas de la raza armenia, condenada injustamente —«no como otras», decía mi primo Simón— a una sempiterna diáspora. Cuando don Palmiro tenía doce o trece años unos parientes lo salvaron del cruento alfanje de los turcos embarcándolo en un vapor que lo llevó a Valparaíso. Nada más pisar tierra al cabo de un año de navegación sobrevino un terremoto de tan extremada graduación en la escala de Richter que don Palmiro creyó llegado el fin del mundo. Conoció el desamparo y el hambre, padeció inundaciones, sobrevivió a un alud en los desfiladeros de los Andes, naufragó en el Caribe, estuvo a punto dos veces de que lo fusilaran (peligro nada inusual en aquellas turbulentas repúblicas de Sudamérica), se labró, en fin, una fortuna vendiendo máquinas de coser por las serranías y las selvas del Perú y fabricándolas luego en la reputada cadena de producción que estableció en Lima, la perla del Pacífico, que decía él siempre. Casado con una española, a los setenta años liquidó fructíferamente su emporio ultramarino, y ya que no podía volver a su patria cautiva, eligió retirarse a la de su esposa, y vino a España y a nuestra ciudad, patria chica de ella, y aquí enviudó, y para curarse la melancolía y distraer su vigorosa ancianidad, abrió el Electrobazar Monte Ararat, que aún hoy concita al recuerdo de Palmiro Sejayán en la mejor esquina de la plaza del General Orduña. Respetado por todos —*por sirios y troyanos,* decía el joven Quesada—, don Palmiro asistía puntualmente a nuestra tertulia del Royal, instituyéndose en mecenas de todo café, bollo suizo o leche rizada que se consumiera en la misma, rasgo que agradecía más que nadie el avinagrado Bustamante, no por pobreza, sino por avaricia, pues ni siquiera fue para invitarnos a una ronda cuando le dieron aquel discutido premio de la Diputación...

Pero estaba contando que Lorencito Quesada se había levantado para buscar su grabadora, un milagro de la técnica japonesa que le cabía en el bolsillo del abrigo, y allí la llevaba siempre, por si se le presentaba ocasión «de captar la noticia, el documento en vivo». Con reverencia, con orgullo, la puso encima de la mesa, frente a don Palmiro, y para probar la cinta, porque en todo lo suyo era muy escrupuloso, dijo con voz de locutor, «grabando, grabando», y sólo cuando estuvo seguro de la perfecta nitidez del sonido invitó a don Palmiro a que nos contara su historia de fantasmas.

—Pero es más de media noche, amigos míos —dijo don Palmiro, consultando su opulenta leontina—. Seguro que ya tienen ustedes ganas de irse a dormir.

—Pues nos la cuenta usted resumida —lo animó Quesada—. Sin entrar en detalles, *a groso modo...*

—Lo prometido es deuda. —Ni siquiera Salcedo disimulaba la impaciencia bajo su gravedad de catedrático—. No irá usted a dejarnos con la miel en los labios.

—Don Palmiro, si usted se calla ahora nos va a dar un disgusto —dijo mi primo Simón.

—*... una puñalada trasera...* —Quien habló esta vez fue el joven Quesada.

Puesto por nuestra curiosidad *entre la espalda y la pared,* como también habría dicho el pobre Lorencito, don Palmiro pidió leche rizada para todos —rápidamente Bustamante solicitó que se nos añadiera bollería—, y, posando ambas manos sobre el labrado puño del bastón, bebió un sorbo de leche, se limpió los labios con un pañuelo inmaculado, y comenzó a hablar con aquella grave y reposada voz que a todos nos embebía. Oyéndolo se nos pasaban las horas, agrupados en torno suyo como devotos de sus lentas palabras. Gracias a ellas conocimos, en aquella mesa del Royal, nombres de regiones y de ciudades que de otro modo no habríamos sabido nunca que existieran, y también de animales y frutas, de razas aborígenes que ignoraban todo rudimento de civilización. Luego nos íbamos a casa pensando en el ñame o en los guaraníes y al cruzar, bien abrigados, los soportales de la plaza del General Orduña, nos espantaba darnos cuenta de lo grande que debe de ser el mundo.

La historia ocurrió, nos dijo don Palmiro, a finales de los años veinte, en una aldea perdida en las estribaciones de los Andes. A lomos de mulos de alquiler, don Palmiro, muy joven todavía, viajaba por aquellas soledades vendiendo a comisión ropa interior de señora y caballero y bisutería menuda. Llegó a la aldea al anochecer de un día de invierno que amenazaba nieve, casi desvanecido de cansancio al cabo de tantas horas de cabalgar sobre la mula por desfiladeros y barrancos. No había luces en las calles, recordó don Palmiro, casi no había calles, sólo hondonadas cenagosas entre las casas de adobe. En las ventanas vio luces de petróleo e impenetrables rostros de indias con sombrero de hongo que cerraban los postigos cuando él se les quería acercar.

—¿Las indias llevan sombreros de hongo, como los ingleses? —preguntó Lorencito, siempre ávido de conocimientos. Pero don Palmiro, que cuando contaba una historia de su juventud se volvía un poco sordo, no lo oyó, y los demás le exigimos silencio con ademanes terminantes.

Parecía como si la voz de don Palmiro nos hubiera contagiado la quietud sepulcral de la aldea. En el salón del Royal sólo quedábamos nosotros, y no se oía ni el ruido de una cucharilla.

Cansado y hambriento, don Palmiro buscó acomodo en la única fonda de la localidad, dejando para el día siguiente la visita que había pensado efectuar esa misma noche al mercero. La fonda estaba en la plaza, frente a una iglesia a oscuras. Nada más entrar, nos dijo, notó un olor raro, «ese olor a humedad que tienen las casas cerradas desde hace tiempo, ustedes me entienden». En un zaguán con el techo muy bajo había un hombre y una mujer que hablaban en susurros a la luz de un quinqué amarillo de humo. La mujer iba de luto y parecía enferma. Sin afeitar, en camiseta, con cara de embriaguez o de fiebre, el hombre le habló a don Palmiro apoyando los codos en un sucio mostrador. Le dijo con desgana que no podían darle de cenar, que no tenían cuartos libres, que no había cuadra ni pienso para la mula. Medio sonámbulo de fatiga y de hambre don Palmiro insistió: le bastaría cualquier cosa, un jergón en el granero, un trozo de pan duro. La mujer miró de soslayo al posadero y habló como rezando, en voz baja, con las manos juntas, lo bueno de aquellas historias de don Palmiro era que le hacían ver a uno todos los detalles: «Dile que se vaya», murmuró la mujer, suspirando, dijo don Palmiro, como si estuviera en un velorio, también esa palabra la aprendimos de él. «Por Dios, señora —casi le suplicó—, que va a nevar, que me congelaré como un perro...» La juventud es vehemente: encogiéndose de hombros, como quien declina toda responsabilidad, el posadero se rascó la áspera greña de mestizo, tomó en una mano el quinqué y en otra una llave muy grande y le dijo a don Palmiro que se fuera con él. Vuelta hacia la pared la mujer sollozaba tapándose la boca.

Por una lóbrega escalera de peldaños gastados subieron a un pasillo oblicuo y negro en el que había tres puertas. Bajo dos de ellas don Palmiro vio luz y oyó rumores de gente que dormía. El posadero abrió la última, y levantando el quinqué examinó el interior de la habitación sin cruzar el umbral. Se dio la vuelta tan aprisa que no vio la moneda que don Palmiro le ofrecía.

En el cuarto, que tenía el piso de adobe, sólo había una cama muy estrecha, una mesa de noche con una palmatoria de color azul, una silla de anea. Don Palmiro oyó el viento que golpeaba la ventana y se acordó con pesadumbre de que la mula pasaría la noche atada a una reja de la calle. Luego se quitó los pantalones y el chaquetón y los dejó cuidadosamente en la silla. En la oscuridad, cuando ya se había acostado, oyó muy cerca unos golpes reiterados e iguales, como cautelosos, «unos golpecitos así, toc, toc, toc», nos dijo repicando quedamente con los nudillos el mármol de la mesa. Pensó: «ratones o cucarachas», y se cobijó más hondo, con los ojos cerrados, y al oír un rumor como de ropa que se deslizaba comprendió que no iba a dormirse y encendió la vela.

—De tan cansado que estaba, el sueño se me fue —dijo don Palmiro—. Así que para no desperdiciar el tiempo saqué mi libro de contabilidad y decidí estudiar un rato.

Entonces vi que mi pantalón se había caído de la silla. Me levanté y lo recogí, porque era el único pantalón que yo tenía entonces y lo cuidaba como a la niña de mis ojos. Me había acostado otra vez cuando volví a oír los mismos golpecitos, que ya empezaban a cansarme. No venían de la puerta, sino de muy cerca de mí, como si alguien, en el piso de abajo, estuviera dando con un palo en el techo. Pensé: «Si ese forajido posadero quiere asustarme va fresco», y abrigándome otra vez me puse a estudiar con ahínco los secretos de la partida doble. Y entonces, más golpecitos, como el goteo de un grifo, así: «toc, toc». Miré la silla y vi que mi pantalón estaba empezando a caerse muy despacio, como si le hubieran atado un hilito y tiraran de él. No tardé en darme cuenta de que la silla oscilaba un poco. ¿Sería otro terremoto como el de Valparaíso? Pero no, sólo la silla estaba moviéndose, no la cama ni la palmatoria. Entonces me fijé en las patas: una de ellas se levantaba ligeramente y volvía a caer, era de ahí de donde venían los golpes. Luego se levantaron un poco más las dos patas de la izquierda, y mi chaquetón, que estaba en el respaldo, empezó a deslizarse, y después la silla se inclinó hacia el otro lado y el chaquetón y los pantalones cayeron al suelo. La silla estuvo como un minuto sin moverse. Y entonces se balanceó de nuevo, primero muy despacio, parecía que se iba a caer, pero no perdía el equilibrio; yo me levanté y ella empezó a alejarse de mí, a saltitos, como esa gente que camina con una pierna tiesa, y al llegar al otro extremo de la habitación volvió a pararse, frente a mí, como si recelara algo, una de las patas dio tres golpes, toc, toc, toc, y se quedó quieta.

—¿Y qué hizo usted, don Palmiro? —preguntó Quesada.

—¿Me creerán si les digo que otra vez tenía sueño?

Doblé el pico de la página que estaba leyendo y lo dejé en la mesa de noche. Recogí mis pantalones y mi chaquetón, y en vez de dejarlos otra vez en la silla, los puse bien doblados sobre la maleta, para que al día siguiente no tuvieran arrugas. La buena presentación es inexcusable en la vida comercial, ése fue siempre mi lema. Me acosté, apagué la vela y me dormí...

Don Palmiro no dijo nada más. Apuró su leche rizada, se limpió los labios y el bigote y llamó a Sebastián, el camarero que atendía siempre a la tertulia. Pagó, dejando una propina espléndida en el plato, y nos dijo que ya era hora de levantar la sesión. Sólo Bustamante se atrevió a preguntar lo que todos pensábamos.

—¿Se durmió usted, don Palmiro? ¿Como si nada? ¿Como si la silla no se hubiera movido?

—Amigo mío. —Don Palmiro nos sonrió a todos como un anciano padre bondadoso, ya en pie, guardando en el chaleco su reloj de plata—. Yo había visto a un soldado turco degollar a mi padre. Yo había creído que el mundo entero iba a ser tragado por el mar durante el terremoto de Valparaíso. En la bodega de aquel vapor donde pasé dos meses escondido entre alfombras, las ratas me despertaban mordiéndome las orejas... ¿Y quiere usted que una silla, porque daba saltitos, me quitara el sueño?

Sin decir nada, sin levantarnos todavía de la mesa, miramos a don Palmiro, abrumados por su estatura y por la duración de su vida. Entonces la cinta llegó al final, y en medio del silencio la grabadora se detuvo automáticamente con un golpe repentino y tan seco que todos nosotros, salvo don Palmiro Sejayán, nos llevamos un susto.

LA COLINA DE LOS SACRIFICIOS

Sin volverse hacia la puerta que el guardia de uniforme no se había atrevido a abrir del todo, el inspector hizo un gesto con la mano y le ordenó que se marchara. «Dice el forense que vaya usted», murmuró el guardia, sosteniendo la gorra de plato con un aire vagamente rural, y su compañero, el que tomaba a máquina la declaración, levantó los ojos del teclado y con una rápida mirada le indicó que se fuera, señalando al acusado, que guardaba silencio y se miraba las manos blandas y caídas entre las rodillas, observando de soslayo al inspector, porque temía su ira, sobre todo ahora, cuando la confesión de aquel hombre de traje gris y frente sudorosa estaba a punto de concluir. «Le dice usted al forense que no estoy», dijo el inspector, y el guardia, tras un instante de duda, volvió a cerrar suavemente la puerta, entornándola despacio para que le diera tiempo a ver la cara del acusado, sus ojos neutros y miopes, su expresión de fatiga o de lenta sorpresa, pues parecía no haber entendido aún que estaba preso y que lo iban a condenar por asesinato.

«Pero no tiene cara de asesino», pensó el inspector, recordando otras caras que había visto exactamente en la misma habitación y a la misma distancia, otras miradas inmunes al miedo y a la contrición que no eludían la suya, que la desafiaban, serenas miradas de asesinos esposados y erguidos que regresaban luego a los calabozos caminando por los sucios pasillos y las oficinas con una familiaridad desdeñosa, casi condescendiente, como jugadores de azar que tuvieron una mala partida y saben que alguna vez, muy pronto, obtendrán de nuevo el favor de la suerte. El inspector los observaba siempre con la atención de quien debe descifrar un enigma, les hacía preguntas que ellos no contestaban y que seguía repitiendo después de conocer las respuestas, los golpeaba a veces, una bofetada con el dorso de la mano o un amago de patada en el vientre, y los veía luego jadeando en el suelo, no de miedo, sino de rabia, las manos juntas en las ingles, las rodillas contra el pecho, como animales encogidos, criaturas de una especie no del todo animal ni del todo humana que se volvían hacia él para no dejar ni un instante de mirarlo, para estar seguros de que no olvidarían su rostro, calculando con una mezcla extraña de inteligencia y de instinto la próxima pregunta o el próximo golpe o el tiempo que tardarían en salir a la calle y en encontrarse a solas frente a él, ya vulnerable, ya cercado y condenado en una noche sin luces.

Que hubiera hombres que mataban serenamente a otros y que alguno de ellos sobreviviera en las cárceles o en las lejanas barriadas de la desesperación animado por el solo propósito de matarlo a él no eran para el inspector enigmas morales, sino más bien misterios de la naturaleza física a los que con los años había terminado por acostumbrarse en la misma medida en que uno se acostumbra al paso del tiempo o a la seguridad de morir y de no saber cuándo. Ante esos hombres, incluso ante las fotografías de sus fichas, notaba como un imán la sensación de un peligro más oscuro que el miedo y casi ajeno a él: era una inminencia de vacío o de espanto que sólo en los sueños reconocía del todo y que muchas veces perduraba después del despertar, como el aliento o el ruido de las pezuñas de un animal tras una puerta cerrada.

Pero este hombre no era como los otros, aunque hubiera matado con notoria frialdad, aunque hubiera recordado minuciosamente —y con la misma torpe lentitud con que el guardia tomaba a máquina su confesión, usando sólo dos dedos y deteniéndose a veces para mirar con desaliento el teclado— la noche de quince años atrás en que levantó un hacha de cocina sobre la cabeza inclinada de su mujer y le partió el cráneo en dos mitades iguales. Hablaba en voz baja, mirándose las blandas manos enlazadas, las uñas ligeramente sucias, procurando ocultar con ademanes inconscientes los puños de la camisa, oscuros y gastados al cabo de dos noches de celda. Hablaba como creyendo que su mansedumbre lo defendería de la indignidad, aunque no de la culpa, sí al menos del oprobio de no haberse cambiado de ropa en los últimos días y de oler a sudor y a comida de cárcel. Más que de asesino tenía cara y modales de cajero antiguo, de cajero paciente y un poco servil, honrado hasta el límite de la pobreza, de la tranquila y digna estupidez, uno de esos cajeros que contaban millones con dedos pulcros y eficaces y no se concedían ni el pensamiento de un desfalco, acaso únicamente se atrevían a imaginar un robo módico y restituible, una pequeña vileza, pues no siempre era la honradez, sino la mezquindad, lo que los apartaba del delito, y cuando uno de ellos lo cometía se obstinaba más tarde en una enfermiza lealtad al castigo: dejaba pistas evidentes, se inscribía en un hotel con su propio nombre, acataba por fin la cárcel y la deseada vergüenza igual que había obedecido durante media vida los horarios del banco.

Tampoco este hombre se había molestado mucho en esconderse. Sólo un poco, al principio, cuando dejó la casa y la ciudad y obtuvo un empleo de vigilante nocturno, luego de vendedor en una gasolinera, dijo, pero no recordaba el nombre del lugar donde estaba, una carretera por la que casi no pasaban automóviles, lejos, hacia el Sur, en la sierra, recordó con desgana, como si su vida de entonces no mereciera más que el desdén o el olvido. Mientras lo oía hablar, el inspector imaginaba un paisaje despojado y remoto, las luces de la gasolinera brillando pálidamente en la claridad vacía e inmóvil de un amanecer, miraba al hombre de anchos rasgos carnosos y corbata de vendedor en quiebra queriendo imaginar cuál habría sido su aspecto quince años atrás, en la gasolinera, la lenta oscilación de su andar cuando escuchara el claxon de un automóvil solitario que tal vez se había extraviado de noche en su camino hacia el mar. Lo imaginó silencioso e inhábil, un poco obeso bajo el mono azul. Mirando sus manos, que debían de tener una suavidad ligeramente húmeda, el inspector las vio manejar con cuidadosa torpeza el grifo de la gasolina o las monedas para el cambio, manos tibias e inútiles, no educadas para la fuerza ni para la caricia, menos aún para cerrarse en torno al mango de un hacha, ni siquiera entonces, aquella noche, cuando arrastraron un cuerpo y usaron una pala y un azadón de jardinero para abrir una fosa en la tierra húmeda y negra y cerrarla luego apresuradamente, cuando ya estaba a punto de amanecer. «Seguro que le salieron ampollas —pensó el inspector, sin darse cuenta de que ya no oía el ruido de la máquina de escribir, porque el hombre se había quedado en silencio—, seguro que no le temblaron ni cuando levantó el hacha.»

Dijo que pasó dos o tres años en aquella gasolinera y que la mayor parte del tiempo estuvo solo. Una vez a la semana el dueño iba para hacer las cuentas y llevarse la recaudación. Una o dos veces al mes, según la época del año, recibía la visita del camión cisterna que llenaba los depósitos. Él dormía en un cobertizo y cocinaba su comida monótona en un infiernillo de petróleo. Con estupor, con un poco de recelo, el dueño se acostumbró a aquel empleado gordo y silencioso que nunca discutía el sueldo tan mezquino ni tomaba días libres. Cada semana le subía a la gasolinera latas de conserva, café instantáneo, leche condensada. Una vez, movido acaso por un cierto sentimiento de culpa, porque nunca pudo imaginar que encontraría un empleado tan dócil y tan escrupuloso en el trabajo, en las cuentas, incluso en la limpieza de los surtidores y del pequeño cobertizo que habitaba, le llevó una botella de coñac y un cartón de cigarrillos de contrabando. El hombre sonrió y le dijo que no fumaba ni bebía.

De modo que durante dos o tres años no hizo otra cosa que permanecer sentado junto al cobertizo mirando la carretera desierta y levantándose muy de vez en cuando para llenar el depósito de un automóvil y limpiarle el parabrisas y encender a la caída de la noche las luces de la gasolinera. Ya no tenía miedo a ser atrapado por la policía y ni siquiera se paraba a recordar con detalle su vida anterior o la noche del crimen. El inspector supuso que ya ni tenía remordimientos, si es que los había tenido alguna vez, que uno no puede arrepentirse de algo que no recuerda haber hecho o que tiene la incompleta sensación de haber soñado. Había en él la sugestión de una quietud fetal, hermética y blanda, como el sosiego de esos animales que duermen durante todo el invierno. El inspector nunca llegó a saber exactamente dónde y cómo había vivido cuando dejó la gasolinera ni por qué se marchó de allí, pero daba igual, podía haberse quedado quince años enteros sentado a la puerta del cobertizo o en el cuarto del hotel donde lo detuvieron, siempre idéntico a sí mismo en su pesada desgana y en su inmovilidad, tan indiferente como un feto al paso del tiempo y al mundo exterior, a la cárcel, a la habitación donde estaba siendo interrogado.

Era una habitación pequeña, desnuda, sin ventanas, sin nada, sólo las dos sillas frente a frente, la del inspector y la del acusado, y la mesita con ruedas donde el guardia escribía a máquina, la bombilla blanca colgando sobre las dos cabezas, los cigarrillos aplastados en los rincones, nada más, nada, la luz brillando en la pintura plástica de las paredes, y afuera, detrás de la puerta, en los corredores de la comisaría un rumor de pasos y voces y máquinas de escribir y teléfonos, un rumor de insomnio, de gentes sonámbulas que no duermen de noche, que están menos acostumbradas a la claridad del día que a la de los tubos fluorescentes, el olor del aire donde humean siempre cigarrillos mal apagados en los ceniceros, pisados sobre las baldosas de los corredores donde nunca dejan de escucharse pasos. Sentado en medio de la habitación, el hombre permanecía fatigado y tranquilo, con sus dedos enlazados sobre la prominencia del vientre, con aquellos ojos ausentes tras los cristales de las gafas.

El inspector no recordaba que aquel hombre lo hubiese mirado ni una sola vez. Parecía que sus pupilas tuvieran la virtud de no fijarse en nada ni en nadie, sólo en las manos gruesas y pequeñas, en las uñas sucias. Con una brusca y silenciosa furia el inspector se puso en pie y advirtió que tenía las rodillas entumecidas, llevaba horas encerrado allí, mirando al acusado, buscando en su cara un gesto que le permitiera descifrar el enigma que sus palabras no iban a revelarle. Deseaba irse, salir de la habitación durante cinco minutos, ir al despacho del forense o al del comisario y decirles que ya tenía completa la confesión, pero le parecía al mismo tiempo que lo ignoraba todo y que no tendría la tenacidad o la astucia necesarias para averiguar un solo indicio verdadero. Cuando ya había girado el pomo de la puerta se volvió y la cerró de nuevo apoyando en ella la espalda como para prohibirse a sí mismo la tentación de salir. Creyó haber oído que alguien repetía su nombre por un altavoz. Se acordó del forense, de su bata blanca, de sus modales de músico, y sintió un acceso de ira que misteriosamente le devolvía la ecuanimidad.

—Había otra mujer, ¿no? —dijo muy suavemente.

—¿Otra mujer? —Por vez primera el hombre lo miró—. No entiendo.

—Claro que entiende. —El inspector se situó de nuevo frente a la cara del otro y se inclinó hacia él apoyando las dos manos en el respaldo de su silla, como asomándose a un balcón—. Había otra mujer y usted estaba harto de la suya. Una mujer joven y muy impaciente. Usted la dejaba y volvía a su casa creyendo que su mujer ya estaría dormida, pero ella lo esperaba siempre por muy tarde que llegara. Lo esperaba haciendo punto con una de esas batas que usan al cabo de diez años de matrimonio. ¿A que sí? ¿A que la llevaba puesta aquella noche en la cocina?...

El inspector miró en torno suyo y se quedó bruscamente en silencio, como si acabara de descubrir que estaba hablando para nadie y que la saña que fingía era tan inútil y casi tan ridícula como su complacencia en la vulgaridad. Batas acolchadas y agujas de punto sobre un sofá tapizado de plástico marrón. Pero no, una rápida corazonada le hizo saber que no había inventado del todo lo que acababa de decir, que su imaginación se estaba sirviendo de un recuerdo inconsciente, porque él vio un sofá de esa clase en algún lugar y lo olvidó en seguida y ahora volvía a verlo, tirado entre escombros, muy cerca de la excavadora, con la tapicería desgarrada, brillando bajo la lluvia y los reflectores, de noche, en una noche que ahora le parecía más antigua que los inviernos de su infancia, pero que había sucedido apenas diez días atrás, cuando se acercó al borde de la zanja recién abierta por la excavadora y vio el cráneo sobre la tierra negra y empapada, limpio ya por la lluvia, limpio y hendido desde la nuca hasta la frente.

—Nunca hubo ninguna mujer —dijo el acusado, pero el inspector no supo si el tono severo de su voz era de firmeza o de melancolía—. Nunca.

Por qué la mató entonces, iba a preguntar el inspector, pero no dijo nada, sospechando que ya no llegaría a saberlo, no porque el hombre se empeñara en guardar un secreto, sino porque tal vez el secreto no existía o no podía ser comprendido por nadie que no fuera ese hombre, o ni siquiera por él. Cómo iba a haber otras mujeres, si bastaba mirarlo para saber que había nacido vacunado contra toda pasión o deseo, si había en su cara esa condición de carne inerte que tienen a veces las caras o las manos de los eclesiásticos. Sí, estaba sentado igual que un cura, y tenía una obesidad de eunuco, y al escuchar movía un poco la cabeza, como si atendiera a una confesión.

—¿La mató por gusto? —dijo el inspector, sentándose de nuevo, aceptando otra vez el juego de la paciencia y de la desesperación—. ¿Porque estaba aburrido de ella o de las comidas que le hacía?

—Ella no cocinaba. —El hombre habló con una cierta dignidad—. Una mujer se ocupaba de eso.

—Así que tenían criada. —El inspector fingió creer que había hallado un indicio de algo razonable y miró al guardia que escribía a máquina como para restaurar su autoridad ante él—. Usted le dio permiso aquella noche. Había premeditado el crimen...

—Se iba todas las tardes a las cinco —dijo el hombre—. Con mi sueldo no me podía permitir una criada interna.

—¿Nunca pensaron en tener hijos?

El hombre volvió a poner cara de infinita extrañeza: parecía que la idea de la paternidad le fuese tan ajena como la del adulterio. Regresaría del trabajo cuando la criada ya se hubiera marchado y se sentaría en el sofá a mirar un televisor en blanco y negro mientras su mujer hacía punto y le hablaba de cosas que él no escuchaba, menudas discordias tal vez, irritantes pormenores sobre la limpieza de la alfombra o el precio del azúcar. El inspector lo imaginó hundido en los cojines del sofá, indiferente, con zapatillas de paño, alimentando en secreto un lento coágulo de odio, calculando su crimen, sin pensar al principio en la posibilidad efectiva de llevarlo a cabo, concediéndose sólo el impune placer de inventar sus detalles, como si se viera a sí mismo en una de esas series de televisión, despierto en la oscuridad cuando ella ya se había dormido, incómodo por el ruido de su respiración, por la cercanía de su cuerpo.

—¿Ella era estéril? —dijo el inspector, pero estaba pensando: «Él es impotente y le importa menos que a un mulo.» Ni a un mulo ni a una estatua ni a un hombre así los sobresaltaría nunca el instinto de desear un cuerpo.

—Se ponía enferma con frecuencia. Tenía dolores de cabeza y de espalda.

—¿La veía algún médico?

—Tomaba unas pastillas.

—¿Para dormir?

—No me acuerdo. Pero dormía mal. Por las mañanas tenía ojeras.

Como agobiado de pesadumbre conyugal, el hombre bajó la cabeza y se miró los pulgares, haciéndolos girar el uno en torno al otro. Por su aspecto podría decirse que estuviera sentado junto a un lecho de enfermo o velando a un cadáver reciente, dispuesto a esperar y a recibir murmuradas condolencias. Luego, como quien lleva mucho tiempo sin dormir, se frotó los párpados sin quitarse las gafas y dijo:

—Qué raro.

—¿Qué es raro? —preguntó el inspector. Pero no había nada que no lo fuera. El hombre tardó un poco en contestar. Cuando lo hizo se había quitado las gafas y parecía más viejo o más gastado por el cansancio o la culpa.

—Que hayan estado quince años buscándome —dijo—. Que tardaran tanto.

—¿Quince años? ¿De verdad piensa que nos ha costado quince años encontrarlo? —El inspector, que consideraba la petulancia como un derecho natural de su oficio, igual que la placa y la pistola y la cartilla del economato, se permitió una carcajada muy falsa, como las del teatro—. Una semana justa. Ni eso. Seis días. Durante esos quince años nadie lo buscó...

—Qué raro —dijo el hombre de nuevo, en el mismo tono que la vez anterior, y alzó los ojos y se quedó mirando la pared blanca y vacía, sin hacer las preguntas que el inspector esperaba, como si ya hubiera previsto la posibilidad de aquella última traición del destino. Tal vez veía ante sí todos los vanos años de la huida y recordó su casa abandonada, sórdidamente vencida por el polvo como el interior de una tumba, su pequeño jardín posterior ganado por la maleza, cementerio secreto en aquella colina de mediocres chalés que poco a poco se habían ido deshabitando, como si el cuerpo enterrado en uno de ellos y el crimen y la huida de quien lo sepultó lo hubieran contaminado clandestinamente todo de esterilidad y ruina. Una ruina demorada y sin énfasis, como el tedio de un inacabable atardecer de domingo en una calle de las afueras donde no se oyen voces: cuando llegaron las excavadoras ya no quedaba nada vivo.

—Van a construir pisos allí —dijo el inspector—. Bloques de pisos. Pero tuvieron que parar las obras... ¿Imagina por qué?

Una llamada urgente, le dijeron, y el inspector, que ya había ordenado su mesa y cerrado con llave los cajones y estaba poniéndose la gabardina, aunque todavía faltaban veinte minutos para que terminara su turno, tuvo que sentarse de nuevo y atender el teléfono, murmurando una palabra sucia, porque era viernes por la tarde y sospechaba que iba a perder su noche libre, y se maldecía a sí mismo por no haber salido de la oficina un minuto antes. Eso era el azar, y no había modo de mantenerse a salvo de sus conspiraciones: uno va a salir, advierte de pronto que no lleva cierta llave en el bolsillo, y el tiempo que emplea en buscarla puede hacer que le cambie la vida. Había que joderse: levantando el teléfono el inspector se echó hacia atrás en su sillón giratorio y oyó a alguien, un capataz o encargado de una obra, que le hablaba de un cráneo recién encontrado en un jardín, de un posible homicidio.

Cuando salió de la comisaría, el coche oficial ya estaba esperándolo. Saludando hoscamente al conductor, un guardia de uniforme, se recostó en el asiento de al lado y se subió el cuello de la gabardina, porque notaba en la nuca una sensación de intemperie, de humedad y de frío, como si llevara la ropa mojada. Mientras cruzaban los últimos arrabales de la ciudad se les hizo de noche y comenzó a llover. Todos los años había en octubre un anochecer exactamente así, prematuro e inhóspito, ilimitado y desierto como una estepa boreal, y el inspector pensaba: «ahora mismo está empezando el invierno», sintiéndose como si cruzara una frontera hacia el exilio.

Al cabo de unos minutos, cuando abandonaron la autopista, la noche se hizo irrevocable y ya no veían luces. Sobre ellos el cielo era tan bajo como la bóveda de un túnel y tenía pálidas fosforescencias en sus límites. Ya no veían en el espejo retrovisor las sombras iluminadas de la ciudad: un resplandor de incendio la suplantaba en el horizonte oscuro a medida que se alejaban de ella. Parecía que la llegada del invierno hubiera despoblado el mundo, dejando sólo breves reductos habitados donde encendían hogueras los supervivientes, tejados de casas o colinas convertidas en islas por la inundación de oscuridad.

«Ya estamos llegando», dijo el guardia que conducía, y señaló el final de la carretera por la que ascendían entre altos árboles sin hojas ni perfiles exactos. Arriba, en la colina, había una claridad de grandes hogueras o de reflectores estremecida por las rachas de lluvia. El inspector bajó el cristal de la ventanilla y sintió frío. Pensó que aquellas luces estaban todavía muy lejos y eran tan inalcanzables como la hoguera o el faro que ven sobre los arrecifes los tripulantes de un barco naufragado. Volvió a sentir frío cuando se bajó del coche y caminó guiado por alguien entre escombros y altas grúas o andamios de los que colgaban bombillas zarandeadas por el viento. Era un frío medular e inflexible que exhalaba la tierra removida, un frío de piedra lisa y rezumante y de sótano sellado. Hombres que llevaban impermeables y cascos de plástico amarillo rodeaban la fosa recién abierta entre las malezas del jardín y señalaban hacia el fondo. Los pies del inspector se hundieron en la tierra grumosa cuando bajó a examinar de cerca el cráneo. Acercó la linterna a las cuencas vacías, que parecieron adquirir una honda y hueca mirada cuando la luz giró sobre ellas. La lluvia había limpiado la delgada hendidura que casi lo partía en dos mitades.

El inspector se puso unos guantes de goma y cogió el cráneo con las puntas de los dedos, guardándolo luego en una bolsa transparente. Cuando salió de la zanja, el barro le llegaba a las perneras del pantalón y tenía la gabardina empapada. Entregó la bolsa al guardia, que la llevó al coche, y oyó con atención fingida a un hombre gordo y de traje oscuro que no usaba casco ni impermeable: era el dueño o gerente de la inmobiliaria, hablaba mucho, estaba desesperado, decía que lo iban a arruinar si le paraban la obra, que bastante desgracia tenía ya con no sabía qué ruinas arqueológicas que habían aparecido muy cerca de allí unos días antes.

—Una losa —dijo, y tomó del brazo al inspector, conduciéndolo hasta un lugar adonde casi no llegaban las luces—. Mire: la mitad de la obra parada por culpa de esa piedra. Unos tipos con batas blancas vinieron esta mañana a tomarle las medidas. Dicen que mañana se la llevarán no sé adónde. Y ahora viene usted y me dice que tampoco podemos seguir trabajando en los otros bloques...

El inspector lo miró en silencio hasta que dejó de hablar, igual que quien espera en un portal a que termine la lluvia. Luego se encogió de hombros y eligiendo una entonación no del todo insultante dijo que él cumplía órdenes. El frío le estaba entumeciendo las puntas de los pies. Sin hacer caso del hombre del traje oscuro, que seguía hablándole a su espalda, caminó hacia la casa.

Sólo la parte más próxima al jardín había sido ya demolida. El resto se mantenía intocado y en pie por una especie de milagro contra la severidad del tiempo, como si la casa, durante todos los años que permaneció vacía, no hubiera perdido nunca su cualidad de recién abandonada. A la luz de las linternas el inspector vio colillas cubiertas de polvo en los ceniceros, una cesta con madejas de lana parcialmente desovilladas y podridas, un televisor grande y rudo como un baúl sobre el que había un paño de croché casi borrado por las telarañas y el polvo y una lánguida figurilla de loza con paraguas.

—Hay que ver —dijo el guardia a su lado—. Mi señora tiene una figura como ésa. Exactamente igual. Con el mismo paraguas.

El inspector alumbró un pasillo corto y muy estrecho que olía a sumideros de agua corrompida. Supuso que habría muy cerca un cuarto de baño, pero aún no se ocupó de encontrarlo. Mientras avanzaba recordó algo que había leído sobre los astronautas que llegaron a la Luna: que las pisadas de sus botas se mantendrían indelebles hasta el fin de los tiempos. Vio en la pared, sobre el papel pintado, que tenía largos desgarrones y manchas negras de humedad, una estampa carcomida del Sagrado Corazón y una copia de un cuadro antiguo que por algún motivo le pareció vagamente patética. El hombre del traje oscuro avanzaba tras ellos murmurando cosas que el inspector no oía. Los tres se detuvieron un instante frente a una puerta cerrada. El hombre del traje oscuro se adelantó para abrirla: parecía que con ese gesto indicara su condición de propietario.

—¿Sabe quién vivía aquí? —le preguntó el inspector.

—Gente vieja, supongo. —Al hombre le costaba trabajo girar el pomo de la puerta—. Los chalés se hicieron antes de la guerra. Gente que se iría muriendo.

Desde la oscuridad, cuando abrieron, vino hacia ellos un insondable olor a podredumbre. Pero las linternas alumbraron una cama que parecía recién hecha, un armario entornado, una gran foto de boda en la que sonreía una mujer. El inspector pensó en seguida que tenía cara de muerta, de muerta antigua y olvidada. Al internarse en la habitación notó que algo viscoso crujía blandamente bajo sus pies. Apuntó la linterna hacia el suelo y vio que en la moqueta podrida por la humedad crecían carnosos hongos blancos. Temió que todas aquellas cosas inmóviles se desharían en nada cuando las rozaran, de modo que al principio casi no se movió. Luego, mientras el guardia registraba el armario, examinó más de cerca la foto de boda. La mujer tenía un moño alto y ceñido por una diadema, y la sonrisa nupcial parecía tensar sus rasgos hasta la exasperación. Un hombre con gafas de concha y delgado bigote, con la cara redonda congestionada por la corbata del chaqué, estaba de pie junto a ella, dócil y helado, como absorto en un rencor apacible. En un rincón, tras la mesa de noche, había un par de calcetines deshechos por los hongos.

—Inspector —dijo el guardia—. He encontrado algo.

El inspector se volvió, lentamente poseído por el

asco. Se sentía como si lo hubieran obligado a pasar una noche en esos cuartos de pensión donde nadie retira la ropa sucia de inquilinos anteriores. El guardia había dejado sobre la cama algunas ropas hediondas. Al desenvolver un mandil, algo pesado cayó al suelo: un hacha de cocina con los bordes manchados de una sustancia seca y oscura. Al alumbrarla, el inspector se acordó del cráneo y de la sonrisa de la mujer vestida de novia, y de pronto entendió por qué no era una sonrisa, sino un gesto contenido de desesperación: la mujer no era joven, a pesar del peinado y de la diadema, no era joven y no sabía fingirlo, ni tampoco ignorar la simulación o el desdén del hombre que estaba a su lado.

En un cajón de la mesa de noche encontraron el libro de familia. El inspector se lo guardó en un bolsillo de la gabardina y le dijo al guardia que desclavara del marco la fotografía. Al salir de nuevo a la intemperie aspiró como un sediento el aire helado y el olor de la lluvia de octubre. Dos días después, los hombres de manos pálidas y batas blancas del laboratorio le dieron lo que él ya sabía, lo que no le había dictado su inteligencia, sino su descreído conocimiento de la fatalidad: que el hacha y las ropas estaban manchadas de sangre, que el cráneo pertenecía a una mujer muerta y enterrada en el jardín quince o veinte años antes.

Tardó tres días en encontrar al hombre. En un hotel barato donde mostró su foto y dijo su nombre, un conserje en camiseta lo llevó hasta una puerta cerrada. El inspector llamó: al no oír ni un ruido temió que no hubiera nadie. Recordó que los policías de las películas decían siempre: «El pájaro ha volado.» Uno de los dos guardias que iban con él desabrochó cautelosamente la funda de su pistola.

El hombre abrió, primero una rendija, luego del todo, cuando vio la placa que el inspector levantó hasta sus ojos. No manifestó sorpresa, ni miedo, sólo cansada resignación que al inspector le pareció casi alivio. Le temblaba un poco el labio inferior, se puso con torpeza las gafas, dijo con una suave mansedumbre que disculparan el desorden: sobre la cama había una maleta abierta con muestrarios de algo, y el hombre se apresuró a cerrarla, dejándola en el suelo, como si previera que a los guardias les apetecería sentarse.

Ni siquiera lo esposaron. Tampoco ahora, en la sala de interrogatorios, tenía puestas las esposas, pero casi nunca separaba las manos, permanecían muertas y unidas en una vana actitud de complacencia o piedad.

—Usted quería que lo detuvieran, ¿no es cierto? —dijo con rabia el inspector—. Dejó su documentación en la casa y no se molestó ni en quemar la ropa manchada de sangre. Ni siquiera tiró el hacha a una alcantarilla. Quería que lo detuvieran cuanto antes y se pasó quince años esperando y nunca hizo nada para escapar de nosotros, que no lo perseguíamos...

—Quince años, siete meses y doce días —dijo el hombre con una brusca entonación imperiosa que hizo callar al inspector.

—¿Se acuerda hasta del día en que la mató?

—El cuatro de marzo —dijo el hombre, recobrando su somnolencia impasible—. El cuatro de marzo de mil novecientos setenta y dos. Me acuerdo porque era el día de nuestro aniversario.

El inspector ya no hizo más preguntas. Deseaba no saber nada ni oír nada, no haber ido nunca a la casa de la colina ni haber tenido frente a sí la cara de aquel hombre. Salió sin decir nada y antes de cerrar la puerta lo miró. Estaba examinándose meditativamente los nudillos y movía un poco la cabeza baja, como asintiendo.

El inspector caminó hacia la calle como quien acaba de salir de un pozo. Con anticipada gratitud imaginó la tibieza de los cafés recién abiertos y la luz próxima del día. Oyó pasos a su espalda, pero no hizo caso de la voz que lo llamaba, aunque era inútil: el mismo guardia de la vez anterior —al cabo de una noche entera sin dormir parecía más viejo— le dijo que el forense aún estaba esperándolo.

Bajaron juntos al laboratorio. De los pasillos inferiores subía un aliento de cámara frigorífica. Como si quisiera asegurarse de que el inspector no escaparía, el guardia caminaba muy cerca de él. Sus zapatos crujían de una manera extraña sobre el piso de mármol, como huesos secamente quebrados. Bajo la luz de los tubos fluorescentes todas las cosas tenían un brillo sucio de porcelana sanitaria, de dentadura postiza, de carne muerta y desnuda, ni siquiera humana, sajada y catalogada con etiquetas de plástico, como carne sin nombre sobre el aluminio de los mataderos. El inspector se cubrió con un pañuelo la nariz y la boca y fingió que tosía.

El forense no estaba solo en su despacho. Había con él un hombre de gafas redondas y barba gris que usaba pajarita en lugar de corbata y olía intensamente a alguna clase de colonia. «Dios los cría», pensó el inspector, y en seguida se consideró autorizado al desprecio. Se sentó antes de que lo invitaran a hacerlo y sólo entonces se dio cuenta de que el cráneo hendido estaba sobre la mesa, limpio y amarillo, más pequeño de lo que él recordaba, casi vulgar, como un pisapapeles. Durante unos segundos de silencio el forense y su invitado miraron al inspector como examinadores tolerantes.

—El señor es arqueólogo —dijo luego el forense—, catedrático de Arqueología.

—Tanto gusto. —El inspector sonrió e hizo como que no veía la mano que el otro le tendió.

—¿Mucho trabajo esta noche, inspector? —El forense parecía muy ligeramente irritado, como un padre o un profesor cargado de paciencia—. Llevamos como tres horas esperándolo a usted.

—Tengo la confesión completa del tipo que hizo eso. Utilizó un hacha de cocina.

—Un hacha de cocina. —El forense sonrió ampliamente y cruzó una mirada cómplice con el arqueólogo. La sonrisa les hacía parecer casi hermanos—. ¿De acero inoxidable, inspector?

El inspector no dijo nada. Como en todos los amaneceres de su vida iba rindiéndose a la sensación del desamparo. Pensó con remordimiento que se burlaban de él y que no tenía coraje para defenderse o maldecirlos, ni siquiera en silencio.

—Y dígame, inspector —continuó el forense—. ¿Ese hombre ha confesado *motu proprio*?

—¿Perdón?

—Discúlpeme. —El arqueólogo y el forense volvieron a sonreír—. Quiero decir, inspector, que si usted no le ha ayudado en algún momento. Ya sabe.

—Ni tocarlo —dijo el inspector, inmutable—. El reglamento lo prohíbe.

Asintiendo como un confesor habituado a la incredulidad y a la indulgencia, el forense tomó el cráneo en sus manos, le dio la vuelta, acercándolo a una lampara, lo mostró al arqueólogo, que también asentía, luego cambiaron unas palabras en voz baja y el forense volvió a dejar el cráneo sobre la mesa, y rozó largamente la hendidura con su dedo índice.

—Así que un hacha de cocina —dijo—. ¿Está seguro, inspector? Óigame bien: ¿está completamente seguro de que ese hombre mató a su mujer?

—Usted sabrá. —El inspector sentía con alivio que recobraba su sólida capacidad de rencor—. Usted analizó aquí el cráneo y el hacha y la ropa que le traje. Usted dijo que las manchas eran de sangre y que el cráneo era de una mujer. A mí qué me cuenta.

La sonrisa del forense iba adquiriendo un aire sudoroso. No le importaba el inspector: le importaba el hombre barbudo que estaba sentado junto a él, el catedrático, que emitía breves estornudos tapándose la boca con la mano cerrada, como quien se dispone a empezar un discurso.

—En honor a la verdad, inspector —dijo el forense, pero era al otro a quien se dirigía, bruscamente servil, como un discípulo cobarde—, debo decirle que no fui yo quien hizo esos análisis... De acuerdo, los firmé, ya sabe usted cómo son las cosas en el departamento, pero los había hecho mi ayudante, ese chico nuevo. Claro que tampoco es suya del todo la responsabilidad, no, no es mi intención echarle la culpa a él. En modo alguno. A usted le pregunto, inspector, que conoce la casa: ¿hay material adecuado, hay tiempo, hay condiciones para trabajar con un mínimo de garantías? Y cómo no, cometemos errores. Esto no es la universidad, ese templo de la paciencia, del estudio.

El catedrático estornudó e hizo una seca reverencia. Se quitó el puño de la boca, como si fuera a decir algo, pero sólo emitió una especie de *o* prolongada tras la que no vino ninguna palabra.

—¿Quiere decir que las manchas no eran de sangre?

—dijo el inspector, imaginando vagamente que se le tendía una trampa.

—Sangre humana, sí. —El forense afirmó con la cabeza, moviéndola mucho, como si le pesara—. Sangre de una mujer. Pero yo ahora le pregunto, inspector: ¿de qué mujer? *That is the question.* ¿Me sigue?

Pareció que el catedrático iba a hablar, y separó los labios, pero tampoco dijo nada esta vez. Con el dedo índice repicaba sobre la mesa, muy cerca del cráneo. El inspector volvió a imaginar que estaban examinándolo de algo y que ese gesto era una pista. Notó que desde hacía un rato se acordaba del acusado con la melancolía de quien añora a un amigo perdido.

—Ese hombre ha confesado —repitió—. Mató a su mujer. La enterró en el jardín. Envolvió el hacha en el mandil que ella llevaba y lo guardó todo en un armario. Yo encontré esas cosas. Yo mismo lo busqué y lo detuve.

—Lo entiendo, inspector —dijo el forense—. Le juro que lo entiendo. Usted hizo un buen trabajo y se aferra a los hechos. Pues hablemos de ellos. De las pruebas. ¿Qué me cuenta del *corpus delicti*? Del cuerpo del delito, quiero decir.

—Pues ahí lo tiene. —Con un ademán de fastidio o de asco el inspector señaló el cráneo. Entonces el forense y el arqueólogo volvieron a sonreír y a mirarse, como si hubieran sabido de antemano lo que él iba a decir.

—Un cráneo —dijo el forense: ahora hablaba con una cierta lentitud pedagógica, se frotaba las manos—. Sólo un cráneo. Hendido por la mitad, desde luego, y por un, digamos, instrumento afilado...

—Sílex —dijo abruptamente el arqueólogo, y volvió a estornudar y a taparse la boca.

—Un hacha de cocina. ¿No es eso, inspector? Supongamos que de acero inoxidable. Ese hombre mata a su mujer y la entierra en el jardín. ¿No se ha preguntado, inspector, qué fue de los otros huesos? ¿Cómo es que no hemos podido encontrar ninguno? Pero no me haga caso todavía. Contésteme a una última pregunta: ¿Cuándo cree usted que este cráneo fue partido por ese hacha de acero?

—De sílex —dijo el arqueólogo, con tenacidad monótona. El inspector se preguntó adónde irían por todas esas palabras. Luego dijo:

—Hace quince años.

—Un poco más y acierta. Quince siglos. ¿Ha oído usted hablar de la microscopía electrónica?

—He oído a ese hombre. Se acordaba del día exacto y del año en que mató a su mujer. Si le insisto me dice hasta la hora.

—Microscopía electrónica. —El forense siguió hablando como si no hubiera escuchado al inspector—. Método infalible para fechar ciertos hallazgos arqueológicos. Mi querido colega y maestro —ahora el forense se volvió hacia el catedrático, que asentía con rígida severidad a sus explicaciones—, cuéntele al inspector lo que averiguó usted al estudiar este cráneo. No me deje mentir: dígale que desde el principio yo albergué mis dudas sobre el informe oficial.

Antes de hablar, el arqueólogo tomó el cráneo entre sus manos y lo acercó al inspector. Estaba muy nervioso, como si se dispusiera a salir a un escenario, y tal vez eso hacía que su voz pareciera más oscura y extraña, con inflexiones agudas, como la voz de otro hombre que estuviera escondido en algún lugar de la habitación mientras él movía en silencio los labios. Al oírlo, el inspector recobraba como un sueño el viaje por los arrabales y la noche de lluvia sobre la colina, la intemperie y el frío, la sensación del barro removido y de la oscuridad. Recordó al acusado, y casi lo envidiaba, lo imaginó indescifrable y tranquilo en la litera de su celda, inocente, dormido, dueño único de la vergüenza y de la verdad. Pensó en la gran losa de piedra que relucía bajo la lluvia y en el hacha de acero o tal vez de fría piedra afilada, el hacha levantada y cayendo sobre la nuca de la víctima, de aquella mujer que sonreía en una foto de bodas, tal vez de otra mujer sin nombre ni ojos cuyas cuencas vacías ahora estaban mirándolo.

—Había un santuario en esa colina —dijo el arqueólogo—. Un lugar de sacrificios paganos. Hace quince siglos, cuando las legiones romanas abandonaron esta región y los bárbaros se atrevieron a avanzar hacia el Sur... Imagine, inspector, aquellos siglos oscuros. En los templos que habían sido de Júpiter y luego de Cristo volvieron a celebrarse sacrificios humanos. Hemos encontrado docenas de cráneos como éste: también hachas de sílex y altares de degollación. Mire bien el cráneo, inspector. Observe las irregularidades de la herida. No la abrió el acero, sino la piedra áspera. Una mujer fue asesinada en la colina, sí, pero hace mil quinientos años...

—Microscopía electrónica —dijo el forense, abrumado de felicidad y humillación.

—Seguiré buscando. —El inspector se puso en pie—. Encontraré los huesos que faltan.

—Procure encontrar también un cráneo —dijo el forense, cuando el inspector ya se iba—. Y dese prisa. Me pregunto cuántos días puede mantener encerrado a ese hombre.

El inspector cerró la puerta y caminó por los pasillos del depósito como si avanzara contra el viento. Veía ante sí la cara blanda y serena del acusado, veía su mano levantada y el relámpago de la luna o del fuego en la hoja del hacha. Decidió que no iba a marcharse aún, que bajaría a los calabozos y despertaría a ese hombre sacudiéndolo por las solapas como a un fardo y le exigiría la verdad. Pero él, el inspector, la había sabido siempre, o tal vez sólo ahora mismo, y nunca podría enunciarla, porque sospechó que en la imaginación de aquel hombre eran exactamente iguales la culpabilidad y la inocencia, la desesperación y la mentira. Y cuando ya estaba parado ante la puerta del calabozo, el inspector se dio la vuelta sin decir nada al guardia que se disponía a abrirle y abandonó los sótanos y luego los corredores de luces fluorescentes como si estuviera huyendo de una persecución. Salió a la calle, donde ya era de día, y al entrar en un café se sintió a salvo de la noche pasada, ya irreal, tan lejana como el sueño de otro, como la sensación de haber matado y despertar en una celda.

SI TÚ ME DICES VEN

La primera noche, recién instalado en el apartamento, con los cajones de los libros todavía sin abrir y la mayor parte de su ropa —la que al cabo de muy poco tiempo, imaginó, compartiría el olor de la ropa de Susana— guardada en una maleta, Guzmán decidió acostarse temprano. Se sirvió una copa, escogió una última cinta para el casete y una novela para leer en la cama. Hasta las diez había estado trabajando con felicidad y provecho en un artículo sobre pintura. Juzgó que Susana lo aprobaría cuando lo leyera. También aprobaría, sin duda, el apartamento que él había alquilado para los dos, aunque estuviera casi del todo vacío, los ventanales orientados al Sur, el rumor del agua que no se detenía nunca, porque un río pasaba muy cerca, tras una hilera de árboles que lo ocultaban. Cuando ella viniera sería tiempo de empezar a amueblarlo. Por ahora, Guzmán sólo tenía —aparte de la maleta de la ropa, del ordenador, del casete y los cajones con los libros— una mesa, algunas sillas y una cama, demasiado grande para él solo, que parecía exigir la presencia de Susana y hasta vaticinarla. También tenía un teléfono: estaba en el suelo, junto a la mesa del ordenador, y no había sonado desde que la empleada de la agencia se marchó dejándolo solo. Guzmán, supersticiosamente, lo descolgaba de vez en cuando para comprobar que daba la señal. A media tarde, antes de ponerse a escribir, había llamado a Susana. No la encontró en su oficina. Le desasosegaba la urgencia de contarle cómo era la casa que iban a compartir, qué se veía desde las ventanas: un río, una alta línea de árboles, edificios de muchos pisos a lo lejos.

Antes de acostarse volvió a marcar el número de ella. Ahora comunicaba; sin duda estaba todavía trabajando. Tuvo la tentación de llamar a su casa, pero eso equivaldría a arriesgarse a oír la voz de su marido. No insistió: a Guzmán, desde que Susana había resuelto irse con él, le daba miedo abusar de la felicidad. Tres o cuatro días más y vivirían juntos, en otra ciudad, en la casa que él había elegido. Se dio una ducha —los grifos sonaron al principio de una manera extraña, como si circulara por ellos un aliento de asmático— y mientras el agua demasiado caliente le mojaba la cara pensó en la posibilidad intranquilizadora de que sonara el teléfono. Cerraría el grifo a toda prisa, se envolvería en una toalla, tiritando de frío, cruzando el pasillo mientras se repetía el pitido del teléfono y él no lo alcanzaba: cuando llegara a levantarlo, Susana tal vez ya habría desistido, y no podría escuchar su voz esa noche. Nada ocurrió: sólo el ruido del río, cuando salió del cuarto de baño, secándose el pelo. El río sonando y moviéndose en la oscuridad, con la indiferencia de un corazón que late, de un animal que respira. Al asomarse a la ventana del comedor vislumbró tras las copas de los árboles el brillo oscuro del agua, en la que se reflejaba la luz de una cabina telefónica.

Mientras se acostaba, más bien incómodo por la extrañeza de aquel dormitorio que iba a ocupar por primera vez, Guzmán quiso pensar en las personas que habrían vivido antes que él en ese mismo apartamento. Pero no pudo imaginar a nadie. Así logró no sentirse un usurpador. Puso una cinta que le pareció adecuada a la ligera melancolía que empezaba, sin motivo, a ganarle. Era la copia de un disco grabado en 1938, durante una transmisión de radio, un programa de música bailable. Abrió las páginas de la novela que había tenido intención de leer. Lo desalentaron los nombres demasiado prolijos de los personajes, que sobrellevaban vidas sin interés en una pequeña ciudad de Inglaterra. El autor fingía una demorada placidez, sin duda con el propósito de que la alterara un crimen. Cuando ya estaba casi dormido, con la novela cayéndosele de las manos, Guzmán se incorporó. Había sonado el teléfono. Pero no allí, en su apartamento, sino en casa de algún vecino que se habría ausentado, porque los timbrazos se repitieron largamente, para cesar con esa brusquedad con que se calla un teléfono en una habitación vacía.

Dejó en el suelo la novela. Apagó la luz. Se olvidó de apagar el casete, o acaso le faltó voluntad para hacerlo, porque ya estaba dormido. Recordó en sueños que cuando era un adolescente bebía dos o tres vasos de agua antes de acostarse: le habían dicho que si uno bebe mucha agua sueña con la mujer de la que está enamorado. Quiso soñar con Susana. La vio tendida en una cama, mirándolo, con el embozo blanco a punto de deslizarse de sus hombros desnudos. Luego era él quien estaba en la cama y ella se le acercaba y se quedaba inmóvil, mirándolo dormir. Se despertó: alguien había estado frente a él hasta un segundo antes de que abriera los ojos. Alguien le hablaba, en inglés: una voz lejana y metálica anunciaba la próxima actuación de la orquesta de Chick Webb en el Dancing

Hall de Boston. Buscó a tientas los mandos del casete y lo detuvo. Ahora sólo escuchaba las aguas incesantes del río. Se acordó de unas palabras leídas en la Biblia: *la voz de muchas aguas*, y tuvo miedo de no poder dormirse. Le ocurría siempre en los hoteles, en las casas desconocidas, en los lugares donde Susana no estaba. Fue entonces cuando oyó por primera vez los pasos.

Podía ser un ruido de carcoma, o el eco del viento: era el sonido de unos pasos. Lentos, no demasiado cautelosos, moviéndose tal vez con suelas de goma, al otro lado de la pared, en el salón, donde estaban el ordenador y el teléfono y los cajones de los libros. Oyó también una respiración que parecía un principio de llanto, pero tal vez era la suya. No quiso dar la luz: denunciaría su presencia. Cuando el río se escuchaba más fuerte desaparecían los pasos y él pensaba que ya podría dormirse otra vez. Pero siguió oyéndolos, despegándose como ventosas del suelo de madera, avanzando, no sabía hacia dónde, hacia la puerta del salón, que crujió levemente y luego siguió abriéndose con el mismo rumor con que se despliega una capa, hacia el pasillo y la puerta cerrada del dormitorio donde estaba él, rígido en la oscuridad, desnudo y rígido bajo las sábanas, inmóvil, con los ojos abiertos.

Quiso recordar que había asegurado el cerrojo de la puerta, que había cerrado las ventanas, pero esa parte de su memoria estaba dolorosamente vacía: no cerró la puerta, no hizo caso de las recomendaciones de los periódicos, que hablaban siempre, asesorados por la policía, de la necesidad extrema de la precaución. Alguien vigiló el apartamento durante las semanas o meses en que permaneció vacío. Alguien supuso que podía asaltarlo con impunidad. Guzmán escondió la cara debajo de la almohada y repitió una salmodia aprendida en la infancia, cuando le apagaban la luz y el mundo entero era un bosque de oscuridad y terror, ay, madre mía, mía, mía, quién será, cállate, hijo mío, mío, mío, que ya se irá. Pero no se iba, y Guzmán seguía oyéndolo, recorría el pasillo y se estaba acercando a la puerta cerrada, con una linterna, tal vez, con una navaja o un revólver, con un trozo de metal rudimentario y homicida: lo matarían esa noche y él ya no volvería a ver a Susana, se quedaría muerto, con la cabeza hendida, y el teléfono sonaría en la casa sin que se movieran sus ojos abiertos, su cuerpo estaría corrompido cuando lo encontraran, cuando Susana ya hubiera pensado que él no había tenido valor para cumplir lo que acordaron al final de una noche de insomnio y de deseo en la habitación de un hotel.

Se detuvieron los pasos: al menos él dejó de escucharlos. Sólo oía el latido de su corazón, y las aguas del río. Tal vez había sido víctima de las alucinaciones del sueño. Si se levantaba y comprobaba los cerrojos de la puerta, estaría a salvo del miedo. Durante varios minutos no escuchó nada. En un apartamento próximo el teléfono volvió a sonar, pero esta vez no lo inquietó. Guzmán saltó de la cama, se puso el albornoz. Abrió la puerta del dormitorio y vio un rescoldo de luz al fondo del pasillo. Al moverse oía crujir las articulaciones de sus huesos. Con el coraje de quien no puede morir porque ya está muerto avanzó hacia el salón, empujó la puerta. La pantalla del ordenador fosforecía ante él, en medio de la oscuridad. Al acostarse se había olvidado de apagarlo. Junto a la última palabra escrita parpadeaba un pequeño rectángulo blanco, como un tictac silencioso. Examinó los cerrojos de la puerta y los marcos de las ventanas. Ciertamente había oído pasos, pero no era posible que hubiera entrado nadie.

Luego, hacia las cuatro de la madrugada, estuvo fumando en la cama, sin encender la luz. Le pareció que alguien, cerca de él, rozaba con las uñas una superficie de madera pulida, y que ese roce no contenía una amenaza, sino una súplica. Se despertó tarde: seguía oyéndose, al otro lado de las cortinas del dormitorio, el rumor del agua. Desayunó en un bar, envió por correo certificado el artículo que había escrito la tarde anterior. El dinero que iban a pagarle por él tendría una cualidad nueva, porque estaba destinado a gastarse en su vida con Susana. Intentó llamarla desde un teléfono público. En la oficina que aquella misma semana ella iba a abandonar le dijeron que no estaba. Guzmán dijo su nombre, para que le tomaran el recado, y dio el número de teléfono del apartamento: estaría allí, sin falta, desde las cinco de la tarde. Pero esa precaución era inútil, porque lo primero que había hecho el día anterior, cuando le entregaron las llaves, fue llamar a la oficina de Susana para decir ese número que ella aún no había usado.

Al colgar, tal vez por culpa del desaliento de no haber hablado con Susana, Guzmán notó un intenso cansancio. Hacía calor: no había dormido bien durante la noche. En el mostrador de aluminio de la cabina vio varios números de teléfono escritos con bolígrafo o trazados con objetos punzantes, estos últimos de una manera torpe, como si quien los anotó hubiera usado la mano izquierda. Repitió en voz alta el de su apartamento, que ahora estaba vacío y más bien en desorden, iluminado por el sol que entraría por las ventanas orientadas al Sur. «El sol entra a raudales», recordó que le había dicho la empleada de la agencia. Guzmán buscó una moneda, la introdujo en la ranura, pensando que Susana tal vez ya había vuelto a la oficina. ¿No lo desdeñaría si se enteraba de que estaba siempre llamándola por teléfono, no llegaría a abrumarle la monotonía de su amor por ella? Se contuvo, y no la llamó. Marcó el número del apartamento. Oyó una y otra vez la señal, imaginando el sonido del timbre en el salón, imaginando, con una cierta sensación de irrealidad, el ordenador, las cajas de libros, el casete junto a la cama deshecha, ese rincón del cuarto de baño donde había dejado una toalla sucia. Lo sorprendió descubrir que nada es más extraño que lo más común, que la casa donde uno vive cuando no hay nadie en ella. La señal se interrumpió: ¿y si alguien había levantado el auricular? Oyó un pitido más breve: su vana llamada no seguía sonando.

Comió en un restaurante barato, mirando la televisión. Después del café ayudado por la modesta euforia de una copa de licor helado, imaginó con perfección la cara de Susana, el vértigo de su cuerpo blanco y cálido, delgado y largo como los desnudos de la pintura manierista. Guzmán se ganaba la vida escribiendo en revistas de arte. Le habría gustado ser pintor y retratar a Susana: su nariz, su barbilla, sus labios apretados cuando sonreía, el modo en que cambiaba su rostro cuando se dejaba suelto el pelo o cuando se lo recogía. Le extrañaba que otros hombres pudieran amar a mujeres que no eran como ella; le extrañaba más aún que, entre todos los hombres del mundo, ella lo hubiera elegido y que para quedarse con él hubiera renunciado a todo, incluso a la prosperidad y a la decencia. «Si tú me dices ven», le había dicho Susana, citando la letra de un bolero que los dos preferían: «Si tú me dices ven, lo dejo todo.»

A las cuatro y media de la tarde ya había regresado al apartamento, por si se adelantaba la llamada de Susana. Semanas atrás había aceptado irreflexivamente el compromiso de escribir una o dos páginas para el catálogo de la exposición de un pintor que no le importaba en absoluto. Irritado consigo mismo, inhábil para mentir los laboriosos elogios que le solicitaban, bebió y fumó estérilmente ante la pantalla del ordenador. Al anochecer, sin más fruto que media página mezquina, estaba un poco borracho y le dolía la cabeza, y no era capaz de recordar la cara de Susana. Bajaría a cenar algo: una o dos cervezas en la barra de un bar le aliviarían. Se dijo con tristeza que el teléfono no iba a sonar durante su ausencia. Desalentado y algo indigno, como quien ha cometido una infracción que sólo él conoce, salió del apartamento, y nada más cerrar la puerta tuvo miedo de haber olvidado las llaves. Las encontró en un bolsillo de la chaqueta, tras unos segundos de incertidumbre angustiosa. Dio vueltas por la ciudad, sin atreverse a entrar en los bares vacíos. Entró en una cabina de teléfono. Su alto prisma de luz brillaba al otro lado de una esquina en sombras. No llamó a Susana; íntimamente le había vencido la sospecha de que ya no volvería a oír su voz. Pensó de nuevo en el apartamento sin nadie, en el salón alumbrado por las farolas de la orilla del río. Marcó su propio número. Una voz le contestó enseguida, una voz de mujer; era Susana, desde luego, había adelantado su viaje y por eso él no pudo encontrarla cuando la llamaba. La voz dijo con desgana: «Destilerías Soto, dígame.» Guzmán colgó, desengañado, exaltado de alivio y de culpabilidad. Sin darse cuenta había marcado otro número. Repitió mentalmente las cifras del suyo, dos veces, antes de marcar de nuevo. Le temblaba el dedo índice de la mano derecha. Pensó, mientras escuchaba la caída de la moneda en el interior del mecanismo automático: «Estoy borracho. Estoy volviéndome loco.» Contó cada pitido, hasta el décimo, paralizado por la convicción de que cuando sonara el próximo alguien levantaría el auricular en su casa, donde no había nadie, la casa de un desconocido, de un hombre o de una mujer que la habían abandonado y a los que él, Guzmán, que usurpaba el espacio de sus habitaciones, nunca llegaría a ver. Vivos o muertos, le eran inaccesibles. Vivos o muertos habían respirado y dormido en ese mismo lugar y se habían mirado la cara en el mismo espejo del cuarto de baño donde él se miraría esa noche al lavarse los dientes. También la calle por la que caminaba ahora había sido transitada por desconocidos, por muchedumbres de muertos que nunca pensarían en quiénes iban a nacer cuando ellos ya no estuvieran. Guzmán buscó un taxi, y cuando le dio al conductor la dirección de su casa volvió a sentir que estaba cometiendo una usurpación.

Antes de abrir la puerta, mientras buscaba la llave, supo que el apartamento iba a serle hostil, y temió que ni siquiera la llegada de Susana remediaría esa sensación de que algo, por culpa suya, de Guzmán, estaba malográndose. No ignoraba que hay lugares fracasados, porque había vivido en alguno de ellos. Aseguró los cerrojos, revisó uno tras otro los marcos de todas las ventanas, se encerró en el dormitorio con un frasco de válium que dejó sobre la mesa de noche, sin abrirlo.

Tenía miedo de no dormir, tenía miedo de quedarse dormido y de no estar en guardia si volvían a sonar los pasos. Apagó la luz: en la oscuridad era más sonora la corriente del río. No durmió, no extendió la mano para buscar los somníferos o los cigarrillos. Se quedó quieto, de costado, las rodillas contra el pecho, abrazando la almohada, vencido por el desconsuelo de no estar con Susana y no saber nada de ella. Miraba sucederse en la pequeña pantalla del despertador los números rojizos, que despedían una tenue claridad de brasas enfriadas.

Al filo de las tres oyó algo, como una llave que rozara

el metal de una cerradura sin acertar a abrirla. Hundió la cabeza debajo de la almohada y durante unos segundos sólo escuchó el lento ruido de su sangre y se sintió perdido en un oscuro territorio entre la consciencia y el sueño. Pensó: «Nadie puede entrar, nadie puede abrir los cerrojos», pero ahora oía con exactitud y terror que una puerta muy pesada, la del apartamento, se estaba deslizando, estaba siendo empujada suavemente por alguien, alguien que respiraba en la sombra, igual que él, alguien que tal vez no le estaba buscando o que no necesitaría encender ninguna luz para avanzar por el pasillo y abrir la puerta del dormitorio y encontrarlo. Sofocado bajo la almohada y las mantas, notaba rápidos escalofríos como los que anuncian la fiebre. Oyó otra vez los pasos, que de pronto no le parecieron los de un invasor, sino los de alguien muy cansado, que ha caminado mucho y arrastra con desgana los pies. Calculaba el espacio que le separaba de esa presencia, el lugar de la casa donde estaría ahora mismo, buscando a quién, tanteando las paredes en la oscuridad con las yemas de los dedos, arañándolas, arañando la puerta del dormitorio, sin convicción ni furia, con una fatigada desesperación, como si le fuera imposible girar el pomo y supiera que esa puerta no se le iba a abrir.

Pues ya era indudable que se había detenido al otro lado de la puerta del dormitorio donde yacía Guzmán, incorporado ahora, conteniendo la respiración. Volvió a oír el gemido de la noche anterior, más próximo esta noche y más ahogado y desgarrado, con intervalos casi de dulzura: sugería un dolor lentísimo, como el de un enfermo que está solo y no puede dormir.

Cesó de pronto, cuando Guzmán, en un arrebato de temeridad y delirio, encendió la luz. Se sentó en la cama, con los ojos fijos en la puerta cerrada, en las paredes blancas. Ahora únicamente escuchaba las aguas del río. Tenía que vestirse y salir de allí, tenía que hablar con Susana, aunque fuera muy tarde y no le quedara más remedio que despertar a su marido: fingiría otra voz al preguntar por ella. Al salir del dormitorio fue encendiendo una por una todas las luces del apartamento. Iba odiando inconteniblemente las habitaciones a medida que las atravesaba. Nunca le pertenecerían, y si llegaba a compartirlas con Susana, aquellas paredes blancas en las que quedaban huellas de cuadros descolgados conspirarían contra ellos hasta expulsarlos del amor. Pero también sospechaba que esa expulsión ya se había producido, y que él estaba solo en mitad de la madrugada de una ciudad extraña. Miró su ordenador y los cajones de sus libros como si fueran de otro, y al salir cerró de un portazo y esperó con una sorda impaciencia que llegara el ascensor. Entonces se dio cuenta de que no había llamado a Susana. Pero no quería entrar de nuevo, la llamaría desde la cabina de la calle, y ya ni siquiera le urgía la necesidad de decirle que viniera cuanto antes, sino de advertirle un peligro que él mismo ignoraba, pero del que ahora estaba huyendo.

Junto al río, entre los árboles, había una hilera de farolas apagadas. La única luz que alumbraba la calle era la de la cabina telefónica. Para atreverse a llamar, Guzmán encendió un cigarrillo. Tantas veces había marcado esos mismos números, con tanto miedo, aguardando la voz de Susana en el auricular, colgándolo apresuradamente cuando no era ella quien hablaba. Esta vez no lo haría. Imaginó para sí mismo una voz neutra y adecuada, como la de un compañero de trabajo obligado a una consulta urgente. Pensó que llevaba muchas horas sin decir en voz alta el nombre de Susana y que ése era otro indicio de que la estaba perdiendo.

Por fin llamó. Había previsto que la señal sonaría varias veces antes de que contestara alguien. Inesperadamente oyó una voz masculina, la del marido de Susana. Había descolgado con inmediata brusquedad, como si hubiera estado montando guardia durante toda la noche junto al teléfono. «¿Está Susana?», dijo Guzmán, y su propia voz le pareció lamentable. «Sé quién eres», murmuró el otro, respirando despacio, y se quedó callado. «Quiero hablar con Susana», dijo Guzmán. «Sé quién eres —volvió a decir la otra voz, con una especie de serenidad inhumana tensada por la fatiga y el odio—, estaba esperando tu llamada. Susana no puede ponerse.» «¿Es que se ha ido?», dijo Guzmán, y el otro tardó casi un minuto en contestarle. «Quería irse. Preparó la maleta. Me dejó una carta sobre la mesita de noche.» Se detuvo un instante, como si le faltara el aire. Guzmán sólo oía su respiración en el auricular. «Pero yo no la he dejado.» «¿Dónde está?», Guzmán casi gritó, apretando con las dos manos el plástico húmedo y caliente. «No está en ninguna parte —la voz era ahora tan helada como la de un contestador automático—, está muerta, desde anoche. La he matado yo. Está conmigo.»

Guzmán no escuchó nada más, sólo un pitido larguísimo que lo inmovilizaba, obligándole a sostener todavía el teléfono inútil. Ahora comunicaba. Salió de la cabina temblando de frío, desbaratado por la súbita irrealidad de todas las cosas. En su memoria se repetía aquella voz como una cinta grabada. «Está muerta. La he matado yo. Está conmigo.»

Dio unos pasos, sin saber hacia dónde, oyendo muy cerca el caudal del río. Cualquier acto futuro le pareció tan imposible como los propósitos que concebimos en sueños. Entonces miró hacia arriba, hacia los últimos balcones del edificio oscuro donde había creído que viviría con Susana. En uno de ellos había luz y se perfilaba la silueta de alguien con una nitidez extrema, una figura inmóvil, recortada en cartulina negra. Se estremeció al comprender que estaba mirando los balcones de su apartamento. Pero al fijarse más dudó que aquella sombra fuera una figura humana, y luego entendió que sí, y lo aceptó, a pesar del miedo que ahora empezaba a guiar sus pasos como el hipnotismo de un precipicio. Alguien estaba acodado en el balcón, mirando hacia abajo, hacia él, que ahora salía del círculo de luz de la cabina y se internaba en la penumbra, alguien que lo había rondado invisiblemente desde la primera noche y lo había llamado sin que él llegara a comprender nada, sin que él se atreviera a abrir los ojos.

Enaltecido por la lucidez y el espanto, Guzmán entró en el portal y oyó cerrarse lentamente tras él la puerta de la calle, caminando ahora hacia la luz del ascensor, acordándose de aquella canción, repitiendo sus versos, si tú me dices ven. El miedo subía por su cuerpo con la misma velocidad con que se iluminaban los números sucesivos de los pisos, y al llegar al suyo, Guzmán tardó unos segundos en salir, inhábil y muy lento, como si el aire en que se movían sus manos y sus pies fuera de algodón, de una materia enrarecida. Miró la puerta cerrada, la pupila pequeña y redonda de la mirilla, como un ojo viviente incrustado en una pared, la cerradura donde un instante después iba a introducir la llave. Sonaba como un metrónomo el tictac de la luz de la escalera. Guzmán sacó la llave, adelantó la mano hacia la cerradura, pero entonces escuchó un leve giro de los goznes y le pareció que el pequeño ojo de cristal lo estaba mirando. Guardó la llave, apoyó la mano en la puerta, no le hizo falta empujarla para que se abriera, invitándole.

UN AMOR IMPOSIBLE

Cuando empieza a sonar muy despacio la música y ella tiende los brazos llamándome yo hago siempre como si no me enterara, me quedo parado entre las cortinas de la puerta, con ese *slip* tan ridículo que ella misma eligió, nada más que un triángulo rojo y brillante y ceñido atrás por un hilo dorado que ella luego desata, arrodillada, abrazándome la cintura, irguiéndose lentamente desde el suelo, como sedienta, pero es mentira y yo lo sé, ni siquiera me mira a los ojos, tal vez porque en el fondo de sí misma tiene asco de verme o para que yo no pueda darme cuenta de toda su frialdad, y nunca dice nada, jadea, sí, pero no dice nada, y yo sé que también ese jadeo es mentira, esa manera de abrir la boca apretando al mismo tiempo los párpados y rozándome los costados con sus uñas tan largas, con sus manos extendidas que hacen gestos en el aire, como si bailara una de esas danzas hindúes.

Antes de cruzar las cortinas y de acercarme a ella me quedo un rato mirándola, viendo con qué lentitud y premeditación se desnuda, los ojos entornados y la expresión vacía, se desnuda como si se pusiera un uniforme, y yo la miro y sé vaticinar cada uno de sus gestos un segundo antes de que sucedan y me estremezco de pudor y deseo cuando vuelve la cara hacia donde yo estoy, todavía oculto, ya preparado, notando los latidos de mi corazón, el temblor de mis manos, el vértigo que asciende desde las ingles al estómago como si estuviera a punto de caer desfallecido. Hace siempre calor, mucho calor, hay una temperatura insana como de cuerpo de enfermo, de aire respirado por muchas bocas tan abiertas y ávidas como la mía, el aire huele a sudor o a fiebre de cuerpos removiéndose en la oscuridad, pero mis manos siempre están frías, las cierro y me hinco las uñas en las palmas y noto los dedos helados, y eso hace que su piel sea más cálida cuando por fin me acerco y la toco, cuando la abrazo sin adherirme todavía a ella, a sus pechos que luego, cuando yo esté tendido, se aplastarán contra mis muslos...

Yo preferiría penumbra y silencio: es ella quien exige la plena luz y esa música creciente como los golpes del corazón de un gran animal blando. Todo lo que ocurre desde que me aproximo a su cuerpo móvil y blanco, más blanco todavía bajo la luz sin matices, sobre la moqueta roja y el lienzo rojo que cubre la cama, está regido por normas inflexibles de obligación y de tabú, y si al principio, cuando yo era más joven y me quedaba dignidad, me rebelaba en secreto contra ellas, ahora las obedezco con la ensimismada precisión de un fanático, se han convertido en los invariables ritos de un amor que me doblega más porque yo sé que es imposible. Acepto, cuando llego, que me sonría sólo con los labios pintados, prefiero la mentira a la soledad, entro y sé que ya ha venido y abro la puerta del cuarto de baño y veo su pelo y su espalda desnuda y me veo a mí mismo en el espejo, diciéndole hola con una rígida desenvoltura que no puede engañarla, fingiendo que su presencia aquí ya es una costumbre que dejó de importarme, que podría concluir mañana sin que a mí me doliera. Y es cierto que muchas veces, antes de llegar, mientras distraigo el tiempo con una copa y cigarrillos en el bar de abajo, porque yo siempre vengo antes de la hora, he jurado que en vez de entrar y de seguir acatando las leyes frías de la desesperación daré la vuelta y subiré a un taxi y no volveré a verla nunca, pero no es que me falte voluntad, es que no tengo ninguna, ni dignidad, ni nada, nada más que la certidumbre de morirme o perderme si no la veo en seguida, y entonces el hecho indudable de que en cuanto suba unas escaleras y abra una puerta la tendré frente a mí es como la confirmación de un privilegio que estuvo a punto de serme arrebatado, y ahora lo que me da miedo es que por cualquier razón no haya venido, ella, a quien hace cinco minutos juré que ya no vería más. Así que me doy prisa y cruzo la calle entre los claxons de los automóviles, no sea que si me detengo a esperar la luz verde del semáforo la pierda para siempre, y ya no respiro con sosiego hasta que me asomo al cuarto de baño y la veo de espaldas, pintándose, y le digo hola como a alguien cuya presencia no me importara mucho, imaginándome que si no le muestro excesivamente mi amor tengo alguna oportunidad de merecer el suyo.

Una vez, cuando entré, no se volvió hacia mí con ese gesto que hace como de comparar mi cara verdadera con la que ve en el espejo, tenía la cabeza baja y los muslos muy separados, y el pelo, entonces, lo llevaba muy largo, casi le cubría los pechos. Su mano derecha estaba escondida entre los muslos y se movía un poco, yo oí, sin entender nada, un breve y rápido rumor de tijeras, y sólo cuando alzó la mano y me mostró en ella unos rizos oscuros antes de dejarlos en el cenicero supe lo que estaba haciendo, y el deseo me dejó tan inmóvil como un dolor que matara, fijo en los dedos que deshacían aquel rizo mínimo y brillante, que lo desleían rozándose entre sí como un grumo de sal en el agua.

Ahora hace eso casi todos los días, para que nada quede oculto, me dice, y luego vacía el cenicero, se mira detenidamente, sin cerrar aún los muslos, y me pide que la deje sola, que todavía no, y su mirada, antes de que me vaya, desciende de mi cara a mi vientre como para examinar con detalle el efecto inmediato de su cercanía, sin mucho interés, desde luego, sin la fijeza hipnotizada que simulará más tarde, más bien como si comprobara con una prueba sencilla la docilidad de un animal. Yo salgo, fumo, me desnudo a solas, miro como una afrenta este cuerpo que ella no desea y me ajusto el *slip* de bailarín acanallado sin apretar mucho el nudo para que luego ella pueda deshacerlo con la facilidad de una lenta caricia. La espero, tras las densas cortinas, la música ya está sonando cuando ella entra y se acerca a la cama y empieza a desnudarse, haciendo como que no sabe que la estoy viendo, espiándola, aguardando para ir hacia ella esa leve señal que ya no es necesaria, porque me sé de memoria sus gestos y podría adivinar con los ojos cerrados qué prenda está quitándose y distinguir el rumor exacto con que roza su piel cada una de ellas.

Al quedar sueltos y desnudos, sus pechos se agitan como en un escalofrío y los recoge entre las dos manos y los alza y se tiende despacio sobre la sábana roja separando las rodillas con igual lentitud. Se mueve entonces curvándose como en las convulsiones de un mal sueño, la oigo respirar con la boca entreabierta bajo el pelo que le cubre la cara, junta y abre los muslos y luego los levanta apoyada en la espalda para terminar de desnudarse, y esa prenda rosa y última que ella arroja al aire cae justo a mis pies, es la señal, la llamada. Yo obedezco, lento y vil, avanzo como si entrara en la habitación de un hotel creyéndola vacía, la veo entonces plana y tendida y levantándose, viniendo, apartándose el pelo cuando se arrodilla ante mí y extiende la otra mano hacia mi cintura. Cuando me toca parece que está rozando en el aire un volumen vacío, la presencia de otro. Para descubrirme del todo finge avidez y torpeza y yo permanezco inmóvil, en una verticalidad invariable, como una estatua ante cuyas plantas se celebra una confusa devoción. Pongo una mano en su cabeza y la atraigo hacia mí con una especie de ruda benevolencia, y me pregunto qué expresión habrá ahora mismo en su cara, si ha cerrado los ojos, si es verdad la avaricia con que tantean sus labios, ahora, cuando de nuevo se ha apartado el pelo y mueve arriba y abajo la cabeza como diciendo furiosamente sí.

Me doy cuenta ahora mismo de lo fácil que sería abandonarse a ese instante final que ella pide y posterga, que ella dilata con sus bruscas huidas y regresos. Se echa hacia atrás, me mira, la boca húmeda y la barbilla manchada de carmín, todavía de rodillas se curva como quebrándose hasta que su melena toca el suelo y me reclama extendiendo las dos manos hacia mí, tendiéndose del todo cuando yo me inclino sobre ella y veo que tiene fija en el techo la mirada, no perdida, tensa y atenta hasta el dolor como cada uno de sus músculos, como sus largos dedos de uñas rojas que se estremecen en el aire. Ahora aprieta los dientes y en el agrio gesto de su boca no hay piedad ni deseo, pero es igual, yo la prefiero así, sin dilación ni ternura, ofrecida y hermética, blanca y abriéndose con las dos manos bajo esta luz como de clínica, llamándome en silencio, alzando las piernas para enredarme en ellas y exigirme que la mire y acerque a ella mi boca como un sediento a quien obligan a beber con las manos atadas. Cuando la beso hondamente con mi cara atrapada por sus muslos una lenta epilepsia le conmueve el vientre y las caderas, y es de verdad ahora cuando nada me importa, cuando acepto la mentira como una tregua que nunca terminará, porque durante medio minuto —nunca un segundo más— el tiempo y mis celos se extinguen.

Comenzamos entonces un juego sin respiro de metamorfosis animales: fundido a ella, brillantes de sudor, descoyuntados de osadía y de fiebre, soy un perro, una serpiente, un toro, un simio que la ronda y muestra gimiendo las encías, ya no soy humano y no tengo nombre y no quiero volver a tenerlo nunca, ya estoy a salvo y no pueden dañarme la soledad ni el amor. Infatigable, no vencido, reluciente y oscuro como un luchador, yo me aparto de ella y voy irguiéndome y me persigue arrodillada, y entonces, cuando la creciente intensidad de la música golpeando en mis oídos y en mi estómago preludia obligatoriamente el final, cuando sé que ya es inútil que siga retardando con los ojos cerrados la disolución de todo y los abro y la miro, veo veloces manchas rojas y azules que cruzan ante mí y veo sus ojos indiferentes y cansados y aprendo de nuevo con un dolor tan crudo como el de una patada que nunca llegará a enamorarse de mí, que cuando se enciendan las luces de la sala y suenen los aplausos de esas gentes sombrías que nos están mirando, ella saldrá por las cortinas rojas y será otra vez una desconocida que después de ducharse se viste como si se quitara un uniforme al terminar su trabajo.

BORRADOR DE UNA HISTORIA

Revistas de moda, satinadas mujeres, crímenes de primera página, titulares absurdos, libros, libros de todas clases, hasta de metafísica, apilados en el suelo como cajas de frutas. Le da igual, lo mira todo siempre parado como un idiota ante los quioscos, lo mira todo y casi de todo compra, especialmente las revistas obscenas y los semanarios de crímenes, agregando para su propia tranquilidad una disculpa íntima: un escritor debe conocerlo todo, y los mejores argumentos no son los que se inventa uno, sino los que vienen en la sección de sucesos, las cartas de los consultorios sentimentales, esas *historias de la vida real* donde una joven cuenta con pormenores culpables cómo un embarazo y un galán desalmado la arrojaron al arroyo. También compra los periódicos serios y mira las páginas culturales con un poco de rencor, porque vienen fotografías de escritores. Los entrevistan, ganan premios, acuden a congresos. Él no está muy seguro de que sea escritor, nunca lo han entrevistado ni ha recibido invitación para asistir a ningún congreso, se pregunta qué harán allí, qué haría él si alguna vez lo llamaran. Nada, imagina, dar vueltas como un perro perdido por el vestíbulo de un hotel, emborracharse gratis mientras los otros sonríen a los fotógrafos y se palmean las espaldas, reconociéndose, saludándose entre sí, a él nadie lo iba a saludar porque no lo conocen, su foto no ha aparecido en la sección de libros de ningún periódico, ni siquiera su nombre, pero cómo iba a aparecer, si escribe con pseudónimo, Frank Blatsky. A ver quién ha escrito y vendido más libros que él, cuál de esas luminarias que reciben premios está en los quioscos de todas las estaciones, en las calles de cualquier ciudad: *Espectros y torturas*, novela, por Frank Blatsky, *Las calientes vampiras de las SS* —ilustrada—, *Los pioneros de Alfa-Centauro*, y también novelas policiacas, las que él prefiere escribir, aunque en la editorial le exigen que tengan algo más de sexo que de crímenes, *Un muerto en la basura*, por ejemplo, o *El expreso del terror*...

De cualquier modo es preferible firmarlas con pseudónimo, piensa, qué diría ella, tan formal, si supiera que hace meses que perdí el otro trabajo, que por las mañanas no voy al periódico, sino a ese cuarto alquilado en el que no hay más que una ventana y una mesa con una máquina de escribir y un teléfono. Le gusta la habitación porque está vacía y porque nadie más que él conoce su existencia. Es un refugio inviolable, como aquellos cuartos de hotel donde se escondían los gángsters heridos después de un atraco en el que hubo muertos. Llega cada mañana a las nueve y se queda mirando la calle, las mujeres, los autobuses, imaginando historias, imaginando sobre todo que es un escritor, no como los de verdad, porque no los conoce, sino como los escritores de las películas: en mangas de camisa, con la corbata desceñida, con la botella de whisky junto a la máquina de escribir y la cabeza envuelta en humo, aplastando colillas en el cenicero, levantándose para descansar y acercándose otra vez a la ventana con la botella asida por el cuello... También —se le ha ocurrido mientras paseaba— puede ser la oficina de un detective. Tampoco ha visto a ningún detective, pero sí esa placa en el portal de un edificio antiguo, uno de esos lugares oscuros que tienen al fondo un ascensor con filigranas de hierro, *Blázquez, investigaciones confidenciales*, decía en la placa, tercero izquierda. Junto al rótulo había dibujada una lupa.

Al principio lo olvidó, porque se quedó mirando un quiosco, como de costumbre, buscando titulares prometedores y rostros de mujeres, esas mujeres tan altas y delgadas que vienen en las revistas de modas, las mujeres desnudas de los anuncios de cosméticos, pero en seguida le llamó la atención la primera página de un diario: POLICÍAS IMPLICADOS EN DESAPARICIÓN DE DELINCUENTE. Había fotos, rostros de policías con bigote y corbata de nudo ancho, con aire de contratiempo o de perplejidad, y venía también la foto del delincuente perdido, que tenía cara de muerto o de ahogado futuro, una melancolía de cadáver recién instalado en la muerte, ya dócil, todavía no habituado a ella. Compró el periódico y lo estuvo leyendo mientras desayunaba, examinando la posibilidad de una historia, pero era un asunto demasiado serio, no había ninguna mujer y en la editorial siempre le piden que salgan mujeres desde el primer capítulo. Pero podría añadirla, tal vez una venganza por celos, o una red de prostitución internacional: en una alcantarilla aparece la cabeza cortada de ese delincuente y alguien encarga a un detective que busque al asesino, alguien que no tiene confianza en la policía, un hombre poderoso y oculto que paga en dólares y no hace preguntas...

Acaso ese mismo detective, Blázquez, que ahora, a las nueve de la mañana, se estará aburriendo en la penumbra de su oficina, un sitio de techos muy altos, una puerta de cristales opacos al final de un corredor tras la que hay algo como la sala de espera de un dentista infortunado, sillones tapizados de plástico verde con finas patas metálicas, una mesa baja con revistas antiguas, con revistas maltratadas por el tedio de quienes las han hojeado en los últimos años. En ellas las dulces mujeres de los anuncios tienen una palidez de enfermas y usan sujetadores demasiado anchos. Aún no ha llamado nadie a la puerta del detective. Es demasiado temprano, desde luego, pero a veces pasan días enteros sin que nadie ocupe los sillones tapizados de verde ni mire las revistas, semanas tal vez. Quién va a necesitar a un detective en esta ciudad donde nada puede ocultarse y donde ninguna vida merece indagación ni misterio, quién contratará a un detective que se llama Blázquez y que se ha hecho grabar una lupa tan minuciosa y torpe en su placa dorada, que casi no se ve, perdida entre otras placas más brillantes que anuncian oficios respetables: abogados, notarios, especialistas del oído, agentes de la propiedad, corredores de comercio.

Tendría que empezar por cambiarse de nombre. Con ése ni ganará clientes ni podría ser un detective de novela. Black o Blake tal vez, Black Blake, que sugiere el coraje y el uso de antifaz, un detective que tiene una oficina oscura y medio vacía y que culmina sin escrúpulo cualquier trabajo que le encarguen, que ignora el miedo y la decencia, que golpea en la mandíbula a los tenderos inocentes y a los policías corruptos y averigua quién mató al atracador desaparecido y en qué almacén de las afueras yace como en un muladar su cuerpo decapitado. Trabaja solo, desde luego, y es perezoso e insolente. Por la mañana llega tarde a su oficina porque suele acostarse de madrugada. Anda despacio por la calle, con las manos en los bolsillos, mirando a las mujeres, mirando en los quioscos las revistas obscenas y los semanarios de crímenes, comprando alguna vez, para distraer el tiempo desierto en su oficina, esas novelas baratas de policías o invasores del espacio o torturadores alemanes, pero no se fija mucho en los títulos para comprarlas, le basta que tengan colores hirientes en la portada y que le quepan en el bolsillo del abrigo. Últimamente prefiere las de un tipo llamado F. Blatsky: seguro que es un pseudónimo, nadie que escriba novelas puede llamarse así. A lo mejor se lo puso porque le da vergüenza escribir tanta basura, *El violador zurdo, Las mujeres caníbales del Orinoco...*

Debe de tener esposa e hijos, una vida respetable, cuando pasa junto a un quiosco y ve las novelas que él mismo ha escrito tiene miedo de que alguien lo reconozca, de que alguien sepa que ese hombre de aspecto tan grave es el secreto autor de *Las calientes vampiras de las SS.* Qué ignominia para ella si lo descubriera, si encontrara la llave de su escritorio o la dirección de este cuarto alquilado donde él se sienta cada mañana como en una oficina, como en la redacción de ese periódico local donde hace ya tanto tiempo que no trabaja. Llega a las nueve o las nueve y media, después de dejar con infinito alivio al hijo mayor en la guardería, y camina luego muy lentamente para apurar mejor el deleite de la soledad recobrada, igual que cuando de noche la deja a ella frente a la pantalla azulada del televisor y se encierra en el despacho y abre los cajones de su escritorio con la llave que siempre guarda consigo, junto a la otra, la más secreta, la llave de la habitación vacía donde escribe y bebe de manera incesante, siempre a máquina, desde luego, no como en el despacho de su casa, donde ha de escribir con bolígrafo para que los niños no se despierten, para que ella pueda adormecerse sin sobresalto en la penumbra sólo iluminada por el televisor, tranquila y sola, perfumada, digna, inmune a todo, recostada en el sofá que él ha pagado con los derechos de *El violador zurdo*, envuelta en la bata de seda que le compró gracias a *Las calientes vampiras*, dormida luego en una cálida seguridad que se sostiene secretamente sobre el éxito de *Las mujeres caníbales del Orinoco*, la más excitante aventura nacida de la pluma de F. Blatsky, dice un anuncio publicado en una de esas revistas que hay tal vez en la sala de espera del detective Blázquez. No, de Black Blake, piensa sentado ante la máquina todavía intacta, ante el teléfono que nunca suena y las paredes vacías, considerando la posibilidad de servirse una primera copa para aliviar el frío y la parálisis en que lo sume siempre el papel en blanco.

Quieto en el mismo lugar y en la misma postura todas las mañanas, presenciando el tránsito de la dura luz gris sobre el espacio vacío, oye el ruido lentísimo del ascensor y pasos cercanos por los corredores donde hay puertas de cristales opacos y oficinas semejantes en las que otros hombres solos aguardan sentados en sillas giratorias, fumando ante silenciosos teléfonos. Apoya la cabeza en el alto respaldo del sillón y si ha visto películas cruza los pies sobre la mesa, buscando algo en un cajón del escritorio, una botella y un vaso, un revólver tal vez, una novela de este tipo, Blatsky, porque cualquier cosa sirve para ocupar las horas muertas y las mañanas invernales, incluso un periódico atrasado, ese donde dicen que un atracador fue visto cuando entraba esposado en una comisaría y no volvió a saberse nada de él. Oyeron gritos desde las celdas más próximas, secos golpes y luego palabras en voz baja, silencio, las ruedas de una camilla deslizándose de madrugada sobre el piso de cemento helado. Tal vez ese Blázquez piensa ahora mismo que sería un buen caso para un verdadero detective, un argumento para un verdadero escritor, no Blatsky, que sólo escribe basura para onanistas, para hombres solos que aguardan en los andenes del Metro o rondan los quioscos de las estaciones.

Un caso para Blake, desde luego: sólo él puede atreverse a descender a los clubes donde beben a medianoche los policías corruptos y a golpearles el estómago en un callejón hasta que vomiten el whisky que nunca pagan y digan dónde fue enterrado el atracador muerto cuando al amanecer lo sacaron clandestinamente de la comisaría.

De modo que Blake no hace nada, espera, sabe que saben dónde está y el precio que deben pagarle. Con la inmovilidad de un samurai permanece sentado en su oficina y espera que suene el teléfono o que unos pasos y una figura opaca se detengan tras el cristal de la puerta donde está inscrito su nombre.

Un buen comienzo. Una novela debe empezar siempre así para que el hombre que acaba de comprarla quede fulminado por ella en la cola del autobús o ya no vea el oprobio de los sillones de plástico verde en la antesala del dentista. El detective, Black Blake, guarda apresuradamente la botella y el vaso en el cajón del escritorio porque ha oído unos pasos que se acercan. Sabe que esta vez sí, que el reumático ascensor no ha subido en vano, que esos pasos van a detenerse justo en la puerta de su oficina. Hay una vaga forma inmóvil tras el cristal escarchado, algo pálido y brillante que parece un rostro de mujer, una melena rubia. Tiene la mano en el pomo de la puerta pero aún no se decide a entrar. Se arrepiente de haber llegado hasta aquí, como si estuviera cometiendo un acto reprobable, pero desde hace días, siempre que pasaba junto a ese portal y veía la placa dorada, *Blázquez, investigaciones confidenciales*, dominaba la tentación de hacerlo, y ahora se siente inhábil, culpable, un poco sucia, como si la contaminara la oscuridad húmeda del corredor y el plástico agrietado de las sillas de la sala de espera, a ella, que no puede tolerar en torno suyo ni la suciedad ni el desorden, ni ese olor a tabaco rancio que ocupa la oficina y que cuando se sienta frente al detective le llega mezclado a un aliento de alcohol.

Es ahora cuando se arrepiente de todo, cuando al fin ha empujado la puerta como si nunca más pudiera volver a abrirla y ha visto a ese hombre que se incorpora y le sonríe y huele a alcohol, tan temprano, y a mediocre loción de afeitar. Observa su corbata estampada y sus ojos que la miran de una manera que le recuerda a alguien. A él, se da cuenta en seguida, es así como él la mira cuando llega de la calle y no dice nada o cuando entra en el dormitorio y enciende la luz para desnudarse después de haber cerrado con llave su despacho.

Abrirá el bolso, desde luego, sacará un cigarrillo que el detective ha de apresurarse a encender mirando las manos que tiemblan un poco y los labios pintados que dejarán un cerco rojo en las colillas. También él fuma, sonríe, aparta a un lado la máquina de escribir. En toda mujer hermosa se contiene un misterio, escribe, pero luego lo tacha, en la editorial siempre le dicen que las florituras no interesan. Rápido y directo, le dicen: elocuentes piernas con medias oscuras, una blusa entreabierta, tal vez un chaquetón de piel y pulseras doradas. No olvidar el perfume: indudable y tenue como una invitación. En media hora Black Blake ya la estaría besando.

—Averigüe qué hace —dice la mujer. Al fin se ha decidido a hablar, tras el segundo cigarrillo. Es posible que haya aceptado una copa—. Averigüe dónde va todas las mañanas cuando deja al niño en la guardería y por qué se encierra con llave en su despacho, no deja que la criada lo limpie, ni siquiera a mí me permite entrar en él. Una vez lo hice y me di cuenta de que también cierra con llave los cajones del escritorio, parece que no le importa nada, se irrita en seguida con los niños, llega por las tardes a casa como a una pensión, cena y se encierra en el despacho y sale de él muy tarde, a las dos o a las tres de la madrugada. Yo hago como si estuviera dormida, pero lo veo desnudarse y me da miedo porque parece otro. Algunas veces me despierto y él está sentado en la cama, veo en la oscuridad la lumbre de su cigarrillo. Antes no era así, hace uno o dos años trabajaba en ese periódico, no le pagaban mucho, pero a él le gustaba, siempre le gustó escribir, se quejaba del periódico porque no le quedaba tiempo de escribir otras cosas. Me hablaba de una novela, me leía borradores, pero ya no ha vuelto a contarme nada y hace mucho que no lo veo escribir, y si le pregunto por el periódico se encoge de hombros y me dice, pues igual que siempre. Pero yo sé que no es igual que siempre, por eso he venido a verlo a usted. Llamé al periódico el otro día para pedirle que me trajera algo y me dijeron que ya no trabaja allí, que hace más de un año que lo despidieron... Sígalo desde mañana mismo, Blázquez. Sale de casa a las ocho y media, para llevar al niño a la guardería, dígame a dónde va y qué hace, ya no me importa, pero quiero saberlo. Quiero saber por qué miente.

No, Black Blake nunca aceptaría un caso tan vulgar, no permitiría que una mujer tan bella y misteriosa hundiera la cara entre las manos para llorar sordamente sin acercarse a ella y besarla apartándole el pelo para mirar muy de cerca sus ojos, todavía relucientes de lágrimas. Black Blake no sigue rastros de turbios maridos ni finge esa especie de simpatía clerical con que el probable Blázquez consuela a las esposas engañadas. Bebe whisky después de golpear a un policía y encuentra con inmutable frialdad el cuerpo decapitado de un atracador.

Capítulo primero, escribe con mayúscula, golpeando perezosamente el teclado, poseído por el desaliento de la primera página, que ni siquiera el tabaco alivia. En la mañana de invierno el silencio de la habitación cerrada es una campana de cristal. Oye entonces el ruido de un ascensor, luego pisadas sonoras, como de tacones de mujer. Aún no se inquieta, mucha gente sube en los ascensores y transita los pasillos de este edificio de oficinas. Ha escrito *Capítulo primero* y después no se le ocurre nada. Con las manos quietas sobre la máquina mira la hoja vacía y luego alza los ojos hacia el cristal opaco de la puerta. Tras él hay alguien, una cara pálida y disgregada en las estrías del vidrio, la mancha vaga de unos labios, la certeza de que una mano aprieta el pomo y aún no se resuelve a girarlo.

LA GENTILEZA DE LOS DESCONOCIDOS

Lo que daba más pena del señor Walberg era su torpeza manual. Era un sabio, pensaba Quintana con admiración, casi con miedo, abrumado por la evidencia de los libros que había leído, de los idiomas antiguos y modernos que hablaba, de las cosas que sabía, pero también, al mismo tiempo, era un pobre hombre, y lo era más aún por el contraste entre su sabiduría y su poquedad, un pobre hombre y un inútil absoluto, un inútil total, como decían en el ejército, con aquellas manos tan blancas y con las uñas tan limpias y tan bien cortadas que no sabían manejar absolutamente nada, salvo los libros, eso sí, que no eran capaces de cambiar una bombilla sin provocar un cortocircuito, ni de abrir una lata de conserva, ni de girar en la dirección adecuada los pomos de las puertas en aquella casa donde Quintana se había acostumbrado a visitarlo a lo largo de un otoño y de casi todo un invierno, aquel invierno que será recordado en Madrid porque fue uno de los más fríos del siglo y por una serie de crímenes explotados con repugnante sensacionalismo por la televisión. «Nunca me acostumbro», le dijo el señor Walberg justo el último día, cuando se decidió a mostrarle no sólo las revistas sucias que había encontrado bajo la pila del tendedero, sino también el frasco lleno de alcohol que aún permanecía en el frigorífico, con aquellas cosas flotando en el interior que parecían babosas hinchadas, de color violeta, moviéndose, como si tuvieran vida. «Nunca me acostumbro a que las puertas se abran en esta casa al revés de todas las puertas del mundo, y siempre tiro del pomo hacia abajo, y de la puerta hacia adentro, y hasta que no me acuerdo de que hay que tirar hacia la izquierda y hacia arriba y empujar hacia afuera me desespero y pienso que estoy encerrado y que no podré salir.»

Así era el señor Walberg: dedicaba los esfuerzos más constantes de su vida a disimular su propia excepcionalidad y pasar inadvertido, trabajando como escribiente o contable en una sórdida oficina en la que por no haber no había ni máquinas de escribir, y en la que sin duda le pagaban un sueldo de hambre; ocultaba no sólo la vergüenza de su pasado inmediato, sino también su origen y sus méritos (a Quintana le costó meses averiguar que era hijo de un eminente médico berlinés emigrado a Francia y luego a Madrid en los años treinta), como un eremita que al ingresar en los rigores de una orden renuncia a su nombre al mismo tiempo que a las vanidades del mundo; hacía sencillas las cosas más complicadas —las declinaciones del idioma alemán o la organización jurídica de la república romana, por poner dos ejemplos que le eran muy queridos— e infinitamente difíciles y hasta imposibles las más simples, y le daba mucha menos importancia a su dominio del latín y del griego que a las habilidades mecánicas de Quintana o a la destreza con que éste conducía el Opel Rekord que compró en enero, poco después de que lo nombraran jefe de grupo, y en el que, para probarlo, recién sacado de la tienda, le dio un paseo al señor Walberg, pisando el acelerador en la M-30 con excitación, con delirante y contenido orgullo, muy por encima del límite de velocidad autorizado, forzando los frenos en las calles más estrechas del centro, tan bruscamente que si el señor Walberg no hubiese llevado puesto el cinturón automático de seguridad se habría dado más de un golpe contra el parabrisas. Le sudaba un poco la frente, y se aferraba a las rodillas con sus dos manos pequeñas y blancas, con los dedos que se volvían mucho más finos en la parte de las uñas, sus manos de profesor, de sabio, de inútil, las mismas que años atrás debieron estar manchadas de tiza y que ni siquiera poseían al cabo de un año de vivir en aquella casa la habilidad instintiva de girar los pomos al revés. Cómo habrían tocado esas manos la piel de una mujer muy joven, cómo temblarían. Cuando Quintana detuvo por fin el Opel delante de la casa, el señor Walberg todavía no se movió, y apretaba los labios para detener el temblor de su barbilla, sonriéndole cobardemente a Quintana, sin mirarle a los ojos, con una expresión de gratitud y como de vileza, como agradeciéndole que hubiera frenado a tiempo de salvarle la vida, una gratitud semejante a la de quienes sufren el *síndrome de Estocolmo,* pensó luego Quintana, que por supuesto había aprendido el significado de esa expresión gracias al señor Walberg: su maestro en todo, decía él, y el señor Walberg agitaba la mano delante de su cara para desmentirlo, para deshacer el sonido de esas palabras que en el fondo le envanecían, y como no era infrecuente que se emocionara delante de Quintana y que quisiera ocultarlo, se quitaba las gafas y limpiaba los cristales con la punta de un pañuelo blanco, mostrando entonces sus párpados enrojecidos, sin pestañas, sus ojos de un azul húmedo y débil, desenfocados, miopes, tan incoloros como su piel y como el poco pelo que aún le quedaba. La forma de su cara y de sus ojos y la actitud como desesperada y blanda de su boca las reconoció un día Quintana hojeando las páginas de una enciclopedia del cine: el señor Walberg se parecía mucho a un actor americano de las películas de gángsters, Edward G. Robinson.

En un cierto momento, a poco de conocer a Quintana, el señor Walberg decidió de manera instintiva que iba a protegerle o a educarle, pues estaba seguro de haber descubierto en él, con su experiencia de muchos años de profesor, un talento descuidado y casi perdido, desperdiciado por culpa de la incompetencia y la frivolidad de un sistema educativo hacia el que el señor Walberg profesaba una obsesiva animadversión, y no sólo ahora, desde luego, sino desde mucho tiempo antes, cuando era un profesor respetado al que nadie podía atribuir ni una sombra de resentimiento. Le gustaba tanto su oficio, tan convencido estaba de la relevancia del bachillerato en la formación de la juventud, que ya habían dejado de importarle las mezquindades administrativas y las conspiraciones de catedráticos franquistas que durante dos décadas le cerraron el paso a la docencia universitaria, aun siendo, como era, uno de los más reputados latinistas españoles: se enorgullecía de ser catedrático de instituto, de haberlo sido, corrigiéndose melancólicamente, murmurando luego, siempre confundo los tiempos verbales, no me acostumbro a no conjugar ni el presente ni el futuro.

Ahora lo que más le dolía, le dijo una noche a Quintana, sentados los dos en el angosto comedor de la casa, bebiendo un vaso de champaña —celebraban el primer éxito considerable en la carrera profesional de Quintana—, era darse cuenta de que en el fondo de sí mismo era un resentido, y, por lo tanto, un enfermo, pues el rencor es una enfermedad moral de las más graves, el equivalente de un tumor que no vale la pena extirpar porque ya se habrá extendido al organismo sano. La palabra que empleó entonces fue «metástasis», y a Quintana le gustó tanto que tomó nota de ella, resuelto a usarla en cuanto fuera, preferiblemente cuando el señor Walberg pudiera escucharle. «Mire qué injusticia —dijo, observando a Quintana tan severamente como un juez, con una firmeza que al principio le inquietaba porque le parecía adivinatoria, pero que sólo era el resultado de la miopía—, yo lo tuve todo a mi disposición desde que nací y a los cincuenta y cinco años me encuentro sin nada, y a poco que me descuido culpo al mundo por una desgracia de la que sólo yo soy responsable. Lo tenía todo y lo perdí todo. Soy como el mal administrador del Evangelio, amigo Quintana. Y usted, en cambio, que partió de la nada, que estaba casi destinado a convertirse en un delincuente, que podría culpar al mundo con más razón que yo de un sinfín de privaciones y de sufrimientos (*sinfín de privaciones,* anotó mentalmente Quintana), supo vencer a la adversidad sin la ayuda de nadie y ahora es un hombre saludable y útil, para usted mismo y para los demás, para su familia, cuando la tenga, y para mí, ahora, en estos tiempos difíciles...»

El señor Walberg se quedó abstraído, con la cabeza baja, como se quedaba muchas veces, con el vaso todavía medio lleno de champaña, apretando los grandes labios en un gesto ya instintivo y habitual de amargura, exactamente igual que Edward G. Robinson. Quintana, sentado en el sofá, estuvo a punto de levantarse, porque le dieron ganas de pasarle al señor Walberg un brazo protector por el hombro, pero era ridículo, pensó a tiempo, ridículo y humillante para el pobre hombre, que en cualquier caso saldría de aquel trance en seguida, como reanimado, sonreiría para pedir disculpas por su ensimismamiento, y al mirar hacia sus manos descubriría que aún le quedaba algo de champaña.

Habitualmente, lo que bebían los dos aquellas tardes de invierno era té, bebida que a Quintana le parecía repugnante, aunque apuraba en cada visita una taza completa para no desairar al señor Walberg, y porque suponía que beber té era una norma de refinamiento. Una noche, en diciembre, una de esas noches desalentadoras y heladas en vísperas de Navidad, se atrevió a presentarse en casa del señor Walberg con una petaca de coñac, y la sacó del interior de su cazadora en el momento en que su amigo le servía la taza de té, diciéndole con aire desenvuelto que si no le importaba él iba a hacerse un carajillo. El señor Walberg, a quien Quintana no había visto nunca probar una bebida alcohólica, se quedó un instante mirando la petaca con silenciosa reprobación de profesor, pero no dijo nada. Aún no le había confesado a Quintana que en otros tiempos bebió mucho, hacía dos años, que había estado a punto de convertirse en un alcohólico, o que llegó a serlo y no se dio cuenta o no le importó. Tan pulcro ahora, tan comedido en sus palabras y gestos, tan regular en sus costumbres, era imposible imaginarle borracho, sin afeitar, dando traspiés avergonzados de noche, en aquella ciudad en la que había sido catedrático de instituto y en la que le vieron entrar esposado en los calabozos de la comisaría, tapándose la cara con un periódico para ocultarla a la crueldad de los fotógrafos. Cuando le contaba esas cosas, a los pocos días de que agotaran entre los dos la botella de champaña, el señor Walberg le preguntó con nerviosismo y timidez a Quintana que si aún llevaba aquella petaca de *brandy* —él nunca lo llamaba coñac—, y después de beber un trago se quedó un momento con los ojos cerrados, más tranquilo, respirando por la nariz. Aquella noche se lo contó todo, en voz muy baja, mirándole a los ojos muy pocas veces, hablando muy poco a poco, igual que bebía el coñac. A la mañana siguiente despertó aniquilado por la resaca y el arrepentimiento: sentía haber cometido una profanación. Salió al comedor y aún estaba sobre la mesa, entre los dos vasos que seguían oliendo a coñac, la instantánea que le había mostrado la noche antes a Quintana. Se estremeció de ternura y desolación al mirar la cara de la chica, sus rasgos inexactos en la fotografía, alumbrados por una claridad lejana de mediodía invernal. Recordó el tacto de su jersey azul marino y de su pelo igual que si acabara de rozarlos. Era la mejor alumna que había tenido nunca, le dijo a Quintana, que asentía a todo con la cabeza, como si pudiera comprender, como si presenciara uno de esos folletines románticos de la televisión, una chica de quince años, casi dieciséis, no especialmente guapa y, por supuesto, nada provocativa, no una de esas adolescentes que usan camisetas ceñidas y anchos escotes y se presentan en clase a las nueve de la mañana de un lunes con un maquillaje de club nocturno. Normal, más bien tímida, con el pelo y los ojos claros. Se acordaba de la lentitud con que se acostumbró a verla, a buscar su presencia cada día en la misma banca, a escuchar su voz cuando leía una traducción. Se acordaba de la melancolía anacrónica que había empezado a poseerle y del modo gradual en que la costumbre se convirtió en deseo y angustia: nunca hasta entonces había cometido adulterio (el señor Walberg pronunciaba esa palabra con una entonación judicial), nunca se sintió atraído por las adolescentes, como les ocurría a tantos hombres a partir de cierta edad. Sucedió algo, de pronto, a escondidas, sin anticipación, un arrojarse el uno hacia el otro en la penumbra de una biblioteca vacía, un viernes por la tarde. El asombro mutuo, el sigilo y el miedo los mantuvieron unidos durante algunos meses con más eficacia que el deseo. En una capital tan pequeña era inevitable que los atraparan. Al oír el final a Quintana se le saltaron las lágrimas.

—Abusos deshonestos, amigo Quintana —dijo el señor Walberg—. Abusos deshonestos, estupro y corrupción de menores. Como si yo hubiera sido un violador. No podía salir a la calle. Las mujeres me escupían. El padre de la chica me reventó la nariz de un puñetazo, en la misma puerta del instituto, delante de otros profesores. La cárcel casi fue un alivio.

—Algunas veces la cárcel no es una mancha, señor Walberg —dijo Quintana—. Se lo digo yo, que no tengo estudios, pero me he enseñado en la universidad de la vida.

—Ella quiso declarar a favor mío pero no la dejaron. —El señor Walberg se limpió ruidosamente la nariz con un *kleenex*, y luego levantó poco a poco la cabeza y volvió a mirar a Quintana; tenía los ojos húmedos y los lagrimales muy enrojecidos—. No sabe usted lo que es eso, amigo Quintana, encontrarse convertido de pronto en el objeto del odio de una ciudad entera. Pero lo peor de todo era ver cómo iban cambiando las caras de los que más me conocían, cómo empezaban a mirarme esos a los que suele llamarse los seres queridos. Todavía no puedo entender por qué no me quité la vida.

—Eso ni en broma, señor Walberg —dijo Quintana,

y volvió a tenderle a su amigo la petaca de coñac—. Yo soy de los que piensan que mientras hay vida hay esperanza.

Se habían conocido en octubre: Quintana, vendedor de enciclopedias, de colecciones de literatura y *compact disc* de música clásica, había llamado una tarde a casa del señor Walberg, un piso pequeño y oscuro, aunque de techos altos, en un edificio antiguo del barrio de Chueca, en una calle estrecha y de poco tráfico, habitada sobre todo por gente mayor, frecuentada ocasionalmente por drogadictos pálidos a los que ya nadie se detenía o se volvía a mirar. Quintana era un hombre joven, grande, obstinado, de sonrisa inmediata, propenso a la transpiración y al uso de trajes de talla más pequeña de la que le correspondía por su envergadura. Tendía a levantar la voz, a comer deprisa, con el trozo de pan en la mano izquierda, y a colgar bruscamente los teléfonos. Llevaba una sortija con sello y una esclava de plata en su mano izquierda, y en la derecha, en la base del pulgar, tenía tatuado un punto azul: también él tardó en confesarle al señor Walberg que no había sido siempre un santo, y que en su turbulenta adolescencia estuvo a punto de perderse por el mal camino. Había nacido en Carabanchel, y desde los doce años se buscaba la vida en toda clase de oficios. El señor Walberg le animaba a sacarse el graduado escolar, incluso a prepararse los exámenes tras los que podían ingresar en la universidad los mayores de veinticinco años. En la actualidad, y sin estudios, como él decía, era uno de los vendedores punteros de la empresa, de la que hablaba con un orgullo algo jactancioso, con una pasión casi patriótica: a principios de enero, al cabo de varios años de dejarse la piel en la calle, fue ascendido a jefe de grupo. Cuando supo la noticia, lo primero que hizo fue comprar una botella de champaña y subir con ella a zancadas los peldaños de madera que llevaban al piso del señor Walberg, y no separó su grueso índice del timbre hasta que el antiguo profesor de latín le abrió la puerta: otra costumbre de Quintana era pulsar timbres y golpear llamadores con una urgencia como de policía. Aquella noche, bebiendo el champaña en vasos de agua, porque el señor Walberg no tenía otros, recordaron los detalles de la primera visita de Quintana, hacía ya casi cuatro meses, en octubre, cuando Quintana, después de que el señor Walberg rechazara con amabilidad, casi con remordimiento, sus variadas ofertas de enciclopedias y de *compact disc*, le pidió por favor un vaso de agua.

Estaba usted pálido ese día, recordó el señor Walberg, como agotado, cuando él volvió de la cocina con el vaso de agua Quintana se había sentado en una silla del recibidor y tenía los ojos cerrados y apoyada la nuca contra la pared. Agotado no, corrigió Quintana, enfermo, desmoralizado, desengañado de todo, hundido en una mala racha que ya temía definitiva, porque el trabajo de ventas tiene rachas, como el juego, y lo mismo te ves un día en la cima y al otro en la alcantarilla. «Usted me trajo suerte», dijo Quintana, y quiso volcar un poco más de champaña, ya tibio y sin burbujas, en el vaso del señor Walberg, pero éste lo tapó con la mano abierta, con la pequeña mano torpe que aún conservaba como un rastro de tiza en las yemas de los dedos y en los cercos de las uñas. Aquella primera tarde, después de beber dos vasos de agua, Quintana le preguntó al señor Walberg que si podía hacer una llamada de teléfono. El señor Walberg lo guió hacia el comedor, por un pasillo muy oscuro que daba a un patio de luces, y forcejeó con el pomo de la puerta antes de abrirla hacia afuera: dijo que aún llevaba poco tiempo viviendo en el piso, y que no se acostumbraba a que las puertas se abrieran al revés. Mientras Quintana mantenía una rápida conversación con la central de ventas de la empresa, el señor Walberg hojeó con extremo cuidado las páginas satinadas y a todo color de una *Historia del Mundo Clásico* que Quintana, a esas alturas, ya había renunciado definitivamente a vender a nadie. Esa misma tarde, un cliente se la había rechazado diciéndole que no le gustaban los libros de romanos ni las películas de romanos. Cuando Quintana colgó, el señor Walberg se había acercado con el libro abierto a la ventana, y leía algo en latín, moviendo lentamente los labios, la inscripción de una lápida fotografiada a toda página. Leía con un murmullo solemne, como leían los curas en otro tiempo las palabras litúrgicas.

—En este oficio hay que tener mucha psicología, señor Walberg —dijo Quintana—. Nada más abrirme usted la puerta ya me di cuenta de que era usted un hombre de muchos estudios.

—Pero no le pude comprar nada, amigo Quintana —dijo el señor Walberg—. No sabe la vergüenza que me da no haberle podido comprar nada todavía.

Quintana, al descubrir el interés del señor Walberg por el volumen de la enciclopedia, así como su evidente debilidad de carácter, le explicó agotadoramente las cualidades de la obra, la comodidad de los plazos mensuales con que podría pagarla y las ventajas añadidas que traería consigo la adquisición: una estantería en madera de pino en la que guardar los tomos, una radio despertador japonesa, un busto de Julio César idéntico en tamaño al que se conserva en el Museo Vaticano, ideal para ponerlo sobre la estantería. Era obvio que el señor Walberg vivía, aunque decorosamente, en una extrema pobreza, pero a

Quintana le gustaba decir que él era un romántico de las ventas, que podía dedicar toda su furiosa energía y toda su imbatible paciencia a convencer a un cliente e incluso a entusiasmarle aun sabiendo que no iba a venderle nada por la simple razón de que aquel desdichado ni siquiera tenía una cuenta en el banco. En su romanticismo, no obstante, había una parte práctica, una reserva más bien despiadada de astucia: los pobres de carácter débil tienden a dejarse convencer con más facilidad que los ricos y que los astutos, sudan y se muerden los labios por miedo a decir que no, y no es improbable que se endeuden para toda una década por comprar una enciclopedia de veinte o treinta tomos, diciéndose que cualquier sacrificio vale la pena si se hace en nombre del porvenir de los hijos.

—Yo sentía apuro por usted, Quintana —dijo el señor Walberg—. Me daba pena ver todo el entusiasmo, toda la convicción que ponía en su trabajo, y darme cuenta de lo cansado que usted estaba, del esfuerzo que le habría costado aquella tarde subir hasta aquí y llamar a una puerta temiendo que no quisieran abrirle, o que si le abrían le dieran con la puerta en las narices. Lo veía ahí de pie, delante de mí, enseñándome las ilustraciones de la enciclopedia, y me daban ganas de decirle no se canse, joven, por lo que más quiera, no se esfuerce en vano, no gaste más saliva. Perdone que me acuerde de este detalle, pero tenía usted, de tanto hablar, un cerco blanco de saliva en el labio inferior...

Quintana volvió una semana más tarde, esta vez con un volumen de muestra de una formidable *Enciclopedia de la Humanidad* que abarcaba, le dijo al señor Walberg, desde el hombre mono hasta nuestros días. El señor Walberg le pareció más viejo y más pobre que la vez anterior, y el piso más vacío. Hojeó educadamente las páginas satinadas del volumen que Quintana había depositado sobre la mesa del comedor, y esta vez escuchó sus explicaciones sin disimular del todo la impaciencia, sin invitarlo a que se sentara: llevaba chaqueta y corbata bajo el batín de paño. Estaba nublado aquella tarde y empezaba a hacer frío, pero el señor Walberg no tenía encendida la luz, y no había calefacción en el piso, tan sólo una pequeña estufa de butano, de un modelo que a Quintana le hizo acordarse de los primeros anuncios en blanco y negro de la televisión. Ya iba a marcharse cuando olió intensamente a café y escuchó el silbido de una cafetera: miró hacia la puerta de la cocina al mismo tiempo que el señor Walberg, y le pareció que éste enrojecía, como si lo hubieran sorprendido en una falta, y que se interponía entre él y la puerta cerrada de la cocina, en un ademán instintivo de hombre solitario y huraño que no está acostumbrado a la presencia de otros en su casa. Quintana, descaradamente, le sonrió al señor Walberg y volvió a dejar su cartera sobre la mesa: el señor Walberg le preguntó que si quería tomar un café, le invitó con huidiza amabilidad a sentarse.

—Quién iba a decirle a usted que acabaríamos siendo tan amigos, señor Walberg —dijo Quintana—. Quién iba a decirme a mí que se acabaría tan pronto mi mala racha, que aprendería tantas cosas buenas de usted.

—Usted me ha enseñado a mí, amigo Quintana. —Tal vez por culpa del champaña, de la falta de costumbre, al señor Walberg le lagrimeaban los ojos—. Sin sus visitas yo me habría muerto de soledad este invierno. Sabe de qué me acuerdo, de una película que vi hace muchos años, en blanco y negro, seguramente antes de que usted naciera. Alguien decía: «Siempre he dependido de la gentileza de los desconocidos.» Eso me ocurre a mí: las personas que conocía se me volvieron extrañas. Tan sólo los desconocidos tienen piedad de mí. La mujer que me vende el pan y la leche me da la vida todas las mañanas al decirme buenos días. Y usted, amigo Quintana, usted me la ha salvado, literalmente.

Al principio, en sus primeros encuentros, el señor Walberg hablaba muy poco, pero Quintana tendía, irresistiblemente, a preguntarlo todo. En aquella segunda visita aprendió que el señor Walberg llevaba todavía poco tiempo en Madrid, que había vivido muchos años en una pequeña capital del interior de Andalucía, que trabajaba como administrativo o archivero en una imprecisa academia de estudios centroeuropeos situada en un cuarto piso interior de la calle de Fuencarral. Qué raro, dijo Quintana, a mí es difícil que se me despinte nadie, y yo creía que usted era profesor; no se equivoca, contestó el señor Walberg, sin mirar a Quintana a los ojos, lo he sido, y luego se corrigió, lo fui, profesor de latín, catedrático. Dudó unos segundos antes de responder la siguiente pregunta de Quintana, que tenía el invencible defecto de convertir cualquier conversación en un interrogatorio. Aquella vez le dijo que por razones de salud se había jubilado anticipadamente, y cuando Quintana le preguntó que si tenía familia pareció no escucharle, o se hizo el distraído: con la cabeza muy inclinada sobre la mesa leía un titular del periódico que Quintana había traído consigo, algo sobre las investigaciones en torno a los asesinatos que la prensa llamaba entonces *de los labios cortados.* Increíblemente, el señor Walberg no tenía la menor noticia sobre ellos, o fingió no tenerla, a pesar de que, como se recordará, recibieron una atención que más de uno calificó de morbosa, por el modo en que los periódicos y las emisoras de televisión relataron los hechos sin callar o disimular los pormenores más sangrientos. Desde el verano, tres mujeres de una edad semejante, treinta y tantos años, que vivían solas y se ganaban la vida con notable éxito profesional habían aparecido apuñaladas en sus domicilios: la rúbrica del asesino, según dijo un locutor sensacionalista de la televisión, era cortar los labios de sus víctimas y llevárselos como único trofeo, ya que en ninguno de los tres casos había robado nada. Quintana advirtió que el señor Walberg releía el artículo con mucha atención, inclinándose mucho y apartándose un poco las gafas de la nariz para ver las letras más pequeñas. En la casa no había radio ni televisor, y él no compraba nunca los periódicos: probablemente era la única persona adulta en todo el país que no había oído nada de los asesinatos.

—Aquí dice que la policía tiene alguna pista segura —dijo el señor Walberg.

—Y si lo cogen, qué. —Quintana se encogió de hombros—. Ahora entran por una puerta del juzgado y salen por la otra. Con que se haga el loco, lo dejan suelto.

La sonrisa tan educada y tan débil del señor Walberg se convirtió por un instante en una mueca de contratiempo o vergüenza. En seguida volvió a sonreír, pero estaba claro que no seguía escuchando las palabras de Quintana, o que su presencia se le había vuelto definitivamente incómoda. Unos meses más tarde, repasando aquella conversación mientras apuraban la botella de champaña, Quintana le pidió disculpas al señor Walberg, pero éste se encogió de hombros y le dijo que no se preocupara: él no se sintió ofendido, ni herido, por aquel comentario inocente de Quintana, que no podía sospechar entonces que su nuevo amigo había estado efectivamente en la cárcel, y que entre la puerta de entrada y la de salida pasaron casi dos años. Pero no quería ser compadecido por eso, le dijo. Si reflexionaba con honradez, no tenía derecho a quejarse de ninguna injusticia: obró en contra de la ley, de las normas morales de su profesión y de la decencia, fue juzgado y castigado. En las ciudades griegas, le explicó a Quintana, el castigo que se reservaba para quienes cometían una falta particularmente grave no era la prisión, ni la muerte, sino el ostracismo, el destierro. Fuera de la ciudad, la amplitud del mundo era una cárcel, y el destierro una muerte muy lenta. Cumplida su condena, el señor Walberg se sentía destinado a un cautiverio que no terminaría mientras estuviera vivo. «Pero a pesar de todo —le dijo a Quintana con sorprendente serenidad, la noche en que le dejó pasar a la cocina y le mostró las cosas que habían estado ocultas allí antes de que él alquilara el piso—, a pesar de todo debo confesarle, amigo Quintana, que si me amarga la vergüenza no conozco el arrepentimiento.»

—¿Ha vuelto a verla? —dijo Quintana, y añadió con deferencia, como inseguro de su derecho a hacer ciertas preguntas—: A aquella amiga suya, a la chica.

—Lo único cierto que sé de ella es que hoy o mañana cumple dieciocho años.

Dijo eso, bebió un trago de coñac y fugazmente pareció otro hombre, o lo fue: arrogante, más joven, con la espalda más erguida, con un fogonazo de orgullo y clarividencia en los ojos habitualmente neutros, casi siempre cobardes, tan cautelosos que era muy difícil atrapar su mirada. Cuando le devolvió la petaca a Quintana ya era el señor Walberg de siempre: se limpiaba los labios con un pañuelo y no miraba a los ojos. Ahora miraba fijo hacia el vacío, la cara muy pálida y la boca desencajada, con la misma expresión con que habría mirado, al abrir esa tarde el frigorífico, el bote de alcohol en el que flotaba algo semejante a un par de babosas.

—No sea tonto, señor Walberg —dijo Quintana, en un tono parecido al de quien da consejos a un enfermo—. Lo que tiene usted que hacer es ir a la policía. Le acompañaré yo; si quiere, llamaré yo por teléfono.

—Nunca me creerán, amigo Quintana. —El señor Walberg tenía los ojos húmedos y más claros tras las gafas—. Ya imagino cómo se quedarían mirándome en cuanto consultaran sus archivos y supieran quién soy, y lo que hice.

—Usted no hizo nada malo, señor Walberg —dijo Quintana apasionadamente: hablaba de la historia de amor del señor Walberg como si formara parte de su propia vida—. Usted hizo lo más humano, que es dejarse llevar por los sentimientos.

El señor Walberg levantó despacio los ojos y miró a Quintana con gratitud, casi con piedad: Quintana se tenía por un hombre práctico, por un luchador, y desde que el señor Walberg le explicó lo que quería decir la expresión *self-made man* la aprendió laboriosamente de memoria para explicársela a sí mismo. Pero en realidad, pensó el señor Walberg, era una víctima de la pobreza y del romanticismo, de los sueños degradados y los heroísmos de saldo que venden a bajo precio el cine y la televisión. Creía en el amor verdadero y en la cultura con la misma ciega inocencia con que creía en el éxito personal: creía, sobre todo, en su empresa y en el señor Walberg, y éste de vez en cuando pensaba con distante tristeza que alguna vez Quintana apostataría de él. Pero no tenía, literalmente, a nadie más en el mundo, pensaba, contagiándose de los absolutismos verbales de Quintana, en nadie más podía confiar. No esperaba que Quintana lo salvara de ningún peligro, ni que le siguiera consagrando indefinidamente la misma lealtad —había visto lealtades de toda la vida disueltas en minutos, sin dejar siquiera un residuo de compasión—, pero sus visitas regulares, sus atenciones generosas, incluso desmedidas, los favores de orden práctico que continuamente le hacía, fueron acostumbrándolo a contar con él, limaron de modo gradual, sin que el señor Walberg lo advirtiera, las resistencias de la vergüenza inextinguible y de la timidez, y así aquella noche última se encontró confiándole lo que no había creído que se atrevería a decirle a nadie: que estaba seguro de que el autor de los crímenes de los labios cortados había vivido en el mismo piso que ahora ocupaba él, que aún conservaba las llaves, y que esa misma tarde, durante la ausencia del señor Walberg, había entrado en la casa y había dejado en el interior del frigorífico un frasco de alcohol en el que flotaban los labios de su última víctima.

Fue la primera vez que el señor Walberg llamó por teléfono a Quintana. Lo llamó desde una cabina, no sin dificultad, porque ya no estaba familiarizado con los nuevos modelos de teléfonos públicos: no estaba familiarizado, se decía, con la vida real ni con el presente, como si hubiera pasado no dos sino veinte años en la cárcel. Para que lo pusieran con el despacho de Quintana tuvo que sortear a dos secretarias, lo cual daba una idea muy halagüeña de la jerarquía profesional de su joven amigo. Quintana, al oír su voz, tardó en saber quién era, seguramente porque la secretaria que le pasó la llamada no había pronunciado bien el apellido Walberg. Se oía un tumulto lejano de voces y timbres de teléfono, y el señor Walberg de pronto se sintió pueril y ridículo, imaginando la oficina de paredes blancas, tubos fluorescentes y pantallas de ordenador en la que había irrumpido su llamada. Le costó no colgar mientras Quintana aún no lo reconocía y preguntaba quién era. ¿No le perjudicaría en su trabajo la amistad de un ex presidiario? Pero el señor Walberg tenía tanto miedo que fue capaz de sobreponerse al pudor. «Por lo que más quiera, amigo Quintana, venga a casa.»

Era un lunes de principio de marzo: estaba nublado y soplaba un viento muy frío, pero ya empezaba a anochecer más tarde, y en las fachadas de los edificios aún quedaba una estática claridad solar, manchada por el gris sucio del cielo y el humo del tráfico. En un puesto de periódicos el señor Walberg vio de soslayo un titular sobre el crimen de la noche anterior, pero no se atrevió a mirar directamente y ni siquiera se detuvo. En las pequeñas mercerías y tiendas de ultramarinos del barrio ya estaban encendidas las luces eléctricas, y por las escaleras de un mercado público bajaban mujeres con abrigos y bolsas de la compra de las que sobresalía a veces el pico de una barra de pan o las hojas anchas y oscuras de una lechuga. El señor Walberg, camino de su casa, tuvo una intensa sensación de vida cálida y normal, de mañanas laboriosas de barrio, de comedores con balcones donde está encendido el televisor y alguien empieza a servir la cena. Pero ese mundo que tenía delante de los ojos, y en el que a cualquier testigo le hubiera parecido que se sumergía la presencia del señor Walberg, le era en realidad tan inaccesible como un país de hielos o una hora del pasado.

Pensó que ya viviría clandestinamente para siempre: que a nadie más que a él le estaba reservada una dosis inagotable de infortunio. Miraba las caras habituales de su barrio y pensó amargamente que la gentileza de los desconocidos también podía convertirse en hostilidad y terror: tal vez se había cruzado esa misma tarde con el asesino que amputaba los labios de las mujeres, tal vez su cara le parecería hospitalaria y familiar. En el portal de su casa se quedó unos segundos en la oscuridad antes de pulsar el conmutador de la escalera. Por una vaga superstición de cautela no usó el ascensor y procuró que los peldaños no crujieran bajo sus pisadas. Forcejeó con la puerta del piso, alarmado durante unos segundos por la posibilidad de que alguien hubiera vuelto a entrar durante su ausencia, echando el cerrojo para no ser sorprendido; era, como de costumbre, que estaba girando la llave hacia la derecha y empujando la puerta hacia adentro. Estaba entrando en el domicilio de un extraño, de un asesino. El pasillo olía a humedad y a butano. El señor Walberg no quiso entrar en la cocina: entraría en ella sólo cuando Quintana hubiera llegado. Pero Quintana había dicho que tardaría algo más de una hora. El señor Walberg encendió la pequeña estufa de butano y sin dar la luz ni quitarse el abrigo se echó en el sillón del comedor, donde había pasado tantas horas leyendo en los últimos meses. De pronto tuvo nostalgia de un tiempo que hasta un par de horas antes había sido el más horroroso y solitario de su vida. Horas de silencio y absoluta quietud leyendo a Tácito o a Montaigne, descubriendo que era de noche y que helaba de frío al levantar los ojos del libro: conversaciones ocasionales con Quintana en las que el señor Walberg se deslizaba algunas veces sin darse cuenta hacia un tono de confidencia excesivo o de esquematismo pedagógico. Pero lo rejuvenecía que Quintana no se cansara de preguntar ni de aprender, lo admiraba su capacidad para la vida práctica: arreglaba lavadoras, sabía dónde conseguir una bombona de butano aunque fuera domingo, era capaz de identificar una avería en la instalación eléctrica, de encontrar la única tienda de Madrid donde seguían vendiendo cierto tipo anticuado de enchufes. Ahora, aquella tarde, después de haber encontrado el frasco de alcohol en el frigorífico, el señor Walberg esperaba a Quintana como en un involuntario acto de fe.

Ya era noche cerrada cuando Quintana llegó, disculpándose por el retraso, dejando tras de sí como una estela de energía su gabardina nueva y su ingente cartera de cuero negro con hebillas doradas, frotándose las manos en el comedor como quien se dispone a emprender una tarea saludable: «Cuénteme, señor Walberg —dijo, casi en un tono de benevolencia—, qué incendio hay que apagar, qué aparato se le ha estropeado.» Hasta ese momento el señor Walberg no había dicho ni una palabra. Nada lo intimidaba más que la campechanía de otros, sobre todo cuando iba aliada a extremos de salud y de fuerza física. Quintana reparó entonces en su silencio y en la palidez de su cara, y volcó inmediatamente hacia el señor Walberg, como un alud de deferencia: «No me quiera engañar, señor Walberg, que ya sabe usted que yo tengo mucha psicología, a usted le pasa algo muy grave, usted se me ha vuelto a desmoralizar, a que sí. Cuénteme qué le pasa.»

El señor Walberg, sin decir nada aún, lo llevó a la cocina. Hasta entonces no había permitido que Quintana pasara más allá del comedor. Para ser la cocina de un hombre solo, la del señor Walberg estaba limpia y muy ordenada. Los muebles y la vajilla eran de muy mala calidad y bastante anticuados —Quintana lo sabía bien, por haber sido algún tiempo vendedor de cocinas, antes de decidirse por los libros—, pero la pulcritud del señor Walberg casi los hacía parecer recientes.

Quintana lo imaginó preparándose cada noche la cena pobre y rutinaria y la comida del día siguiente, con un delantal viejo atado a la espalda, con corbata todavía, con zapatillas de paño, o limpiando meticulosamente el vaso en que se había servido un poco de agua y el tazón de cristal en el que había tomado una sopa instantánea.

—Vamos, Quintana, no se quede ahí. —El señor Walberg lo invitó a pasar a la diminuta terraza donde estaba el lavadero—. Quiero que vea una cosa.

Bajo el lavadero había un espacio hueco tapado con una cortinilla de plástico. El señor Walberg la apartó y le indicó a Quintana que se arrodillara junto a él. Todo el espacio húmedo y oscuro estaba ocupado por cientos de revistas viejas, apiladas allí desde hacía tanto tiempo que muchas estaban deformadas por la humedad. El señor Walberg sacó una brazada de ellas y la dejó sobre la mesa de la cocina. Eran revistas pornográficas cuya inaudita grosería y brutalidad exageraba un detalle que más de una noche le había deparado pesadillas al señor Walberg: a todas y a cada una de las mujeres fotografiadas en ellas alguien les había recortado los labios, sin desgarrar nunca las páginas, utilizando una cuchilla o unas tijeras muy afiladas y precisas, porque unas veces el espacio recortado y vacío ocupaba casi una hoja entera y otras no era mayor que una mordedura de un ratón. En lugar de bocas pintadas de rojo, fingiendo con una monotonía de producción una serie de jadeos de avidez o gritos de éxtasis, aquellas mujeres tenían espacios huecos en las caras, y ese vacío daba a sus ojos un estupor de amputación. Mientras Quintana examinaba las revistas, el señor

Walberg tenía apartados los ojos, como si temiera que su amigo pudiese atribuirle alguna complacencia en aquel espectáculo.

—No diga nada todavía, amigo Quintana —dijo el señor Walberg—. Antes tengo que enseñarle algo más.

Ahora lo hizo pasar a su dormitorio. Quintana pensó que la celda de un monje medieval no habría sido más austera, más vacía y helada. Frente a la cama había un armario empotrado. Mientras lo abría y apartaba la ropa colgada de unas pocas perchas de alambre, el señor Walberg le pidió a Quintana que encendiera la luz, y luego le hizo un gesto con la mano para que se acercara, con cautela, como si temiera espantar a alguien. Al principio, por la escasez de la luz, no era fácil distinguir con qué estaba forrado por completo el interior del armario, de abajo arriba, minuciosamente, sin dejar un solo espacio vacío. Parecía ese papel barato de flores con que se forraban antes los muebles de las cocinas pobres, y de hecho el señor Walberg, que no sólo era corto de vista sino también muy distraído, había tardado mucho tiempo en descubrir que no eran flores carnosas y rojas lo que apenas veía a la escasa luz del dormitorio. Eran labios, bocas recortadas, cientos o millares de bocas muy abiertas, con los labios mojados y manchados y las lenguas rígidas como en una estrangulación o lamiendo o mostrándose entre los dientes; bocas como ojos, como agujeros ciegos, como anchas heridas. Las mismas manos que habían recortado las bocas de las mujeres en las revistas guardadas bajo el lavadero se aplicaron luego a la tarea igual de cuidadosa de irlas pegando en el interior del armario: durante semanas, meses o años, hasta que el desconocido que vivía antes en el piso se marchó, quién sabe si huyendo, dijo el señor Walberg, o para buscar un refugio más seguro, o porque se cansó del papel satinado y las fotografías y decidió cortar labios de mujeres reales: pero había vuelto, hacía menos de tres horas, mientras el señor Walberg estaba en su trabajo, había rondado por la calle esperando a verlo salir, y guardando en el bolsillo del abrigo o en una cartera o en una bolsa de plástico el frasco de alcohol con los labios cortados, había subido las mismas escaleras y atravesado el mismo comedor donde el señor Walberg y Quintana estaban ahora, y su presencia pesaba sobre ellos, la sospecha de que aún anduviera cerca de la casa, de que volviera esa noche, o al día siguiente, atraído por su antiguo refugio, añorándolo.

—Un loco, señor Walberg —dijo Quintana, mirando, muy pálido, a la luz del frigorífico abierto, cómo flotaban los dos labios en el interior del frasco que el señor Walberg sostenía ante él—. Un loco peligroso.

—No está loco —dijo tristemente el señor Walberg—. Quiere volverme loco a mí. ¿No se da cuenta, amigo Quintana? Quiere que me acusen de sus crímenes. Me habrá reconocido, nos habremos cruzado alguna de las veces que volvió por el barrio. Mi foto salió en los periódicos. En alguno de ellos con titulares grandes, ya puede imaginarse.

—Seamos prácticos. —Quintana daba vueltas por el comedor con la cabeza baja y frotándose las manos, como si meditara una estrategia comercial—. Tenemos que adelantarnos a sus movimientos. Lo primero, hacer indagaciones en la agencia que le alquiló a usted el piso. Mañana, a primera hora, me encargo yo de eso. Y usted no pasa esta noche solo aquí, desde luego...

—Ya estuve en la agencia —dijo el señor Walberg—. Cuando empecé a sospechar, aquella vez que usted trajo el periódico con la noticia de los crímenes. No me pudieron decir nada. Empezaron a administrar el piso el verano pasado, un poco antes de que yo lo alquilara.

—Buscaremos al propietario. —Quintana no se rendía—. Iremos hasta donde haga falta.

—Yo busqué al propietario. —El señor Walberg hablaba cada vez más bajo—. Tiene noventa años y el juicio perdido. Vive en una residencia.

—Parece mentira —dijo Quintana—. Por qué no me contó nada antes, señor Walberg; cómo es que ha tenido tan poca confianza en mí.

El señor Walberg se encogió de hombros, con un cierto aire de contrición, como si lo hubieran sorprendido en falta. Se limpió la nariz con un *kleenex* y luego bebió un trago de la petaca que Quintana había dejado sobre la mesa. Se volvió a hundir en el sillón con una languidez de abandono absoluto.

—Amigo Quintana —dijo, y ahora sí lo miraba a los ojos, de abajo arriba, porque Quintana, que era muy alto, seguía en pie, apoyándose sobre la mesa con sus dos anchas manos—. Yo no quería forzar su lealtad. No quería que usted se sintiera obligado a creerme. He visto demasiadas caras de personas que confiaban absolutamente en mí cambiar en el momento justo en que empezaban a aceptar no ya una sospecha, sino la posibilidad de una sospecha. No quiero volver nunca a una comisaría. No quiero que me miren y luego se miren entre sí. No quiero oler el olor de esos sitios. Compréndame, si puede. Quizá ese individuo que mata a las mujeres y les corta los labios sí que me ha comprendido. Sabe que me callaré, y que en un momento dado me volveré loco.

—No diga eso, señor Walberg. —Quintana se inclinaba sobre él como sobre la cabecera de un enfermo que ha renunciado a la obstinación de vivir—. Con usted no se va a meter nadie mientras yo esté en el mundo. Me parto la cara con el que le acuse a usted de nada, se lo juro, por éstas.

Había algo de amplitud teatral en los gestos de Quintana, la fascinación del iletrado por las palabras sonoras, por las declaraciones de principios, pensó con melancolía y agradecimiento el señor Walberg. Lo vio más joven de lo que en realidad era, inútilmente temerario y adicto, enamorado de una historia de amor que no le pertenecía, que ya existía únicamente en la memoria incrédula y devastada del señor Walberg, en la imaginación ferviente de Quintana. Quiso levantarse para buscar un vaso de agua y él no se lo permitió: no sólo era su guardián, también su enfermero. Abrió la puerta de la cocina, desapareció dentro de ella, se escuchó el ruido del agua del grifo y el de los vasos en el armario del fregadero, y luego hubo unos segundos de silencio y Quintana volvió a aparecer en la puerta de la cocina con el vaso en la mano, encontrándose entonces con la mirada del señor Walberg, que se había puesto de pie y tenía de pronto los ojos muy abiertos, como si estuviera viendo algo que tuvo siempre delante y nunca percibió.

Quintana sonrió con inesperada timidez al dejar el vaso de agua sobre la mesa. El señor Walberg no lo tocó: le pidió por favor que le trajera el tubo de pastillas del cuarto de baño. Quintana fue a buscarlas y las dejó junto al vaso de agua. Los dos se sentaron despacio, incómodos en el silencio, escuchando crujir los muelles viejos del sillón que ocupaba siempre el señor Walberg. Quintana se pasó una mano por el pelo, juntó luego las dos manos entre las rodillas e hizo sonar los nudillos. El señor Walberg habló en una voz tan baja que Quintana debió inclinarse para entender lo que decía.

—Es usted, ¿verdad? —dijo el señor Walberg.

—¿Cómo dice? —Quintana enrojeció como un embustero primerizo.

—Que es usted quien ha matado a esas mujeres, amigo Quintana, quien vivía aquí, quien vino esta tarde y dejó los labios en mi frigorífico. No me ponga esa cara, no me diga que no. No me insulte, Quintana.

—Señor Walberg —dijo Quintana, pero debió de formársele un nudo en la garganta y no pudo continuar. Se retorció las manos, miró al suelo y levantó poco a poco los ojos hasta encontrarse con los del señor Walberg, y huyó en seguida su mirada. Después logró articular unas palabras, tartamudeando—. Señor Walberg.

—Ahora que sé quién hizo esas cosas ya no tengo miedo. —La voz sonaba un poco más alta, no intimidatoria ni asustada, tranquila—. No siento odio hacia usted a pesar de todo lo que ha hecho porque no le tengo miedo. Incluso no puedo decir que haya dejado de ser amigo suyo... Pero, contésteme, Quintana, míreme, diga que estoy equivocado.

Quintana respiraba muy fuerte, con la cabeza baja y las manos juntas bajo la barbilla, mordiéndose los poderosos pulgares. Parecía que se iba encogiendo, que se volvía torpe, desaliñado y vulnerable. Por la manera en que respiraba, el señor Walberg pensó que estaba a punto de echarse a llorar. No le asombraba la clarividencia súbita de la revelación, sino la rapidez con que las cosas cambian, con que lo normal se vuelve monstruoso y lo familiar desconocido. Había estado seguro de que Quintana negaría, de que pondría cara de extrañeza y luego de agravio. Ahora tenía los ojos evasivos y húmedos y miraba al señor Walberg asomándolos apenas sobre sus puños unidos como en actitud de oración.

—Podía usted haber seguido con su plan, amigo Quintana —continuó el señor Walberg—. Empujándome un poco más, dejando otro día otro frasco con labios en cualquier sitio donde yo no lo viera inmediatamente, dentro de mi mesa de noche, por ejemplo. Pero hace un rato fue usted a la cocina por un vaso de agua y yo lo comprendí todo de golpe. Por casualidad, desde luego, porque ya sabe usted que veo poco y no suelo fijarme en nada. No estaba seguro, sin embargo, y repetí la prueba. Le dije que me trajera las pastillas del cuarto de baño...

Quintana se irguió con un brillo de inteligencia y fría curiosidad en sus ojos. El señor Walberg lo miró silencioso y tardó un poco en continuar.

—Fue la manera en que usted abrió la puerta. Usted nunca había entrado en la cocina hasta hoy ni había manejado los pomos de esta casa. Quiero decir, en mi presencia. Los pomos se giran hacia la izquierda, y en vez de empujar las puertas hay que tirar de ellas. Abrir puertas es uno de los actos que más repetimos en nuestra vida, amigo Quintana, uno de los más instintivos. Por eso me equivoco yo siempre en esta casa, aunque lleve viviendo en ella tantos meses. Usted no se ha equivocado antes, no ha tenido ni una vacilación, ni en la puerta de la cocina ni en la del cuarto de baño. Sus manos aún no han perdido el instinto de girar los pomos al revés. Esas manos tan grandes, amigo Quintana. ¿No le da vergüenza haber atormentado y asesinado a esas mujeres? No le tengo odio, pero tampoco tengo ninguna lástima de usted.

El señor Walberg no se movió cuando Quintana empezó a moverse lentamente hacia él. Sufrió una breve sacudida al oír los muelles de una navaja, pero no dejó de mirar a Quintana a los ojos mientras su mano derecha avanzaba hacia él empuñando la hoja curvada y brillante. Quien gimió largamente, con un tono desagradable y agudo, cuando la navaja se clavó en el vientre y subió desgarrando hacia el pecho y se detuvo en el esternón no fue el señor Walberg, sino Quintana, que apartó luego la mano, no sin esfuerzo, cuando la respiración del otro cuerpo ya se había detenido, y volvió a sentarse en el mismo lugar que ocupó antes, enfrente del señor Walberg, a quien se le habían caído las gafas. Tras el sillón, sobre la mesita de la lámpara, estaba la cartera del señor Walberg. Quintana se limpió los dedos groseramente en su propia chaqueta y abrió la cartera. En aquellas circunstancias la cara del señor Walberg en el carnet de identidad tenía para Quintana un insoportable patetismo. Estuvo un rato mirando otra foto, la instantánea de la chica del pelo claro, la cara delgada y el jersey azul marino y de cuello alto que sonreía bajo una luz de mañana de invierno. Muerto, el señor Walberg parecía amodorrado o dormido frente a Quintana, con la barbilla hundida sobre el pecho, la boca flácida y los párpados grandes y pesados, como aquel actor de cine americano.

Quintana bebió de un solo trago el coñac que quedaba en su petaca. Fue a buscar su gran cartera negra con hebillas doradas, en la que había guardado otra petaca idéntica, y la apuró ruidosamente, sin dejar de beber ni cuando se sofocaba, con la garganta ardiendo y los ojos llenos de lágrimas. Tambaleándose, con la navaja otra vez en la mano, como si temiera a un posible enemigo, entró en el dormitorio del señor Walberg, se derrumbó sobre la cama con las piernas abiertas y se quedó instantáneamente dormido.

Abrió los ojos y vio una débil claridad gris y luego azul en la ventana. Se sentó en la cama, aplastado por una resaca brutal, y tardó un poco en recordar dónde estaba, qué había hecho unas horas antes, no sabía cuántas, o cuándo. También tardó en darse cuenta de que se había despertado porque estaba sonando el timbre de la puerta. Ágil de pronto, sigiloso y lúcido, se quitó los zapatos y se acercó silenciosamente a la puerta, apretando la empuñadura de la navaja en su mano derecha, acariciando el resorte. Con la yema del dedo índice de la izquierda levantó la pequeña lámina de cobre que tapaba la mirilla. El timbre sonaba otra vez, y había vuelto a encenderse la luz del rellano. Allí, frente a Quintana, separada de él tan sólo por unos centímetros, por la madera recia y antigua de la puerta, mirando exactamente en dirección a los ojos de él, estaba la muchacha de la fotografía que el señor Walberg había guardado en su cartera durante los dos últimos años, atreviéndose a veces a imaginar la escena imposible en que ella viajaba a Madrid en busca suya al cumplir los dieciocho.

APUNTES PARA UN INFORME SOBRE LA BRIGADA DE LA REALIDAD

Sé que arriesgo lo que queda de mi prestigio profesional y que mi equilibrio psíquico tal vez no sobreviva intacto a la investigación en medio de la cual me encuentro, pero aun así creo que estoy en condiciones de afirmar como seguro lo que hasta ahora era un rumor, una leyenda, una hipótesis desmentida por muchos, entre ellos, principalmente, alguno de los afectados: la Brigada de la Realidad existe, la Brigada de la Realidad se encuentra entre nosotros y actúa, no con regularidad ni desde luego a la luz pública, pero sí con una casi omnipresencia que yo me atrevería a calificar de aterradora, y con una amplitud y sofisticación de medios a su alcance que la vuelve tan invencible (tan ineludible) como indetectable.

No deja rastros involuntarios porque su pulcritud es tan perfecta como su instantaneidad, pero a veces sí indicios de su paso, marcas que indican su responsabilidad en algunos hechos increíbles. No es exactamente habitual, pero sí frecuente, que aparezcan en la vivienda, o en la ropa, o en algún objeto muy personal de un abducido las ya temidas iniciales «B.R.», o bien un acrónimo que yo no he llegado a ver nunca, pero que es algo parecido a «BRIDAD» o a «BREAL». Sobre lo que no hay la menor duda es sobre el lema o contraseña que rige todas sus actuaciones, y que, según parece, está inscrito en los uniformes de algunos de sus miembros. Según algunos testimonios, en la espalda, a modo del letrero de un chándal; según otros, en la visera de las gorras, que son negras y de cuero, con unas orejeras voluminosas que tal vez oculten los auriculares a través de los cuales dichos miembros reciben instrucciones. Más de un abducido no olvidará nunca más esa contraseña: «Del dicho al hecho.»

El uso de la palabra abducido es, por supuesto, ocurrencia mía, y, que yo sepa, no tiene nada que ver con el lenguaje interior de la organización, lenguaje del que por lo demás ni yo ni nadie tenemos más que indicios. Me parece, sin embargo, una palabra muy útil, que tiene la ventaja de aludir a situaciones que, si bien disparatadas y fantásticas, guardan cierta semejanza con las actividades de la Brigada de la Realidad. Para explicarme usaré un ejemplo, uno de los casos más completos que he llegado a conocer, y del que guardo una carpeta en mi archivo (archivo informático y encriptado, por supuesto, pero me temo que no por eso menos vulnerable a las pesquisas de la BR que una anticuada carpeta en un armario metálico). Daré sólo iniciales, más que nada por respeto a la intimidad de los afectados, casi todos ellos personas de alta relevancia política o intelectual.

El conocido columnista y crítico cinematográfico XX se encontraba, como todos los días, participando en su tertulia de la emisora ZZ, en la cual se viene distinguiendo por el radicalismo de sus opiniones y la crudeza de su lenguaje, que le ha ganado gran número de adeptos, así como una fama de sujeto auténtico y visceral que ha aumentado mucho su cotización entre los directivos de las emisoras, siempre ávidos de tener en nómina a un garbanzo negro, a un provocador. Ese día en concreto, el columnista y crítico XX, enemigo furibundo de las hipocresías de la democracia burguesa, declaró en los micrófonos que el sistema político actual era *la misma mierda* (sic) *que el régimen franquista*. Apenas salió de la emisora, unos hombres uniformados de negro (o de gris oscuro, o de azul marino) lo rodearon con suavidad, lo introdujeron en un vehículo que, según recuerda, era muy raro y extraordinariamente silencioso. Unos minutos después XX, sin saber cómo, se vio corriendo por una avenida de la Ciudad Universitaria de Madrid, y, al volver la cabeza, sin saber la razón de su velocidad ni de su pánico, vio que unos guardias (éstos sí que de indudable gris) se arrojaban sobre él gritándole toda clase de insultos, y golpeándolo con unas porras de goma que le laceraban la espalda, la nuca, la parte trasera de las piernas. Como un guiñapo lo tiraron al interior de un jeep, donde otros guardias le dieron patadas en el pecho y en la cara, y un instante después se encontró en una celda, tiritando de frío, con la sensación de llevar allí encerrado mucho tiempo. Oyó gritos muy cerca: alguien estaba siendo torturado. Se abrió la puerta de su celda, y XX sintió que le flaqueaban las piernas cuando unos guardias le pusieron unas esposas y le dijeron con sádico cachondeo que ahora se iba a enterar de lo que valía un peine. En el despacho donde le hicieron entrar había un retrato del general Franco y un calendario de marzo de 1973.

Lo que ocurrió a continuación, XX no puede tampoco explicarlo: cuando la mano abierta de un policía de paisano se acercaba a su cara empezó a temblar y a llorar suplicando que no le pegaran, cerró los ojos y, al abrirlos, estaba otra vez en la puerta de su emisora: le dio tiempo a ver a los hombres vestidos de negro o de azul marino con las gorras de cuero con orejeras y viseras cortas haciéndole una señal mientras subían a su bólido o artefacto volador de forma aerodinámica y con las iniciales «B.R.» en los laterales.

He oído (pero no puedo asegurarlo) que un célebre tribuno nacionalista al que daré las iniciales JK sufrió una abducción semejante, minutos después de declarar que los presos de su nacionalidad, miembros de una también célebre organización terrorista o patriótica, se encontraban «en cárceles de exterminio». La Brigada de la Realidad actuó con una rapidez aún más instantánea de lo que es habitual en ella, y el tribuno JK se encontró preso, durante unos minutos que para él equivalieron a semanas, en un lugar como el que describían sus palabras, una celda no se sabe si de la Gestapo o de la NKVD: se habrá observado que este tribuno últimamente mide un poco más sus palabras, sin duda temiendo que otra vez la BR ponga en práctica su lema y las convierta en hechos, lugares y sensaciones tangibles.

¿Qué tecnologías de última generación, qué propulsores o generadores de realidad virtual se manejan en los laboratorios de la BR, qué sistemas de espionaje le permiten estar al tanto de las afirmaciones que ponen en marcha los mecanismos fulminantes de su intervención? El sentido del espacio y del tiempo de los abducidos sufren en segundos distorsiones radicales. Provisionalmente, mi teoría es ésta: quizá en los laboratorios de esta organización se ha encontrado un método no de intervenir desde fuera, sino de provocar que estallen los núcleos de realidad que tienen las palabras, generando algo parecido a la explosión en cadena originada por la fisión del átomo...

Examinemos el caso del filósofo, gastrónomo y premio Nobel ZV, tan famoso por su afición a los restaurantes y a los hoteles de lujo como por su amistad con Fidel Castro y su propagandismo permanente en defensa del actual régimen cubano. Invitado por un amigo español, empresario y diplomático, el mencionado ZV se disponía a degustar en el restaurante Zalacaín de Madrid una langosta thermidor, al mismo tiempo que ponía en ridículo a los opositores a Fidel (él le llama así) y elogiaba el sistema económico cubano, comparándolo ventajosamente con las corruptas democracias europeas. Un testigo presencial (que no me deja repetir su nombre) advirtió que los camareros, en vez de la tradicional chaquetilla blanca, llevaban raros uniformes negros muy ceñidos. Otra persona, que también me ruega que respete su anonimato, vio que la langosta desaparecía del plato del filósofo, y que cuando éste quiso hincar el tenedor, lo que encontró fue una ración de fríjoles duros, con briznas de cerdo seco y un pegote de arroz con sabor a petróleo, elementos todos, según se comprobó después, de la dieta de un trabajador cubano sin acceso a las ventajas del dólar ni a los bien surtidos supermercados para uso exclusivo de extranjeros, que se llaman «diplotiendas». Escandalizado, ZV se marchó del restaurante y se dirigió a la limusina con la que habitualmente se mueve por Madrid: le dio tiempo a ver que desaparecía conducida por un individuo con una gorra de orejeras, y en su lugar encontró una bicicleta vieja, réplica exacta de las que conducen para ir a su trabajo algunos de los actuales beneficiarios del sistema político y social tan celebrado por el mencionado gastrónomo, que se vio forzado a pedalear sobre ella durante aproximadamente media hora, en el calor de julio de Madrid...

Acopio datos, recojo indicios dispersos que para observadores menos atentos que yo (algunos dirán que menos paranoicos) son meras circunstancias de la casualidad. ¿Es casual que el conocido novelista BB, después de declarar en un curso de verano de la Universidad Complutense que lamentaba no haber sufrido nunca una enfermedad grave, «porque con las enfermedades es como mejor se hace la literatura», es casual, digo, que minutos más tarde notara un dolor en el pecho, y que se le diagnosticara, al día siguiente, un cáncer de pulmón? Tres días más tarde recibió un nuevo diagnóstico que anulaba al primero, pero junto a la firma del médico estaban las iniciales «B.R.», y podía verse, muy borrosa, una frase ya familiar a estas alturas de mi informe: «Del dicho al hecho.»

Soy consciente de lo que me juego al redactar este informe, y cada noche me desvelo repasando febrilmente declaraciones mías antiguas, temiendo que en cualquier momento aparezca el conocido bólido silencioso, y salgan de él los hombres de negro, con las gorras de visera corta y orejeras redondas, con la temible determinación de volver reales las palabras. Aprovecho estas páginas para solicitar a los lectores cualesquiera datos, indicios o testimonios de actuaciones de la BR de las que hayan tenido noticia. Tiemblo de miedo. No podré dormir esta noche, ni mañana. Acabo de acordarme de que una vez declaré, cuando era más joven y vacuo, en una entrevista que me hicieron, que lo más heroico para un escritor era morir de cirrosis, como un poeta maldito, o estragado por la mala vida, el alcohol y las drogas, como mi admirado Charlie Parker, del que precisamente escucho un disco, para levantarme el ánimo, mientras redacto a toda velocidad estas notas.

(Continuará, tal vez.)

EL MIEDO DE LOS NIÑOS

Fue su primo Bernardo quien le dijo a Esteban que habían vuelto los tísicos. Estaban sentados en el pupitre que compartían siempre, por la tarde, cuando ya anochecía, después del rosario, en la hora de las permanencias, cuando don Florentín daba la orden de quedarse callados y ponerse a repasar o a terminar los deberes para el día siguiente. La hora de las permanencias era de estudio en silencio. En los ventanales que daban a los campos de deportes y los patios de juegos ya casi borrados por la noche se reflejaba idéntica el aula con sus hileras de pupitres y sus luces fluorescentes. Bernardo escribía con la cabeza inclinada y muy cerca del papel, apoyándose en el codo como en una almohada, pinzando el lápiz entre el pulgar y el índice, con aquella especie de intensidad táctil que había siempre en sus dedos. En esa posición, y mientras el lápiz rozaba la hoja de la libreta, Bernardo le habló a su primo Esteban al oído, muy bajo para no alertar a don Florentín, respirando fuerte por la nariz, como siempre que se ponía muy nervioso al contar algo. Durante el recreo un niño de un curso superior se lo había dicho, lo había visto con sus propios ojos: en la calle Pastores o en la calle Narváez ese niño pasaba por la acera junto a una furgoneta grande que estaba parada con el motor en marcha y el conductor, hablando con un acento forastero, le había preguntado algo, si sabía por dónde se iba a la Fundición. El niño iba a contestarle cuando vio que detrás del hombre, en la cabina de la furgoneta, había una botella de cristal tan grande como una cántara de leche que estaba llena de sangre. La sangre era muy roja, y tenía espuma en lo alto, dijo Bernardo, como la leche cuando está recién ordeñada.

—Y además el conductor llevaba una bata blanca y uno de esos espejos redondos que se atan los médicos a la frente con una goma.

—Pues sería un médico —murmuró Esteban en el oído de su primo.

—Era un tísico —dijo Bernardo—. Estaba muy pálido. Y sacó la mano por la ventanilla y agarró a ese niño por el cuello del mandil. Él echó a correr y el tísico se quedó con el cuello en la mano. Ahora cuando salgamos te llevo a que hables con ese niño y verás que no lleva puesto el cuello.

Bernardo estaba siempre dando detalles y ofreciendo pruebas y testimonios de las cosas que contaba: él mismo y Esteban habían visto un coche de los tísicos el año anterior, por esa misma época, cuando hacía frío por la tarde y empezaba a anochecer mucho antes, cuando en la hora de las permanencias las luces blancas del aula ya tenían que estar encendidas. El coche estaba parado en la esquina de una de las calles cercanas a la escuela que iban a terminar en el campo. En la escuela, durante todo el día, en los corrillos del recreo y luego en el aula, en esos minutos en los que todo el mundo estaba ya en su pupitre y don Florentín aún no había llegado, se habían estado contando novedades sobre la llegada de los tísicos. Los tísicos venían de sanatorios en la Sierra en los que necesitaban transfusiones de sangre fresca para curarse y hasta para mantenerse vivos. Eran sanatorios secretos, en los que sólo admitían a gente de muchísimo dinero, y en los que trabajaban médicos y enfermeros que recorrían toda la provincia en sus camionetas o sus coches camuflados buscando sangre de manera incesante. También había mujeres tísicas, y ésas eran las más peligrosas, porque los niños confiaban más fácilmente en ellas. Mujeres con las caras muy blancas, decía Bernardo con una vehemencia que resaltaba su propia palidez, con los labios pintados de un rojo muy fuerte, a veces vestidas de negro, como de luto, con velos de ir a misa sobre los ojos, con uñas muy rojas en las manos que abrían los bolsos y sacaban de ellos caramelos o bombones o lápices de colores para ofrecérselos a los niños incautos, los niños que habrían desconfiado de un hombre.

De pronto todo el mundo recordaba algo, o caía en la cuenta de que había visto algo, detalles enigmáticos que ahora cobraban sentido, y que daban un escalofrío de miedo y también de gusto en la nuca, sobre todo cuando los contaba alguien que lo había visto con sus propios ojos, o, con mucha mayor frecuencia, que se lo había escuchado a alguien que lo había visto. A la puerta del mercado de abastos el guarda de noche había visto un gran saco abandonado, probablemente olvidado por algún hortelano. Parecía un saco lleno de coliflores, por los bultos que formaban en la tela, pero al abrirlo el guarda vio que lo que contenía eran cabezas cortadas de niños. Las cabezas no chorreaban sangre porque los tísicos la habían extraído toda antes de cortarlas. Del hospital de Santiago habían desaparecido de la noche a la mañana varias damajuanas llenas de sangre para las transfusiones, y los enfermos que habrían debido recibirlas ahora agonizaban sin esperanza. Un niño de otra escuela pasaba cerca de la iglesia de Santa María a la hora del final de la última misa y una mujer con un velo le había dicho que se acercara para ayudarle a buscar un broche que se le había caído en las losas del claustro. El niño entró y la puerta se cerró tras él y a la mañana siguiente lo encontraron muerto y sin sangre en un trastero de la sacristía donde el párroco guardaba muebles y cuadros viejos.

En esa época aún circulaban muy pocos coches por las calles. La mayor parte eran viejos y negros. Un coche desconocido, parado en una acera o en una plazuela, más allá de cualquiera de las esquinas que terminaban de noche en la oscuridad y en el campo, llamaba siempre la atención. En el barrio del Alcázar, justo encima de la muralla, donde la mayor parte de los niños no iban a la escuela y tenían sarna o tiña en las cabezas rapadas, un grupo de los más revoltosos habían decidido forzar la cerradura del remolque de una furgoneta dejada allí por algún forastero incauto. ¿Y sabes lo que encontraron? —le dijo a Esteban su primo Bernardo—: una fila de cinco niños que parecían dormidos, uno al lado del otro, los cinco con los ojos abiertos, los cinco muertos y con la sangre chupada, y frente a ellos, a lo largo de los tablones del remolque, cinco garrafas de cristal llenas de sangre, con etiquetas, con los nombres de cada uno de los tísicos que aguardaban en un sanatorio de la Sierra para beberse esa sangre.

—Y acuérdate del coche que vimos nosotros el año pasado —dijo Bernardo, ya enredado en su propia madeja de historias.

—Pero no vimos nada dentro. Nos asomamos a la ventanilla y no había nada.

—Me asomé yo, primo, a ti te daba miedo.

A Esteban le daba miedo acordarse ahora. Habían salido de la escuela y ya era noche cerrada y hacía frío. Al abrirse las grandes verjas de la escuela la multitud de niños que acababan de romper filas estallaba en un clamor de carreras y gritos, inundando las calles contiguas con el azul marino de sus mandiles de uniforme, con las manchas blancas de los cuellos y los puños postizos. Corrían en bandadas, jugaban al fútbol con cualquier cosa, con bidones de plástico o con bolas de trapos, echaban carreras para alejarse de la escuela lo más pronto posible, se daban codazos o sardinetas y se perseguían jugando a que galopaban por las praderas del Oeste, cada jinete imaginario azotándose el culo como si fuera la grupa del caballo. A Esteban le daba envidia aquel barullo pero no podía unirse a él. Cada día iba a la escuela y volvía de ella con su primo Bernardo, que andaba muy despacio porque llevaba en la pierna izquierda un aparato ortopédico sujeto con tornillos a una bota de suela gruesa. La cara de Bernardo era redonda y su pierna derecha robusta y rolliza, pero la izquierda era como un palo quebradizo y muy pálido entre las dos barras metálicas que la entablillaban.

La madre de Esteban decía que a Bernardo cuando era muy chico le había dado un paralís. A Bernardo la palabra paralís no le gustaba: él lo que había tenido era la polio. Algunas veces apretaba los párpados con el esfuerzo de acordarse bien de una palabra muy larga y tomaba aire por la nariz antes de repetir una por una y sin equivocarse todas las sílabas: *poliomielitis.* No sin satisfacción Bernardo aseguraba que poliomielitis es una de las palabras más largas que existen. Quizás por el entrenamiento de repetirla era el único de toda la clase que decía de una sola vez y sin tropiezo el nombre de aquel rey de la Historia Sagrada: Nabucodonosor. Arrastraba sin quejarse su pierna enferma y especulaba sobre los progresos médicos que en un futuro no muy cercano pero tampoco desoladoramente remoto le permitirían librarse de aquella prótesis y correr y jugar como todo el mundo: «Primo —decía, haciendo cuentas con los dedos—, el año que viene no; el siguiente, tampoco; el siguiente, tampoco; el siguiente, tampoco: el siguiente, me hacen otra operación y me quitan los hierros.»

Bajaban todos los alumnos en filas a la hora de salida por los patios de recreo y la zona de los talleres, vigilados por los maestros, y Esteban y Bernardo siempre iban juntos, al final de todo, porque Bernardo andaba dando cojetadas, la pierna izquierda tiesa con su gran zapato y aquel ruido de hierros, ágil a pesar de su dificultad, sólo que algo más lento, con la cartera a la espalda, concentrado en sus movimientos, quejoso en seguida si Esteban lo dejaba atrás, o si por tener que apresurarse perdía la cuenta de los años que faltaban para su operación. Y cuando las filas paralelas llegaban a la verja que acababa de abrirse y el orden quedaba desbaratado en aquella inundación de mandiles azules y cuellos y puños blancos, los únicos que no se alejaban a toda velocidad de la escuela eran ellos dos, los dos primos segundos, Bernardo atento al esfuerzo de dar un paso y luego otro, con aquel ruido de hebillas y articulaciones metálicas, y Esteban caminando a su lado y mirando con algo de envidia a los otros, los que corrían y se empujaban, los que perseguían una pelota o se derribaban contra el suelo. Algo de envidia, pero no mucha en realidad, porque no era de los más audaces ni de los más rápidos; impaciencia más bien, porque en cuanto sin darse cuenta aceleraba un poco el paso, Bernardo, mandón a su manera, lo llamaba para no quedarse rezagado.

—Primo, nosotros a pasico muerto.

Porque iban más despacio que los otros se quedaban solos en la plazoleta delante de la escuela y volvían a casa por calles vacías de niños, en las que tampoco había mucha más gente cuando a la hora de salida ya era de noche. Esa vez que a Esteban le daba tanto miedo recordar hacía ya varios días que circulaban de nuevo las historias de los tísicos, que quizás regresaban estacionalmente, con las noches adelantadas de mediados de octubre, como regresaban los villancicos en vísperas de Navidad, los juegos de tambores y trompetas para Semana Santa, los cromos de futbolistas un poco antes del comienzo de la Liga. Esteban y Bernardo caminaban por la calle recta y larga que terminaba al fondo en el cuartel, la Dieciocho de Julio, callados, Bernardo con la cabeza baja y concentrado en lo suyo, Esteban procurando no avivar el paso y dejarlo atrás, no mirar tampoco a las bocas de los callejones laterales, más allá de los cuales estaba el campo. Tenía ganas de llegar a su casa, soltar la cartera y merendar un hoyo de pan y aceite escuchando la radio, la novela que daban todas las tardes a las siete. Por culpa de la lentitud de Bernardo se la perdía casi siempre. También le daba miedo ir por aquel barrio desolado de casas bajas y calles muy anchas con el suelo de tierra, más ahora, con aquellos cuentos de tísicos que contaba todo el mundo, y que él mismo repetía, agregando detalles que le daban más miedo aunque era consciente de que los estaba inventando. Por la mañana, cuando iba con Bernardo a la escuela, tan despacio que sus madres los levantaban antes que a los demás para asegurarse de que no llegaban tarde, había mujeres barriendo las puertas y charlando, llenando cántaros de agua en la fuente pública; pasaban rebaños de cabras y de vacas; salía ruido de los pequeños talleres; se oía el fragor de la Fundición, con sus ruidos de cadenas, golpes de martillos, planchas metálicas chocando. Por la noche no había casi nadie. El silencio se hacía más poderoso cuando se extinguían alejándose las voces de los centenares de niños que acababan de salir de la escuela. Esa vez Esteban tuvo más que nunca la seguridad de haber visto un coche de los tísicos.

—Mira, primo —dijo Bernardo, que se había quedado un poco atrás.

Estaba parado en la esquina de un callejón en el que no había ninguna puerta o ventana, sólo un largo muro encalado que se disolvía al final en la negrura del campo. Y junto al muro había un coche, grande, con los faros encendidos, aunque el motor no estaba en marcha, con el interior iluminado, aunque no se veía a nadie.

—Venga —dijo Esteban—. Vámonos, que es tarde.

—Ayer también estaba ese coche en el mismo sitio.

—Pero si no hay nadie dentro.

—¿Y por qué tiene las luces encendidas?

—Se le habrá olvidado apagarlas al chófer.

—Vete tú, si no te atreves. Yo voy a acercarme.

Su madre y su padre y la madre de Bernardo le decían siempre lo mismo: no podía dejar solo a su primo. Porque tenía paralís y no podía defenderse, él, Esteban, aunque unos meses más chico, era el encargado de acompañarlo y de protegerlo. Pero Esteban sabía que Bernardo, en el fondo, era más valiente que él, mucho menos temeroso ante los chicos mayores, de los que más de una vez lo había defendido, a pesar del paralís. Haciendo molinillo con la pierna tiesa y la bota ortopédica había inventado una forma de dar tremendas patadas en el culo. Y su puntería con el tirachinas y en el juego de las canicas le conferían una autoridad inaccesible para Esteban, que los adultos no sospechaban. Eso por no hablar de su talento para hechizarlos a todos contando cosas que decía haber visto en películas o leído en libros o tebeos y que Esteban tenía la seguridad de que iba inventando mientras las relataba, tomando aire por la nariz y bajando la voz para que los demás se le acercaran más, con un brillo ligeramente sudoroso en el labio superior.

Ahora, en el callejón, era el primo Bernardo quien iba por delante, su figura torcida y desmedrada perfilándose entre los dos faros encendidos del coche. Esteban lo siguió con un esfuerzo de pundonor que le debilitaba las rodillas. ¿Y si veían cabezas cortadas, o bidones de sangre, o alguna de aquellas jeringas de practicante tan grandes como rodillos de amasar con las que los tísicos extraían la sangre? Era verdad que fue Bernardo quien se asomó. De modo que Esteban no tenía la seguridad de que fuera cierto lo que contó luego que había visto, lo que él no tuvo más remedio que decir que había visto también, un sombrero negro en el asiento de atrás, un mapa, un maletín: el sombrero negro que según Bernardo se ponían siempre los tísicos bien calado para que no se les vieran los ojos, uno de los mapas que usaban para encontrar las carreteras que los llevaban a los pueblos en los que robaban la sangre, el maletín donde guardaban su instrumental, un estuche alargado y brillante de lata como los que llevaban los practicantes.

Alguien se acercaba, doblando la misma esquina por la que habían venido ellos. «Primo, espérame», dijo Bernardo. Respiraba fuerte por la nariz y se oía el ruido del aparato ortopédico. Pero le bastó cruzar al otro lado del callejón para que la luz del coche ya no los alcanzara. Oyeron pasos, una voz de hombre que decía algo, luego la puerta del coche que se abría. Esteban quería huir pero con Bernardo a la zaga era como cuando uno intenta correr y no puede en un sueño. También podía ser que el coche perteneciera a un médico que había visitado a un enfermo grave y con la prisa de llegar antes se había olvidado de apagar las luces.

De pronto estaban perdidos. Esquinas en apariencia familiares desembocaban en plazoletas que ellos no conocían. Avanzaban hasta el final de una calle creyendo que iban en dirección a casa y se encontraban en el límite del campo. Con remordimiento se tomaron de la mano al oír en la calle silenciosa el motor de un coche que se les acercaba por detrás. Aunque hacía frío a los dos les sudaban las palmas, las anchas yemas de los dedos de Bernardo adheridos a la mano de su primo. Y ese ruido de los hierros siempre al lado de Esteban, los golpes de mazo de la bota ortopédica. Si aparecía el coche de los tísicos no habría salvación para ninguno de los dos.

Bajaron una cuesta. Llegaron a un gran espacio abierto. El motor del coche se acercaba más pero ellos, tomados de la mano, apresuraban el paso sin volverse. En algún momento el ruido del motor dejó de oírse. Se veía muy al fondo un parpadeo de luces encendidas. Fue un ruido de agua subterráneo pero muy cercano, muy caudaloso, lo que les permitió de golpe saber con incredulidad dónde estaban: junto al terraplén del vertedero, donde desembocaba el colector al que los niños llamaban La Tragona, al final de la calle en la que vivían los dos, puerta con puerta, desde que tenían memoria, la Fuente de las Risas. Luego Bernardo contó muchas veces esa historia, con todos sus detalles escalofriantes que mejoraban en cada narración (en algún momento junto al sombrero negro, el maletín y el mapa hubo también la funda de cuero de una pistola), pero los dos omitieron siempre que se habían cogido de la mano.

En realidad eran primos segundos. Primos hermanos eran sus padres. Ser sólo primos segundos les producía cierta tristeza a los dos, como de no ser algo plenamente. El padre de Bernardo tenía vacas en su casa y vendía leche y el padre de Esteban trabajaba en el horno de pan que había en lo más alto de la calle, la Panificadora, a la que llamaban la Pani. En una caja de lata llena de fotos de gente antigua que a Esteban no le decía nada había una en la que su padre y el de Bernardo estaban en la mili, el brazo del uno sobre los hombros del otro, con uniformes mal abotonados, con gorros cuarteleros en la nuca, riéndose delante de un bardal de la granja del cuartel, casi desconocidos, porque eran muy jóvenes y los dos llevaban bigote. El padre de Bernardo olía a vaca y a leche agria y el padre de Esteban a harina y al pan caliente que repartía por las casas, en dos canastas de mimbre tapadas con un lienzo blanco y encajadas a cada lado del gran serón de un burro. Los días que no había escuela Esteban acompañaba a su padre en el itinerario de la venta del pan. Se quedaba sujetando al burro por la brida mientras su padre llamaba a una casa para hacer una entrega. Algunas veces el olor del pan le daba tanta hambre que introducía una mano bajo los lienzos que cubrían las cestas y cortaba un pico suculento del que procuraba que no quedara rastro de miga cuando su padre volvía. Se atragantaba de engullir tan rápido y su padre hacía como que no se daba cuenta, como que no había visto las migas o los trozos de corteza en la pechera del mandil de Esteban.

Cada mañana temprano la madre de Bernardo llevaba a casa de Esteban una jarra de latón colmada de leche. Otras veces se adelantaba la madre de Esteban, o era él mismo quien llevaba a casa de su primo un pan ancho y caliente con la corteza espolvoreada de harina que se le quedaba luego en las yemas de los dedos. Las dos casas estaban en ese rellano que forma casi una plazuela hacia la mitad de la calle, donde se tendían farolillos y banderolas de papel la noche de la fiesta de la Virgen de agosto. El padre de Esteban traía de la Pani una escalera muy alta y la apoyaba contra la pared para llegar a la hornacina de la Virgen y adornarla con ramos de flores. A Esteban entrar en casa de su primo le daba aprensión y un poco de lástima, porque en el portal empedrado, por mucho que la madre barría, quedaba siempre una costra resbaladiza de mierda y de meados de vaca, y el olor a leche agria lo llenaba todo. La madre de Bernardo iba muchas veces despeinada, a diferencia de la suya, y para ayudarle a su marido a ordeñar o limpiar las vacas o para barrer la puerta se ponía unas botas viejas de hombre sin cordones. Lo que admiraba Esteban del padre de Bernardo era que sabía silbar como él no había visto que silbara nadie, unas veces muy fuerte, para gobernar a las vacas, poniéndose los dos pulgares en la boca, y otras con un timbre muy agudo, que atravesaba la calle entera, para llamar a su hijo a la hora de la cena. Decía que a cada animal había que silbarle de una manera distinta, y que una cabra o un perro, por ejemplo, no entienden el silbido que sí obedece una vaca. Y lo que no estaba bien era silbar lo mismo a los animales que a las personas. Podían estar jugando Esteban y él junto al terraplén del vertedero, o en el extremo más alto de la cuesta de la calle, cerca de la fuente y del portal de la Panificadora, y el silbido llegaba con perfecta nitidez, aunque su efecto no fuera inmediato, sobre todo si Bernardo estaba enfangado en un juego de canicas y ganando, desplumando a los otros, como les gustaba decir a él y a Esteban desde que oyeron ese uso del verbo desplumar en una película del Oeste. A los demás niños los llamaban sus madres a voces. El silbido que reclamaba a Bernardo era único, largo, perfecto, modulado. Luego se hacía más breve, más terminante y agudo, como un toque de corneta, porque Bernardo seguía atento al juego, disparando un nuevo tiro mortífero, guardándose algunas estampas más en un fajo apretado con una goma o algunas canicas de cristal en el bolsillo. Contaba los cromos que iba ganando tan velozmente como el cajero de un banco cuenta billetes, humedeciéndose de vez en cuando la yema del pulgar. Ya casi era de noche y empezaba a levantarse frío de la tierra y las canicas apenas se podían distinguir y Bernardo no se cansaba de jugar. Después de un plazo de unos minutos venía el último silbido inapelable. Bernardo se levantaba de la tierra, apoyándose con las dos manos, guardaba en el bolsillo sus canicas, los fajos de estampas de futbolistas o toreros o películas que había ganado, y se apresuraba hacia su casa haciendo molinetes con la pierna tiesa. Esteban le llevaba la cuenta de las estampas y las canicas ganadas, que hinchaban su bolsillo como talegas de monedas y resonaban al mismo ritmo de su paso, mezclando su sonido con el de los hierros ortopédicos.

Eran primos segundos, pero los mayores decían que se llevaban mejor que muchos hermanos. Cuando fueran mayores y a Bernardo lo hubieran operado por fin para quitarle los hierros trabajarían juntos como guardabosques o naufragarían en una isla desierta en la que poco a poco, a fuerza de trabajo e ingenio, se irían rodeando de todas las comodidades de la civilización. En la escuela, durante el recreo, mientras los demás niños jugaban al fútbol Esteban se quedaba haciéndole compañía a Bernardo, los dos sentados en un escalón del campo de tierra y animando a los jugadores, aunque la verdad era que lo hacían un poco forzados por las circunstancias, por imaginarse que estaban en un campo de fútbol de verdad y eran aficionados fervorosos o locutores de radio. A la gente adulta le daba mucha pena que Bernardo no pudiera participar en aquellos juegos infantiles; también elogiaban la abnegación de su primo Esteban, que renunciaba a ellos para no dejarlo solo. A Esteban esas alabanzas lo embargaban de admiración por su propia bondad. Su secreto era que en realidad aquellos juegos y deportes brutales lo amedrentaban, de modo que quedarse con Esteban era un pretexto muy útil para abstenerse de ellos. También era comodón y no le costaba nada secundar las inclinaciones de Bernardo, que eran mucho más marcadas que las suyas. Cuando Bernardo se cansaba de mirar el fútbol en el recreo le proponía a su primo que jugaran a las canicas, aunque los dos sabían que Esteban era un adversario mediocre y en unos minutos estaría desplumado de cualquier cosa que apostaran, canicas o estampas o incluso tebeos, o la torta de azúcar de la merienda. Era asombrosa la elasticidad y la flexibilidad que poseían sus dedos, la precisión con que situaba la canica en el gancho del dedo índice curvado y usaba como percutor el pulgar. La torpeza que tenía de pie desaparecía en cuanto se tiraba en la tierra. Avanzaba a culadas, de costado, apoyando las palmas extendidas, arrastrando la pierna inútil como un fardo, súbitamente ágil como una morsa en el agua. No había mano más extensible que la suya para abarcar la extensión de una cuarta y resolver un juego dudoso. «Primo, me has desplumado», decía Esteban, volviéndose del revés los bolsillos. La solución podía ser que Bernardo le hiciera un préstamo o que en vez de a las canicas o a las estampas jugaran a los años. Y al cabo de un rato Bernardo ya disponía victoriosamente de una edad centenaria.

Sólo se habían peleado de verdad y hasta el punto de dejar de hablarse una vez, cuando eran mucho más chicos, aunque Bernardo llevaba ya la bota de su desgracia. Habían interrumpido el juego una tarde de verano para beber agua en la fuente y cuando volvieron al sitio donde tenían el hoyo de lanzar las canicas vieron sobre la tierra apisonada del centro de la calle un juguete tan resplandeciente que no parecía verdadero. Un tiovivo con un tejado de lata pintado de un rojo muy fuerte, con diminutas silletas voladoras colgadas de cadenas, con una plataforma en torno a la cual se ordenaba, como en los tiovivos de la feria, un desfile de carros y de animales de latón: un cerdo, un caballo al galope, un león, un hipopótamo, un helicóptero, con sus paletas pequeñas que giraban a la perfección. A un costado de la plataforma había una manivela. Con su destreza manual, Bernardo aprendió en seguida cómo se manejaba. Se giraba la manivela y el tiovivo entero se ponía en movimiento, y mientras tanto sonaba una musiquilla. Cuanto más rápido se accionaba la manivela a más velocidad giraba el tiovivo y las silletas desplegaban hacia fuera su vuelo.

Se quitaban el uno al otro el dominio de la manivela. Se impacientaba cada uno cuando el otro ideaba una nueva manera de jugar con las figuras, o las montaba o las desmontaba, o tomaba entre los brazos el tiovivo entero para poseerlo a solas aunque fuera un momento. La maravilla del hallazgo los subyugaba tanto que no se paraban a pensar en el motivo de su aparición. Sonó el silbido que reclamaba a Bernardo y él tomó el tiovivo y dijo que se lo llevaba a su casa, que él lo había visto primero, que había aprendido antes cómo se manejaba. Lo apretaba muy fuerte mientras Esteban intentaba quitárselo, y lo empujaba traidoramente sabiendo lo fácil que perdía el equilibrio. Bernardo improvisó un ofrecimiento de acuerdo: él, que lo había encontrado, se lo quedaba esa noche, pero al día siguiente Esteban podría llevarse a casa el tiovivo. Al salir a la calle oyendo sus gritos las dos madres vieron lo que no habían visto nunca: Bernardo y Esteban revolcándose por el suelo, tirándose de los pelos y de las orejas, dándose puñetazos, echándose puñados de tierra a los ojos, llamándose motes feroces, Esteban a Bernardo paralítico y patacoja, Bernardo a Esteban polvorón, informándole cruelmente de que los niños le llamaban así porque llegaba a la escuela espolvoreado de harina de la panadería. El padre de Bernardo, con su olor a vaca y sus botas altas de goma cubiertas de estiércol, tuvo que emplear su fuerza física para separarlos. El tiovivo estaba volcado en la tierra, la mitad de las figurillas fuera de su sitio. Fue Esteban quien vio venir a una señora y a un niño a los que se les notaba de lejos que eran forasteros. La señora llevaba medias y zapatos de tacón y olía a colonia y a polvos. El niño estaba peinado con raya y tenía la cara roja de llanto. El tiovivo era suyo. Sobre cómo había llegado a perderlo en aquel paraje sin empedrar nadie ofreció ninguna explicación, aunque la señora miró a Bernardo y a Esteban con cara de sospecha: los dos tan sucios, llenos de polvo y de mocos, encendidos por la pelea, uno de ellos con aquella pierna tan delgada arrastrando un armazón de hierro y un zapato enorme. Los zapatos de tacón de la señora le parecían a Esteban aún más afilados, más inverosímiles, porque los veía junto a las botas viejas sin cordones de la madre de Bernardo.

Había un miedo gustoso y un miedo de verdad. El miedo de un cuento o de una película empezaba siendo gustoso pero de pronto algo frío y negro y desconocido se colaba y el miedo era pánico y rareza y el sofoco de las pesadillas. Como cuando un adulto jugaba a asustar a un niño muy chico y no se daba cuenta de que para él la broma ya había dejado de serlo y que la expresión de su cara no era de juego sino de puro terror. Como cuando a Esteban lo mandó su madre a sacar aceite de la tinaja empotrada a medias en el suelo de una alacena muy sombría y al arrodillarse junto a la brocal de barro notó una cosa fría deslizándose por su brazo y era una serpiente. Tiró al suelo el cazo medio lleno de aceite y salió gritando y con un sudor frío en la cara y su madre y su padre y la madre de Bernardo que también estaba allí se morían de risa. «Pero si las culebras no son venenosas —le dijo luego Bernardo—, y además se comen a los ratones.» Las peligrosas de verdad, le explicó, eran las víboras, o las serpientes pitón, que medían veinte metros y podían comerse una vaca entera viva. En España no había serpientes pitón. Él había visto una víbora una vez, en el corral de su casa, «¿y sabes lo que hice? Le aplasté la cabeza con mi bota».

Desde aquella noche que vieron el coche con los faros encendidos y se perdieron a Esteban ya no le daban miedo gustoso las historias de los tísicos. Le daban el miedo malo, el de los escalofríos, pero no iba a confesárselo a Bernardo, que se burlaría de él, y que conociéndolo haría lo posible por asustarlo más, por inventarse más detalles, hasta por andar más despacio a propósito cuando salían de la escuela después del anochecer y se quedaban solos después de la gran estampida de los demás niños.

Ahora hasta había empezado a darle miedo ir al cine. Se acordaba de algo que les había ocurrido a Bernardo y a él una noche de verano, en el cine de verano de la Cava, que estaba tan cerca de la calle Fuente de las Risas que podía oír perfectamente desde la cama, por la ventana abierta, las películas de la segunda función, la que empezaba a las once. El cine les gustaba más todavía desde que los dejaron ir solos, los dos primos juntos, apresurándose para no llegar tarde (Bernardo siempre un poco detrás, Esteban conteniendo con dificultad la impaciencia) escuchando antes de llegar la música de principio del noticiario, con sus clamores militares que se difundían por todo el barrio, sobre los tejados, por el cielo sereno de las noches de verano. A Esteban la madre de Bernardo le daba las tres pesetas de la entrada de su hijo para que las guardara él, que parecía el más formal. Se sentaban juntos, en las sillas de tijera, y Bernardo siempre adivinaba lo que estaba a punto de suceder y hasta el desenlace de la película, y se lo decía al oído, nervioso, respirando por la nariz, en el cine lleno de gente que aplaudía y gritaba, que aullaba imitando los gritos de guerra de los indios, que comía pipas ruidosamente y bebía refrescos, que insultaba a los malos y se ponía a hacer sobre las sillas movimientos de galope para alentar a los buenos en sus cabalgatas.

Una noche Esteban notó que su primo se arrimaba a él más que de costumbre. Seguía mirando la película, ensimismado en ella, comiendo pipas, pero casi centímetro a centímetro invadía la silla de Esteban, que resistía con el codo su avance, con la paciencia de siempre, con la resignación con que acababa aceptando cualquier cabezonería de su primo. El acero frío del aparato ortopédico se le clavaba en el muslo. Un hombre mayor estaba sentado al otro lado de Bernardo. Quizás era muy gordo y por eso Bernardo tenía que dejarle sitio.

Se encendieron las luces para el descanso y Bernardo aflojó su presión. «Primo —dijo Esteban—, qué pesado eres, siempre echándote encima.» Bernardo estaba serio y reservado, como distraído, mirando mucho a su alrededor. Cuando acabó la música del descanso y se apagaron las luces, antes de que se reanudara la película, sin decirle nada Bernardo le cambió el sitio. Eran los caprichos que tenía. Porque era paralítico había que dejarlo que hiciera su santa voluntad, o porque tenía más carácter que Esteban, porque deseaba o rechazaba con más fuerza las cosas, igual que apretaba los lápices o el mango del tirachinas o las canicas con más intensidad, adhiriendo a cada superficie lisa las yemas anchas de sus dedos tan largos, extendidos de una manera que a Esteban le recordaba las patas blandas de las salamanquesas.

Ahora Bernardo estaba sentado a su izquierda y la silla de la derecha, la última de la fila, no la ocupaba nadie. Había empezado otra vez la película y Bernardo seguía distraído, moviéndose incómodo, mirando a un lado y a otro, haciendo sonar las articulaciones metálicas de su aparato. Cuando volvió a iluminarse mucho la pantalla después de una escena nocturna Esteban advirtió que había alguien sentado a su derecha. Había crujido la silla metálica. Sería el hombre gordo que había imaginado antes. Tenía que ser muy gordo porque uno de sus muslos estaba invadiendo la silla de Esteban, otra vez. Pero no era gordo. Lo vio al volverse ligeramente, aunque con disimulo, primero desconcertado, luego invadido poco a poco por el miedo, el miedo malo que no era gustoso. Notó un olor raro, como a orina, o a alcohol, o alcohol mezclado con orina. Notó algo húmedo que le subía por el muslo y se acordó de la culebra en la alacena. Era una mano pero no podía ser del hombre. El hombre al que las sombras y las claridades móviles de la película le iluminaban y le tapaban la cara estaba mirando a la pantalla, fumando un cigarrillo. Entonces la mano que no parecía pertenecer a nadie subió por el muslo y se introdujo bajo la pernera del pantalón corto como uno de esos alacranes o arañas negras que se veían en las películas y algo se hincó en la piel, unas uñas. Esteban se quedó encogido, como cuando estaba muerto de miedo en la oscuridad de su dormitorio y creía que alguien, un tísico o un vampiro, había empezado a empujar suavemente la puerta. El cuerpo del hombre se acercaba más al suyo. Le echó en el oído una bocanada de humo y le dijo algo con una voz que a Esteban le dio más miedo porque no la asociaba a ningún adulto. La presión de la mano y la cercanía de la boca, el olor a humo y a orina rancia se acentuaban porque esta parte de la película transcurría casi enteramente de noche, en sótanos de un castillo, en un bosque. La mano ahora rozaba su bragueta. Empujado no por la determinación sino por el desconcierto del miedo Esteban tomó del brazo a su primo con una autoridad a la que Bernardo no estaba acostumbrado y los dos se levantaron y salieron del cine. A la madre de Esteban (su padre se acostaba muy temprano porque trabajaba en la panadería desde antes del amanecer) y al padre y a la madre de Bernardo, que estaban tomando el fresco y charlando sentados en la acera de las puertas contiguas, les sorprendió mucho que hubieran vuelto antes de que terminara la película. Bernardo dijo que él ya sabía el final y que no valía pena quedarse: era una de esas películas sin justificación en las que aunque no ganaban los malvados moría el protagonista en vez de su mejor amigo.

Estando siempre juntos había cosas de las que no hablaban, que era mejor no ver o hacer como que no existían. Esteban nunca había visto a Bernardo sin sus herrajes ortopédicos, sin su bota de suela gigante que era tan útil para dar patadas en el culo o aplastar cabezas de víboras. Una vez Bernardo había tenido unas fiebres muy grandes y los padres de Esteban no lo dejaron que fuese a verlo y lo mandaron a vivir varios meses a casa de su abuela, en la que se encontró de pronto sumido en una vida vacía, en una calle ajena y poblada de niños desconocidos, aunque no estaba ni a veinte minutos de Fuente de las Risas. Cualquier distancia más allá de los lugares familiares era ilimitada. La única ventaja apreciable que tenía la casa de su abuela era que se encontraba muy cerca del cine de invierno. Podía aprovechar ahora que no llevaba consigo la rémora de su primo Bernardo, que no le hacía falta levantarse mucho antes para llegar a tiempo a la escuela ni ver melancólicamente cómo los demás niños se dispersaban a la hora de la salida con un entusiasmo colectivo de liberación del que por lealtad a su primo él estaba excluido. Incluso, si se animaba a pedirle a su abuela dinero para ir al cine una tarde de sábado, no tendría que recorrer el camino con la lentitud exasperante que Bernardo imponía, y que los condenaba a ver las películas empezadas, o en los peores asientos, o a no encontrar entrada. Por no hablar de que en el cine de invierno las entradas que podían permitirse eran sólo las de gallinero, de modo que todo el mundo escalaba ágilmente las escaleras para ocupar los mejores sitios mientras ellos subían peldaño a peldaño, al ritmo de Bernardo, con los mazazos regulares de su bota, el ruido de sus articulaciones metálicas, el jadeo de su respiración por la nariz.

Fue solo al cine por primera vez en mucho tiempo y en lugar del alivio de no llevar a remolque a Bernardo lo que sentía era una incierta desgana, un malestar opresivo, agravado por el frío de la tarde invernal y la extrañeza de unas calles que conocía bien pero que no resonaban como suyas. Ir solo por ellas camino del cine y acordarse de Bernardo, que en ese momento estaría en la cama, en su dormitorio oscuro al que llegaba el olor de la cuadra, con su pierna flaca y despojada del aparato debajo de las mantas, lo sumía en una tristeza acentuada por el remordimiento. El cine era muy grande y lujoso y se parecía al decorado de una película de miedo que a Bernardo y a él les había gustado mucho, aunque durante algún tiempo les fomentara malos sueños, *El fantasma de la ópera*. Había cortinajes rojos, columnas, alfombras, cosas doradas en los techos, paredes forradas de terciopelo, aunque sólo en los pasillos cercanos al patio de butacas. Según se subía hacia el gallinero las paredes estaban cada vez más desconchadas y sucias y ya no había cortinas ni candelabros sino bombillas de luz floja moteadas de cagadas de moscas. Hasta los retretes de la última planta olían peor que los del cine de verano. En una ventana alta de aquel cine, o en el tejado, un niño de la escuela aseguraba haber visto desde su balcón, a medianoche, a unos tísicos que tendían una escala de cuerda para colarse por la ventana del pajar de una casa contigua. En las gradas de madera basta del gallinero no había esa tarde muchos espectadores, salvo uno o dos grupos de chicos mayores que él que se daban empujones, como intentando en broma despeñarse los unos a los otros por encima de la barandilla y hacia el patio de butacas, que hacían ostentación de fumar aunque tosieran y no supieran tragarse el humo y celebraban cualquier cosa que sucediera en la película con risotadas excesivas. Si hubiera estado Bernardo se habrían burlado de él, siempre con las mismas guasas, que por qué había dejado el reloj en su casa y se había traído el péndulo, que cuánto le pagaría el chatarrero si le vendía todos aquellos hierros al peso. Los miraba de soslayo, procurando no llamar su atención, un poco antes de que empezara la película, cuando vio a un hombre en el que no había reparado antes, sentado en una de las gradas más altas, tan cerca del techo que se inclinaba apoyando los codos en las rodillas. El hombre bromeaba con algunos muchachos y les ofrecía cigarrillos, o pequeños caramelos Sacy contra la tos. Qué raro que para ir a una localidad de gallinero se hubiera puesto traje y corbata, y unos buenos zapatos recién abrillantados, todavía con olor a betún. El olor a betún de los zapatos era tan pronunciado como el olor a colonia, o a tabaco rubio. Esteban tenía un olfato muy sensible para los olores exóticos, igual que su oído captaba los matices del acento de la gente que no vivía en su mundo, o las palabras distintas con que unas u otras personas nombraban las mismas cosas. Sus padres decían el paralís; don Florentín y los médicos que visitaban a Bernardo decían la poliomielitis. Don Florentín decía la espina dorsal; los padres de Esteban decían la raspa. También llamaban los sesos a lo que don Florentín y la enciclopedia escolar llamaba el cerebro, y micobrios a lo que Esteban bien sabía que se llamaban microbios. Unos microbios se le habían metido en la raspa al pobre Bernardo y le habían pegado el paralís.

Hubiera debido reconocer antes esos olores, si tan buen olfato tenía. El olor que lo alarmó al percibirlo desde muy cerca fue el de orina rancia atenuada, como un resto de meados de gato. El hombre estaba sentado junto a Esteban y el nerviosismo inmediato y las sombras no le dejaban distinguir bien su cara, aunque sí la voz que no se parecía a la de otros adultos. «Te daría un pitillo, pero muy chico te veo yo a ti para fumar. Ni siquiera ha empezado a salirte el bigote. ¿A que todavía no tienes tampoco pelillos en los huevos? Si me lo pides con educación te doy un caramelo.» Una mano ancha empezó a apretar el muslo, ahora tapado por el pantalón largo, abarcándolo entero. Si ahora intentaba irse no podría escapar de ese cepo. Sólo a unos pasos, en las gradas contiguas, los chicos mayores continuaban su alboroto, tan ajeno sin embargo como si sucediera en la misma dimensión plana que la película a la que nadie hacía caso. Pediría ayuda y lo mismo que en los sueños la voz no le saldría del cuerpo. Las gradas de madera retumbaban con los pataleos, sobre la cabeza de Esteban caían cáscaras de pipas y cenizas de cigarrillos. El cepo de la mano le sujetaba el muslo como los hierros y los tornillos de la ortopedia de Bernardo.

Entonces se abrió de golpe la puerta del gallinero y la luz de una linterna muy poderosa inundó el graderío. Un acomodador con chaqueta roja galonada y vozarrón de representante de la autoridad interrumpió el jolgorio, amenazando con echar a todo el mundo, esgrimiendo la linterna como una porra de guardia. Como una sombra el hombre que un momento antes apretaba el muslo de Esteban y le murmurada al oído se había esfumado, como el Fantasma de la Ópera. Ya anochecía cuando Esteban se atrevió a salir del cine, volviéndose cada vez que oía unos pasos, echando de menos más que nunca a Bernardo. Aprovechó que no iba con él para volver corriendo a casa de su abuela.

Esteban ya no quería escuchar historias de tísicos, y muchos menos contarlas, él que tantas veces había secundado a su primo Bernardo cuando explicaba de nuevo cómo aquella vez se acercaron los dos al coche que tenía los faros y las luces del interior encendidos aunque no había nadie dentro, y vieron en el asiento de atrás un maletín que parecía de médico, un mapa de carreteras doblado, la funda de una pistola, unos guantes negros. Bien sabía Esteban que los guantes negros eran una invención bastante tardía de su primo, pero con respecto a todo lo demás tampoco estaba seguro en el fondo de nada, ni siquiera de si se había acercado tanto a la ventanilla del coche para ver lo que había dentro, o si lo había hecho para que Bernardo no le llamara cobardica pero no había llegado a mirar. Cuando Bernardo se inclinó sobre él para contarle al oído los nuevos rumores sobre la llegada de los tísicos hacía muy poco que estaba de vuelta en la escuela, todavía pálido y débil, más ávido que nunca de historias y fantasías después de varios meses de convalecencia, más imperioso con Esteban, más impaciente por jugar a las bolas y multiplicar sus tesoros de estampas, cristalas relucientes y tebeos gracias a una destreza en el juego que la enfermedad parecía haber afilado. Ahora sabía muchas cosas que había leído o que inventaba que había leído mientras estaba en la cama. A su padre un trapero le había vendido al peso un cajón lleno de periódicos y de libros y Bernardo decía haberlo leído todo para no morirse de aburrimiento a lo largo de aquellos meses en el dormitorio casi encima de la cuadra de las vacas donde Esteban no lo había visitado en todo ese tiempo, mientras vivía en casa de su abuela. Sobre las selvas del África tropical se levantaba una montaña tan alta que estaba siempre cubierta de nieve y que era un volcán del que nacía el río Nilo, que era el río más largo del mundo después del Mississippi. En las estepas de Siberia se había encontrado un mamut preservado durante millones de años en un bloque de hielo que tenía hierba fresca y recién comida en el estómago. El hombre descendía del mono. En la China vivían seiscientos millones de personas. El ferrocarril transiberiano recorría entre Moscú y Vladivostok la tercera parte del perímetro terrestre. Unos científicos americanos habían viajado a la Luna en una bala hueca de cañón. El mundo no había sido creado por Dios en siete días sino hacía muchos millones de años y la historia de Adán y Eva era un invento de los curas. Las jirafas tenían el cuello tan largo de tanto estirarlo durante siglos y siglos para alcanzar las hojas altas de los árboles, no porque Dios las hubiera creado así. Entre los cartapacios polvorientos que el padre de Bernardo había comprado al trapero había un libro muy grande que era un atlas en el que Bernardo se había aprendido de memoria más nombres de países, de capitales, de montañas y ríos de los que en ese tiempo habían dado en la escuela. El zar de Rusia se llamaba Nicolás II y el emperador de Austria-Hungría Francisco José. Aníbal había invadido Roma al mando de un ejército de soldados cartagineses montados en elefantes. En un sarcófago egipcio se había encontrado una momia que tenía los ojos abiertos y había estrangulado por la noche a un vigilante del museo donde la exhibían bajo una vitrina. En el mundo había cien veces más millones de hormigas que de seres humanos. Por el telescopio del monte Palomar los astrónomos habían podido ver que en Marte había ciudades y canales de riego. En el futuro la gente viviría en edificios de cien o doscientos pisos por los cuales se subiría y bajaría en globo, y las personas se comunicarían entre sí a distancia por el pensamiento, sin necesidad de teléfono ni telégrafo ni de mandarse cartas. En el Polo Norte y el Polo Sur se harían estallar bombas atómicas para fundir los hielos y así no habría nunca más inviernos y sobraría agua de riego en todo el mundo. En cada cuerpo humano había cuatro litros y medio de sangre. A diferencia de los vampiros, los tísicos no morían si les daba la luz del sol, aunque tenían preferencia por la oscuridad y la noche.

A Esteban las historias de su primo al mismo tiempo lo atraían y lo mareaban. Quizás ni el propio Bernardo, después de pasar solo tanto tiempo en la cama, en su cuarto sombrío, encima de la cuadra, sin que ni Esteban ni otros niños lo visitaran, por miedo al contagio, sabía ya distinguir entre lo que había leído, lo que había inventado, lo que había visto en las películas. Ahora respiraba más fuerte por la nariz mientras hablaba, tan impaciente por seguir contando que se le olvidaba tomar aire, y sabía más nombres extranjeros y más palabras de muchas sílabas que nunca. La capital de Mongolia era Ulam-Bator. El inventor de la electricidad se llamaba Tomás Alva Edison. Algunas personas eran enterradas porque parecían muertas y se despertaban en el interior del ataúd a causa de una enfermedad llamada catalepsia. «Imagínate, primo, te despiertas y crees que estás en tu cama, y cuando quieres levantarte te das cuenta de que estás dentro del ataúd, y que por mucho que grites nadie va a escucharte porque estás en el cementerio a dos metros bajo tierra.»

A Esteban la palabra catalepsia le daba casi tanto miedo como la posible sombra de los tísicos, o como el recuerdo de aquella mano moviéndose como un cangrejo o una araña sobre su muslo en la oscuridad del cine. Sentía uno el sueño pesarle en los párpados y para no quedarse dormido abría de par en par los ojos por miedo a despertar bajo tierra. Al principio uno se despertaba como si tal cosa y le parecía que estaba en su cama, le dijo Bernardo en el camino de vuelta hacia casa, más lento que antes de aquellos meses en la cama, más hablador, más condescendiente hacia la turba gritona de los otros niños que a los pocos pasos de salir de la escuela ya los habían dejado a los dos atrás; pero muy pronto notaba que le faltaba el aire, porque el oxígeno que respiraba se convertía muy rápido en monóxido de carbono; entonces se quería dar la vuelta en la cama y no podía; sentía que algo le rozaba la cara y era el forro de la tapa del ataúd; quería gritar y no le salía la voz. Y mientras hablaba a él también le faltaba el aire, también porque ahora le costaba más esfuerzo dar cada paso levantando la bota ortopédica, que ahora parecía más grande y más complicada porque su pierna había enflaquecido en los últimos meses. Buscando alivio a la opresión de la historia Esteban intentaba distraerse y apartaba la mirada de su primo. Había una distancia más grande entre las bombillas de las esquinas, o eso le parecía esa noche; menos portales iluminados; terminaba octubre y era como si llevara mucho tiempo siendo de noche; un borracho había salido de una de las bodegas tenebrosas que había en aquel barrio, cerca de las traperías y de los talleres hediondos de curtido de pieles; en los últimos tiempos a Bernardo le brillaban siempre los ojos y le sudaba el labio superior como si tuviera un poco de fiebre, pero era él, Esteban, quien sentía fiebre esa noche, y junto al cansancio y el mareo y las ganas de llegar a casa presentía la dulzura de ponerse malo, de despertar mañana con una fiebre tan perceptible que su madre sin duda lo eximiría de ir a la escuela. Bernardo estaba tan absorto en su propio relato que no advertía la distracción de su primo. No se daba cuenta de que Esteban se volvía de vez en cuando, porque le había parecido que alguien estaba siguiéndolos, o simplemente caminaba tras ellos, a una cierta distancia, una silueta punteada por la lumbre de un cigarrillo, quizás el borracho con el que se habían cruzado unos minutos antes.

No sin decepción Esteban reconoció a la mañana siguiente, sin levantarse todavía de la cama, oliendo ya el pan tostado y la leche caliente del desayuno, que la fiebre, si llegó a existir, se había disipado. Se tocó la frente, los carrillos. Como estaba oscuro en el dormitorio imaginó la angustia de haber despertado en el ataúd después de un ataque cataléptico, pero la voz cercana de su madre, que trajinaba por los cuartos contiguos, lo confortó en seguida. Consideró la posibilidad de llamarla con voz quejosa y decirle que no se encontraba bien, pero conociendo a su madre como la conocía prefirió no empeñarse en un esfuerzo que no llevaría a nada, aunque de tanto tocarse la frente en busca de algún leve síntoma de fiebre ya casi percibía un aumento de la temperatura.

Empezó a tener fiebre de verdad en el recreo. A media mañana don Florentín le puso el termómetro y le dijo que se marchara a casa. Ante aquel reconocimiento indiscutible de su enfermedad Esteban sintió una profunda lástima de sí mismo. Bernardo se ofreció a acompañarlo, pero por fortuna don Florentín no lo permitió, alegando que bastante retraso llevaba ya en el curso como para perder otro día entero de escuela. Caminar al paso de Bernardo con aquella fiebre y escuchar su charloteo continuo habría sido un tormento.

Llegó a casa y su madre lo hizo meterse de inmediato en la cama. Al encontrarse abrigado bajo las sábanas limpias y el peso leve de las mantas en la penumbra del dormitorio, a aquella hora laboral del día, mientras lo demás niños tenían muchas horas de escuela por delante, se fue durmiendo en un grato desmayo de dulzura, el estómago confortado por el zumo de naranja templado con miel que su madre le había llevado a la cama. Para prevenir la pulmonía su madre le dio una untura de manteca en el pecho y se lo cubrió con una hoja limpia de papel de estraza antes de abrocharle la chaquetilla del pijama y subirle bien el embozo hasta la boca, y remeter las mantas por los laterales. Antes de salir del dormitorio corrió del todo la cortina del balcón y los sonidos de la calle quedaron todavía más lejos, disueltos en la penumbra que se confundía con el sueño.

Lo despertaron la luz de la bombilla del techo y la voz de su madre que se inclinaba sobre él y lo sacudía. No estaba sola. Junto a ella había entrado en el dormitorio la madre de Bernardo, muy despeinada, con una bata vieja y el mandil de hule que se ponía para atender a las vacas. Pensó que las dos lo miraban así porque se había puesto muy grave y se iba a morir. El pelo y el pijama estaban empapados en sudor, el pecho pegajoso por la manteca de la untura. Había trajín en la parte baja de la casa, voces altas de hombres, la voz de su padre, la del padre de Bernardo, pasos en las escaleras.

—Esteban, ¿tú sabes a dónde podría haber ido Bernardo al salir de la escuela?

—Ese maestro no tenía que haberlo dejado salir solo. Con lo tranquila que estaba yo sabiendo que iba a la escuela y volvía con Esteban.

Era de noche. Era mucho más de noche que cuando salían de la escuela. Era de noche y también parecía que estuviera a punto de amanecer porque Esteban había pasado muchas horas durmiendo y no lograba orientarse en el tiempo. Quizás Bernardo se había perdido, porque se ponía a pensar en sus cosas y se despistaba con facilidad, dijo Esteban, consciente del valor que los adultos daban a sus respuestas, de la atención dolorosa con que lo escuchaban, él sentado en la cama, en su cuarto diminuto lleno de gente, su padre, su madre, el padre y la madre de Bernardo, el padre que se retorcía las manos enormes, parientes que llegaban para ayudar en la búsqueda, vecinos de la calle, la casa llena a deshoras, los portales y las ventanas de la plazoleta iluminados, como en las noches de la verbena de la Virgen, cuando era muy tarde y sin embargo se podía seguir jugando en la calle Fuente de las Risas, y había guirnaldas con farolillos y banderolas de papel tendidas de balcón a balcón. Quizás se había perdido o se había puesto a jugar a las cristalas o a las estampas con alguien, y cuando se ponía a jugar e iba ganando se olvidaba de todo, dijo Esteban, tan serio como le era posible, abrumado por los primeros indicios de un remordimiento monstruoso contra el que no tenía defensas, consciente de la decepción en la cara del padre de Bernardo, en la de su madre, que le pedían una y otra vez detalles que él no era capaz de darles o que no servían de nada, qué hacían exactamente al salir de la escuela todas las tardes, por qué calles iban, si se paraban o se distraían con algo. Eran las diez de la noche y Bernardo no había aparecido. Eran las once y media y su padre y el padre de Esteban volvían de recorrer media ciudad en la furgoneta del dueño de la Pani, que se había ofrecido a llevarlos y había llamado a un primo suyo que era dueño de otra panadería para que se uniera con su coche en la búsqueda: tan pocos coches en ese tiempo en la ciudad, sus faros y sus motores sobresaltando la quietud nocturna de la calle Fuente de las Risas. En algún momento Esteban se quedó dormido otra vez y cuando abrió los ojos la luz del techo seguía encendida, y tardó unos segundos en acordarse de que la opresión que sentía era el remordimiento sin consuelo de haber dejado solo a su primo Bernardo. Seguían resonando voces y pasos extraños en la parte baja de la casa. Se levantó mareado y las baldosas del suelo estaban muy frías. Vio otra vez ventanas iluminadas y grupos de gente en la calle, bajo las bombillas de las esquinas. Podía ser aún media noche o estar muy cerca el amanecer. Sonaron las campanas del reloj de la plaza pero Esteban tenía fiebre y estaba muy aturdido y no acertó a contarlas. Unas veces de lejos y otras mucho más cerca oía los silbidos del padre de Bernardo. Comprendía que no podía decir a nadie que tal vez lo habían raptado los tísicos.

Estuvo perdido esa noche, todo el día siguiente, la mitad de la otra noche. Esteban abrió los ojos y se quedó aterrado en la oscuridad, con todo el miedo intacto de un sueño que no recordaba, la cara ardiendo y el flequillo sudoroso pegado a la frente, convencido de que el calor que sentía era el agobio de la tumba, la consecuencia irremediable de la catalepsia. Todo estaba en silencio. Tardó unos segundos en acordarse de que Bernardo había desaparecido y él tenía la culpa. Entró su madre y encendió la luz, sonriente y más joven. Descorrió las cortinas y era por la mañana. A Bernardo lo habían encontrado sano y salvo, dijo su madre, sano y salvo, aunque el pobrecillo estaba tiritando, mojado como un pollo, porque había caído una llovizna fría esa noche. Andaba perdido por ese descampado al norte de la ciudad donde en otro tiempo se ponía la feria, tan lejos de este barrio del otro extremo que nadie imaginaba cómo habría podido llegar hasta allí, donde sólo había una ermita medio en ruinas, cerrada desde los años de la guerra. Lo encontró un hortelano que iba camino del mercado de abastos con un carro lleno de hortalizas. Le preguntó quién era y qué hacía antes del amanecer por aquellos parajes pero Bernardo iba como dormido y al principio no le contestó nada.

Seguía sin acordarse de nada, dijo la madre de Esteban. Lo más probable era que hubiera sufrido un ataque, había dicho el médico, un ataque de algo que la madre de Esteban no lograba pronunciar pero que a él le hizo acordarse de la palabra catalepsia. Tenía un chichón morado en la frente, y los hierros de la ortopedia estaban torcidos y medio desbaratados, pero aparte de eso estaba sano y salvo, aunque no paraba de tiritar, por muchas mantas que le pusieran encima, y eso sí, preguntaba por él, por su primo Esteban, que lo dejaran verlo, decía, que no había miedo de que le pegara nada, que no hicieran como la otra vez y lo mandaran a casa de su abuela. Que Bernardo no le guardara rencor por haberlo dejado solo le deparaba a Esteban un alivio casi tan grande como que estuviera vivo.

Fue a verlo una semana después, cuando el médico juzgó que Bernardo ya estaba lo bastante fuerte como para recibir visitas. El médico era un hombre corpulento con bigote negro de cepillo y zapatos negros que crujían. La madre de Esteban dijo un día con pesadumbre durante la comida que para pagarle al médico y costear las medicinas que no paraba de recetar el padre de Bernardo no tendría más remedio que vender una vaca; y eso si al niño no tenían que llevárselo a un sanatorio. La palabra sanatorio la asociaba lúgubremente Esteban a los sanatorios de los tísicos. Cohibido por una formalidad de la que no tenía costumbre entró una tarde después de la escuela en el dormitorio de Bernardo llevándole una pequeña cesta con magdalenas de la Pani, que a su primo le gustaban tanto. Era como si hubiera pasado mucho tiempo y hubieran perdido confianza. Y Bernardo estaba tan desmejorado que casi costaba reconocerlo.

El cuarto tenía un techo más bajo que el suyo, y la

ventana no daba a la calle, sino al portal empedrado por el que entraban y salían las vacas. Había algo de deslealtad en la constatación de que la vida de Bernardo era más pobre que la suya. En la pared, sobre el cabecero de hierro, había una estampa en colores de un santo, un fraile con un Niño Jesús en brazos. En el suelo, junto a la cama, estaba el aparato ortopédico, las hebillas y las correas sueltas, una de las varillas metálicas torcidas. Debajo de la colcha abultaba un poco la pierna izquierda de Bernardo. La otra era como si la hubieran cortado, tan poco alteraba la lisura de la colcha. Sobre la mesita de noche había botes de medicinas. El cuarto entero olía a medicinas y a alcohol, tan fuerte que casi no llegaba el olor a vaca. También olía a papel viejo: a los libros, a las revistas antiguas ilustradas, a los folletos sobre medicina o hipnotismo o etnografía del cajón que el padre de Bernardo había comprado a un trapero para que su hijo pudiera entretenerse durante los meses de convalecencia. El cajón estaba en el suelo, pero los papeles que había contenido estaban dispersos por todo el cuarto, bajo los botes de medicinas en la mesita de noche, en el suelo, sobre la colcha, debajo de la almohada que resaltaba con su blancura el tono amarillento de la cara de Bernardo. Su madre, tan atareada siempre, le había indicado a Esteban el camino y se había ido a fregar las cántaras de la leche al corral, tirándoles cubos de agua fría del pozo, frotando el latón brillante con un cepillo de cerdas, muy despeinada, con su mandil de hule sobre la bata, las piernas muy abiertas sobre el empedrado del corral, calzada con sus zapatos viejos de hombre.

—Cierra la puerta, primo —dijo Bernardo, incorporándose un poco en la cama, con su tono conspirativo de siempre—. No vaya a ser que nos oigan.

Había una silla de anea junto a la cabecera de la cama. Esteban se sentó en ella, sin soltar todavía la cesta con las magdalenas, con la incomodidad de una visita. Con un gesto Bernardo le indicó que se acercara más. Respiraba por la nariz y su voz era ahora más débil. Tenía la mano húmeda pero también fría. Con un abatimiento vagamente contagiado de culpa Esteban pensó que a su primo no le quedaba mucho tiempo de vida, y se sintió solo de antemano, solo y ya asistiendo a un entierro, imaginando uno de aquellos ataúdes blancos que entonces se veían de vez en cuando por la calle. Se inclinó sobre Bernardo y el aliento cálido que le era tan familiar ahora tenía algo agrio, como si saliera de la boca de un viejo.

—Tu madre me ha dicho que estás mejor y que vas a volver pronto a la escuela.

—Lo que yo quiero es que me operen y que me quiten los hierros, primo —dijo Bernardo—. Los médicos han descubierto una curación en América, pero todavía falta para que llegue a España. El año que viene no, el otro tampoco, ni el otro, ni el otro. Pero al siguiente ya podrán operarme. El siguiente o el otro, de eso no estoy seguro. Mi padre me ha apuntado en la lista. Hay que apuntarse con mucho tiempo para que te operen.

Esteban se quedó callado, mirando la cesta de las magdalenas, que tenía entre las piernas, y que no había ofrecido a Bernardo. Haber llevado un regalo en una cesta parecía de pronto cosa de niñas. Y también era raro estar de visita, como las madres o las abuelas, o esas tías que llegaban y a las que había que darles besos aunque uno no supiera quiénes eran, y se sentaban junto a los enfermos dando suspiros, diciendo que lo que hacía falta era conformidad y no echarse a malos. Así se veía Esteban, como una visita, sentado junto a la cama de su primo Bernardo, sin saber qué decirle, notando la incomodidad del silencio.

—Primo, acércate más. —Bernardo quería hablarle al oído, como cuando le contaba algo en el estudio, aunque ahora no había nadie que pudiera escucharlo. Era raro que tuviera la mano fría y que se desprendiera de él un calor insalubre, como el de esos parientes enfermos o viejos a los que tenía que visitar algunas veces llevado por su madre, en dormitorios sin ventilar. Bernardo torcía el cuello sobre la almohada para hablarle de más cerca, haciendo lo que podía por incorporarse, pero se dejaba caer en seguida, y no conseguía levantar la voz. Parecía haberse encogido y al mismo tiempo haberse hecho más viejo en unos pocos días, y tenía mucho miedo en los ojos. Un miedo verdadero, no el miedo gustoso de contar historias.

—Primo, lo primero de todo júrame que no vas a delatarme. —El verbo delatar lo habían aprendido en las películas de gángsters.

—Delatarte por qué.

—Tú jura, y luego te lo cuento.

—Lo juro.

—Primo, me tienes que ayudar. Es una cuestión de vida o muerte.

Esteban ya empezaba a impacientarse.

—Tienes que ir a donde yo te diga y destruir las pruebas.

—Pero qué dices, Bernardo, las pruebas de qué.

—No me crees, ¿a que no?

—No me has dicho nada. Cómo voy a no creerte.

—He cometido un crimen. A los criminales los condenan a muerte. Y menos mal que en España no hay silla eléctrica. Y si no confiesan su crimen antes de morir van al infierno. Eso es lo peor. Del infierno no me libro, primo.

—A quién ibas a matar tú.

—No me crees capaz. Como tengo paralís tú también te crees que soy un inútil. Eso pensaría el tísico. Que me podría sacar toda la sangre sin ningún peligro y luego dejarme tirado por ahí.

—¿Qué tísico?

—Y tú que dices que no crees en ellos. Pues yo bien que lo vi, primo, como te veo a ti.

—Ya estás inventándote cosas, Bernardo, como si yo fuera tonto. —Esteban, viendo tan cerca las gotas mínimas de sudor en el labio de su primo, se acordó de que don Florentín le decía siempre: «Bernardo, tiene usted una imaginación calenturienta.»

—Descuida, que si me ayudas vas a tener las pruebas. Tienes que ir a donde yo te diga. A la escena del crimen…

—Pero de qué crimen me hablas, primo.

—Si la policía llega antes que tú a la escena del crimen encontrarán las pruebas y vendrán a buscarme.

—¿Qué pruebas?

—Mi cartera, primo. La cartera de la escuela, con mi enciclopedia y mi cuaderno. Allí está escrito bien claro mi nombre y dónde vivo. Y todas mis estampas y todas mis cristalas. Salí corriendo y lo dejé todo allí. Ése fue el error fatal. Acuérdate de lo que leemos en las novelas. El asesino comete un error fatal y por eso lo encuentran.

—Tú no has matado a nadie, Bernardo.

—Mira mi bota. Está ahí en el suelo. Quería lavarla para borrar rastros pero no me ha dado tiempo. En eso también tendrás que ayudarme. Te pueden acusar de complicidad, pero eso lleva una condena menos grave.

Cansinamente Esteban examinó la bota ortopédica, la suela tan pesada. Estaba sucia de barro. La noche en que lo encontraron Bernardo andaba perdido bajo la llovizna por un barrizal.

—Pues yo no veo nada.

—Fíjate bien. Seguro que ves unas manchas oscuras. Pelos pegados.

Bernardo se intentaba incorporar apoyando los codos, alargando el cuello hacia la bota que Esteban sostenía en las manos.

—Aunque la sangre no se vea a simple vista los forenses de la policía la descubrirán.

—Qué forenses.

—Primo, ¿tú crees que los forenses también son un invento, como los tísicos?

Esteban pensó decirle a Bernardo que tenía una imaginación calenturienta, pero no estaba seguro de que le saliera esa palabra tan larga. Don Florentín y el médico decían siempre fiebre. La madre de Esteban decía calentura. La calentura se desprendía del cuerpo de Bernardo y le brillaba en los ojos.

—Qué patada le di, primo. Con lo grande que era se cayó redondo al suelo. Se derrumbó como una vaca cuando le parten las patas de delante en el matadero. La cabeza le rebotó en el suelo como una pelota. Mira si tengo o no tengo fuerza en la pierna mala. Y cuando estaba en el suelo me sujeté bien la pierna con las dos manos y le di otra patada en la cabeza que lo dejé allí muerto. Le crujieron los huesos, primo. Le vi el pelo empaparse de sangre. Se quedaron pelos pegados en la punta de la bota pero yo no me paré a limpiarme y salí corriendo. Tenías que haberme visto correr, primo, más rápido que tú, sujetándome los hierros para tomar impulso. Me caía y me levantaba. Me acordé de que había dejado la cartera junto al cadáver pero ya no podía volver.

Bernardo se quedó callado, para tomar aire, y porque estaba exhausto. Se echó del todo hacia atrás y respiró fuerte con los párpados entornados. El pecho subía y bajaba tapado por la colcha. Esteban pensó en tomarle una mano pero no lo hizo. No hizo nada, sólo esperar, sentado a la cabecera de la cama, con su cestilla entre las piernas, mirando en el suelo la suela de la bota ortopédica, los libros y las revistas antiguas tirados alrededor, portadas en color de novelas de crímenes o de aventuras, una revista con fotos de señores con chisteras en torno al rey Alfonso XIII, otra con una ilustración del Kilimanjaro, otra con la cara de aquel cosmonauta ruso que había dado varias vueltas a la Tierra en un cohete. Oyó a Bernardo respirar como si se hubiera dormido. Luego su voz sonó todavía más baja.

—Tú no tienes la culpa de nada, primo. Pero ya sabes que soy muy distraído, que me pongo a hablar o a pensar en mis cosas y no me fijo en dónde estoy.

—Así que te perdiste.

—Claro. Yo estoy acostumbrado a que seas tú quien sabe el camino. Y no sabes lo oscuro que estaba esa noche. Yo creo que se había ido la luz de la calle. Eché a andar y me acordé del coche de los tísicos que vimos el año pasado. Torcí en la esquina pero no estaba. Pero luego pensé que a lo mejor me había equivocado de calle. Pensaba en la envidia que iba a darte al otro día, cuando te contara que lo había visto otra vez, que me había atrevido. Doblé en la calle siguiente, pero me debí de equivocar en algo. Cuando quise volver a la calle por la que tú y yo volvemos ya no la encontré. Y lo tarde que se me iba a hacer, andando yo tan despacio. Entonces vino ese hombre y me dijo que si me había perdido, que él podía traerme a casa en su coche.

—¿Y no pensaste que sería un tísico?

—No tenía cara de tísico, primo. Tenía cara normal, y no llevaba un traje negro, ni un sombrero negro. Y su coche estaba allí mismo, un coche muy bonito.

—¿El que vimos nosotros?

—Qué va, uno moderno, azul. Los coches de los tísicos no son así. Me monté y olía a nuevo. Pensé en la envidia que iba a darte. Pensaba que te diría, primo, tú nunca te has montado en un coche, y yo sí. Tenía una radio que se encendía por dentro con una luz verde. Y una antena delante, con una banderita. Dentro del coche se estaba caliente. Y el sillón era muy cómodo. Qué rápido iba, primo. Arrancó como un cohete. Arrancó tan rápido que me caí hacia atrás, y me dio la risa.

—¿No tenías miedo?

—Qué va. Al principio no. El hombre era muy simpático. Me dijo que se llamaba Paco, que si éramos amigos yo podía llamarlo Paquito. Pensé que sería millonario. Fumaba tabaco rubio con filtro. Encendió uno y de olerlo me dio mareo, con lo rápido que iba el coche. Me preguntó si yo fumaba, y luego se echó a reír, dijo que era una broma, que bien sabía él que yo era muy chico para fumar, y que no me convenía. Y me preguntó por ti, que cómo era que no salías esa tarde de la escuela conmigo, que si nos habíamos peleado, con lo buenos amigos que parecíamos. Yo le dije que somos primos. Me preguntó que si primos hermanos. Yo le dije que no, que primos segundos, y el dijo que qué raro, que parecíamos hermanos más que primos, uña y carne. Uña y carne, eso dijo. Dijo que pasaba muchas tardes cerca de la escuela y que nos veía salir a los dos, siempre juntos, los dos tan formales, tan parecidos, si no fuera por mi pierna mala. Pero con tanto hablar a mí se me había olvidado que tardábamos mucho en llegar a nuestra calle, y pensé que era raro que el hombre no me hubiera preguntado donde vivíamos. Yo miraba por la ventanilla y todo estaba oscuro. No conocía los sitios por donde pasábamos.

—¿No te entró miedo entonces? ¿No le dijiste que a dónde te llevaba?

—Quería preguntárselo pero no me atrevía. Era tan simpático que pensaba que se iba a enfadar conmigo si veía que no me fiaba. Me preguntó que si quería ir con él a un sitio donde me daría de merendar. Te has quedado frío, me dijo, te puedo dar un chocolate caliente y entras en calor. Entonces me tocó la mano, y la suya estaba mucho más caliente. Conducía el coche con una sola mano, como los artistas en las películas, primo. Fumaba y conducía. Me tocó la mano y me la tuvo apretada un rato, y yo no me atrevía a apartarla. Y luego me la puso en el muslo.

—A lo mejor era el mismo que nos tocaba el verano pasado en el cine, ¿no te acuerdas?

—Qué vergüenza, primo. Ése sí que me dio miedo en seguida. Me dio vergüenza que me diera tanto miedo y no te dije nada. Pero a ese del cine no llegué a verle la cara. ¿Tú crees que también sería un tísico?

—Tú siempre dices que los tísicos no roban sangre en verano, que con el calor no les hace falta.

—Algunas cosas me las invento, primo. A ti te lo puedo decir en confianza. Me las imagino con tantos detalles que me parecen verdad. Y otras veces ni me las imagino, me salen así según las voy contando.

Los dos se quedaron callados. La respiración difícil de Bernardo era el único sonido, aparte del rumor de su cuerpo inquieto moviéndose en el interior de las sábanas.

—Pero esto no me lo he inventado, primo, te lo juro. Eso quisiera yo, que fuera todo mentira. Cuando me despierto algunas veces creo que todo lo he soñado, pero en seguida sé que no y me vuelve todo el miedo. Me van a condenar a muerte, primo. Me voy a morir y Dios me mandará al infierno. Cada vez que oigo que pasa un coche o que alguien llama a la puerta pienso que ya lo han encontrado y vienen a buscarme. Tienes que ir allí antes de que lo encuentren, primo. Tienes que recoger mi cartera. Y ahora que lo pienso también el vaso donde empecé a tomarme el vaso de colacao caliente. Seguro que podrán encontrar en él mis huellas digitales. Pero sólo bebí un poco. Nada más que un trago. Pensé que el colacao podía estar envenenado, o que le había echado un somnífero. Primo, ¿tú sabes lo que es un somnífero?

—Tendrás que decirme a dónde te llevó.

—Era una iglesia. Una iglesia pequeña, como una casa, sin campanario ni nada, sin torre. Tenía tapiada la puerta. Con una pared de ladrillo, como cuando emparedan a alguien. Había una ventana pero estaba tapiada con tablones. Estaba muy oscuro. Cuando apagó las luces del coche no se veía casi nada. No se veían luces de casas. Yo estaba tiritando. Salió del coche y yo no me moví del asiento. Dio la vuelta y abrió la puerta de mi lado y me dijo que saliera. Yo tiritaba y no me movía, no lo miraba. Pensaba que era un sueño y que si apretaba bien los ojos y los abría luego de golpe me iba a despertar. Me imaginaba que te contaba a ti y a otros niños de la escuela lo mismo que me estaba pasando y que yo no era la misma persona, como si me estuviera viendo en una película. Me dijo que saliera otra vez y yo no me moví ni miré para él. Tenía miedo de que si lo miraba ya le vería la cara de tísico. Me sacó del coche tirando de mí aunque yo no me resistía y lo cerró de un portazo, y luego echó la llave. Yo había agarrado mi cartera y no la soltaba. Dio la vuelta alrededor de la iglesia. Encendió una linterna y alumbró unos escalones de piedra que bajaban, como en las tumbas de las películas. Una cripta. Entonces yo creía que iba a marearme. Si él no hubiera seguido tirando de mí me habría caído, de flojas que tenía las piernas. Me meé, primo, por las patas abajo. Pensé que si el tísico se daba cuenta me castigaría. Me dolía mucho el brazo que me tenía agarrado. Dejó la linterna encendida en el suelo delante de una puertecilla y sacó una llave muy grande. Había gente dentro que me miraba muy fijo. Hombres con barbas, vírgenes, cuerpos sin cabezas, cabezas cortadas. De esa parte no me acuerdo bien. Había muebles con cajones muy grandes. Los cajones eran como ataúdes. Como los ataúdes donde los vampiros se acuestan para dormir cuando se hace de día.

La respiración se había ido haciendo más entrecortada. Bernardo entornaba los ojos y ya no tenía la cabeza vuelta hacia Esteban. Por momentos hablaba como en sueños, separando poco los labios, y a Esteban le costaba entender sus palabras. Dijo que el hombre lo había dejado encerrado y que había oído la llave en la puerta y luego el motor del coche, pero no recordaba cuánto tiempo pasó hasta que lo oyó volver, si vio la luz del día, si había llegado a dormirse. Recordaba un estuche de latón como los que usan los practicantes para guardar sus agujas, en los que calientan el alcohol con sus mecheros de llamas azules; un colchón viejo tirado en un rincón, debajo de un ventanuco tapado con ladrillos; los pasos del hombre cuando se acercaba a él, que se había escondido detrás de una de aquellas estatuas de santos; la figura enorme irguiéndose por encima como un árbol o una puerta negra y cerrada; el sonido de derrumbamiento cuando cayó gritando delante de él; los ojos que lo miraban desde el suelo un momento antes de que tomara impulso y le golpeara la cabeza con el zapatón ortopédico; el mugido como el de una vaca cuando la matan con un golpe de maza.

Pero el recuerdo se confundía con un delirio gradual. Miraba más allá de Esteban y tal vez estaba viendo las figuras de santos descabezadas en el sótano de aquella iglesia. Subían unos pasos por la escalera y era el tísico que volvía, que había resucitado, que no estaba muerto, que venía para llevárselo al otro mundo con sus ojos en blanco y su cabeza llena de sangre. Buscó la mano de Esteban y la apretó sobre la colcha, primero muy fuerte, luego cediendo, como si se hubiera desmayado al oír los pasos cada vez más cerca, la puerta mal ajustada que se abría.

—Pobrecito mío —dijo su madre, secándose las manos en el faldón de la bata vieja mientras se acercaba a él, poniéndole luego en la frente una mano enrojecida—. Pobrecito mío. Esteban, ve corriendo a la oficina de la Pani, diles que llamen por teléfono al médico.

Esteban ya no volvió a verlo. Lo llevaron a un sanatorio en la capital de la provincia. Su padre tuvo que vender no una sino dos vacas para costearlo, aunque Bernardo no estuvo allí ni dos meses. Lo trajeron de vuelta para velarlo y enterrarlo, pero Esteban no llegó a ver el pequeño ataúd blanco bajando por la cuesta de la calle Fuente de las Risas. Lo habían mandado otra vez a casa de su abuela.

Mucho tiempo después, casi medio siglo, una tarde de julio, en Madrid, al volver del banco donde era apoderado, Esteban Ramos recibió un paquete en el interior del sobre de plástico rojo y azul de una empresa de mensajería. El remite era confuso: una dirección en su ciudad natal que no le sonaba de nada, quizás una calle en uno de esos barrios que habían crecido en los últimos años. Hacía calor y estaba muy cansado. Oficialmente desde principios de junio había horario de verano, pero era rara la tarde que no se quedaba hasta las siete o las ocho, en la sucursal vacía, en su despacho con una pared de cristal por la que veía la calle, listada por las tablillas de plástico de una persiana regulable. De mirar tantas horas la pantalla del ordenador le dolían los ojos. Le costaba enfocar la mirada en las cosas reales.

Su mujer y su hija menor estaban en Alicante desde hacía una semana, en la playa. La mayor andaba de viaje con su novio y unos amigos por sitios vagos de Europa desde los que llamaba de tarde en tarde. Quizás llamaba a su madre con más frecuencia que a él. Le gustaba entrar en casa y encontrarla en silencio, oliendo a limpio, en la penumbra que había dejado antes de marcharse la mujer de la limpieza, una ecuatoriana sigilosa y pulcra que lo halagaba llamándole señor. Se reuniría con su mujer y su hija al cabo de tres días, el viernes. En realidad podía haberlo hecho antes. Pero disfrutaba, nadie sabía hasta qué punto, quedándose solo en Madrid unos días, sobre todo en ese momento, al final de la tarde, con el aire acondicionado zumbando ligeramente en su dormitorio, con la perspectiva de una cerveza muy fría, de una cena frugal, sentado en la mesa de la cocina, escuchando la radio; o ni siquiera eso, porque en la radio no había más que anuncios y charlatanes, cenando en silencio, fregando luego y guardando en su sitio lo poco que había utilizado. Se servía un último vaso de vino y salía a la terraza. En los tejados y en las terrazas pintadas de blanco de esa parte de Madrid había algo de horizonte marítimo. Pensaba con asombro en un cálculo que había hecho junto a un colega de su edad unos días atrás: si quisiera, en unos meses podría jubilarse del banco en unas condiciones financieras óptimas. A su mujer aún no le había dicho nada. Casi cuarenta años desde que entró de botones, gracias a la recomendación del marido banquero de aquella señora a la que su padre le llevaba todos los días el pan.

El vino se había calentado en la copa y lo dejó sin terminar cuando volvió a la cocina. El paquete estaba en el mostrador donde lo había dejado al entrar, olvidándolo en seguida, con la prisa de beber su cerveza. Intentó desgarrar el sobre con las manos pero el plástico era muy fuerte. Lo abrió con unas tijeras. Dentro había una carta en un sobre, y otro paquete más pequeño, algo pesado, forrado con papel de envolver. Los apellidos en el remite, escrito desmañadamente a mano, le eran familiares, pero el nombre no le decía nada. Leyó la carta de pie, inclinado sobre el mostrador, en la claridad declinante del atardecer de verano, oyendo de fondo el tráfico amortiguado de Madrid, los silbidos de los vencejos que volaban sobre la terraza.

Querido Primo Esteban:

Me disculparás que me tome la confianza de escribirte y llamarte así, interrumpiendo tus múltiples obligaciones, pero mi hermana Catalina, y también mi madre, me han insistido para que lo haga. Ya sabes lo unidas que estaban tu madre que en paz descanse y la mía, y el cariño que mi madre tenía por ti, que más que un sobrino segundo decía siempre y dice que eras como un hijo, y se sigue acordando de ti aunque hace ya mucho tiempo que no vienes por nuestra tierra, estando tan ocupado en la tareas propias de tu posición en el banco, donde mi madre siempre dice y mi padre que en paz descanse decía antes de perder la cabeza que te has hecho siempre una carrera por tus propios méritos, aunque tuvieras que dejar los estudios tan pronto para ganarte la vida y ayudar a los tuyos como era entonces la costumbre. Y para mi hermana y para mí te puedes figurar que aunque casi no te conocemos porque te marchaste cuando éramos todavía muy chicos nos llena de emoción saber que estuviste tan unido a nuestro pobre hermano Bernardo, al que nosotros no tuvimos la dicha de conocer ya que murió cuando mi madre estaba embarazada de mí y varios años antes de que naciera mi hermana. En esa época no había tantas fotos como ahora y nosotros de chicos sólo veíamos a nuestro hermano Bernardo en una foto de comunión en la que estaba contigo, los dos vestidos de blanco y tan iguales que parecíais hermanos, qué digo hermanos, gemelos, con vuestros flequillos antiguos y vuestros zapatos blancos, aunque a mi hermano Bernardo se le notaba al pobre su falta que tanto le hizo sufrir aunque mi madre siempre nos decía que eras tú quien más lo cuidaba, que no os separabais nunca y hasta compartíais el mismo pupitre en la escuela, y tú te llevaste un disgusto tan grande cuando le pasó aquella desgracia y luego su muerte que dice mi madre que caíste malo y no se sabía lo que te pasaba y era la pena de que se hubiera muerto tu primo. Sabrás Querido Primo que mi madre está impedida en la residencia pero conserva muy bien la cabeza y ha sido la primera que nos ha dicho que te mandáramos a ti el paquete porque nadie mejor que tú para tenerlo, pues quisiste tanto a Bernardo, y mi hermana Catalina está de acuerdo. Mi padre sabrás que nos dio unos años muy malos antes de morirse, porque estaba enfermo de Alzheimer y no conocía a nadie, y unas veces se ponía violento y no había quien lo sujetara y otras empezaba a llorar y era un dolor, a berrear más bien, como decía mi madre, y a lo mejor era que se acordaba de mi hermano Bernardo, porque dice mi madre que ya no volvió a ser el mismo cuando volvió del cementerio aquel día. Sabrás que mi hermana fue muy buena para los estudios y se licenció en Derecho y Empresariales obteniendo excelentes calificaciones y luego sacó una oposición y ahora es técnico superior en el Ayuntamiento, porque no quiso buscar una plaza fuera para no dejar solos a mis padres. La gente decía que había sacado la inteligencia de mi hermano Bernardo. Yo salí menos listo, o menos amigo de los estudios, pero después de muchas vicisitudes senté por fin la cabeza y ahora soy agente judicial, que aunque no gane mucho es un puesto seguro y eso ya es bastante en estos tiempos.

Te preguntarás Querido Primo por qué te cuento todo esto robándote tu valioso tiempo y es que me parecía importante contarte algo de mí y pensé que te alegrarás de tener noticias de nuestra familia, que tan unida estuvo a la tuya en aquellos tiempos de la calle Fuente de las Risas, que no la conocerías ahora si la vieras, con tantos bloques de pisos nuevos que han hecho, que ya derribaron hace tiempo la casa de mis padres y la de los tuyos, las dos juntas, y ellos tan unidos, que aunque uno no haya conocido esos tiempos daba nostalgia cuando mis padres se acordaban, antes de que mi padre perdiera la cabeza.

El caso es que en mi condición de agente judicial me enteré de un suceso que había acaecido recientemente en nuestra ciudad y que salió en el periódico, del cual te adjunto un recorte, donde verás que fue encontrado por agentes de la policía entre ellos un buen amigo mío el cadáver de un hombre que se había ahorcado en su propio domicilio, avisados los agentes por la denuncia de los vecinos del inmueble que habían notado el mal olor. Practicadas las investigaciones oportunas resultó que dicho individuo, varón, soltero, de sesenta y ocho años, de profesión asistente técnico sanitario, tenía numerosos antecedentes por delitos sexuales habiendo cumplido condenas de varios años por los mismos, la última concluida dos años atrás, después de la cual volvió a nuestra ciudad de la que era oriundo. Y en la casa, que estaba llena de basura y de inmundicias de todo tipo, se encontró un armario lleno de objetos diversos, juguetes, tebeos antiguos, pelotas de goma de colores, fotos de niños, y entre todo aquello apareció una cartera de colegial en la que mi amigo el policía vio un nombre que le llamó la atención, porque tenía mis mismos apellidos, Hernández Valenzuela, y se acordó del nombre de aquel hermano mío que había muerto antes de que yo naciera, Bernardo

Esteban Ramos dejó de leer. Sólo al apartar los ojos de la carta se dio cuenta de lo oscuro que estaba: la miró de nuevo y apenas distinguía la escritura, las líneas muy apretadas y torcidas, de alguien que no tiene costumbre de escribir a mano, de respetar márgenes o cuidar la regularidad de la letra.

...recuerdos demasiado dolorosos y quién mejor que tú Querido Primo para conservar el testimonio entrañable

Encendió la lámpara baja que pendía sobre la mesa de la cocina. No desgarró el envoltorio de papel. Lo abrió con cuidado, despegando la cinta adhesiva, deshaciendo los pliegues. Debajo del papel reconocía la superficie de la cartera escolar y le llegaba el olor antiguo a cuero. Quedó en pie sobre el papel desplegado y la mesa amplia de la cocina, una cartera más pequeña de lo que él recordaba, idéntica a la suya, compradas las dos al mismo tiempo por sus madres, el cuero muy oscurecido, la hebilla que la cerraba cubierta de verdín. La abrió con mucho cuidado, tocándola apenas. Levantó la tapa y todavía no miró en el interior, pero ya le llegó el olor de los cuadernos y los lápices, tan definido, tan ajeno a todo lo que había a su alrededor, al presente. Sin mirar, palpando, los dedos encontraron los duros ángulos del estuche de colores, que era de dos pisos, con un apartado especial en la parte superior delantera para la goma. Abrió parcialmente la tapa corrediza. Una goma Milan casi redonda, gastada por las esquinas, le hizo ver de golpe los dedos pálidos, delgados, flexibles, de su primo Bernardo.

No quería tener prisa. Cerró el estuche con los lápices y lo dejó a un lado. Sacó el cuaderno de ejercicios, con sus tapas grises y ásperas. Casi la mitad estaba en blanco. En cada página impar, arriba, a la izquierda, el dibujo en perspectiva de un taco de calendario, con rayitas verticales para simular las hojas, y dentro del recuadro, la fecha. En la última decía: *27 de octubre de 1964, martes.* La letra de Bernardo había sido aún más cuidadosa de lo que él recordaba, perfectamente regular entre las rayas dobles del cuaderno. *Santos Vicente, Sabina y Cristeta, Mártires; San Frumencio de Etiopía, Obispo.* Después del santoral don Florentín escribía en la pizarra para que todos la copiaran en sus cuadernos la máxima del día. *No Dejes Para Mañana Lo Que Puedas Hacer Hoy.*

Siguió buscando, sólo con las manos. Rozó los cantos de cartón de la enciclopedia escolar. Buscó más hondo, y encontró algo que sus dedos reconocieron: la goma que mantenía atado el fajo prieto de las estampas ganadas por Bernardo en el juego de las canicas. Cromos de toreros y de futbolistas, imaginó sin mirar todavía, de animales salvajes, de coches, de maravillas de la naturaleza.

Tenía la garganta seca, una opresión en el pecho. Fue a servirse un vaso de agua de la jarra que había sobre la mesa y al hacerlo derribó la cartera. De su interior salieron entonces, como un tesoro de diamantes que relucían en la luz, los centenares de canicas que atesoraba su primo Bernardo, veloces, tornasoladas, transparentes, derramándose por toda la extensión de la mesa, cayendo al suelo de la cocina con un estrépito de granizo, con sus diminutos resplandores móviles de joyas.

EPÍLOGO

En 1993, cuando escribí el prólogo a la primera edición de estos cuentos, yo creía que diez años eran mucho tiempo, y que en los diez años siguientes iba a escribir al menos tantas historias breves como las que había escrito en la década anterior. En esas dos creencias estaba equivocado. Diez años, quince años, se pasan en nada cuando uno ya no es joven. Y quien ha disfrutado mucho escribiendo cuentos puede no volver a escribirlos, o al menos perder un hábito que suponía perdurable.

Entre aquel prólogo y este epílogo han transcurrido casi veinte años con una rapidez desconcertante, y en este tiempo sólo he escrito tres o cuatro cuentos, de los cuales sólo dos se han agregado al libro. La sequía de inspiración no es la causa principal de esta escasez. Yo he escrito por encargo casi todos mis cuentos, y en estos últimos años los periódicos españoles han dejado en gran medida de encargarlos. En otras épocas, sobre todo en verano, los directivos de los periódicos imaginaban que a los lectores les gustaba leer (de ahí el nombre) y que en el tiempo de las vacaciones disfrutarían sumergiéndose en historias de diez, quince, veinte páginas, incluso en seriales que se publicaran a lo largo de una semana o de un mes entero. Ahora lo más que piden son los llamados «microrrelatos», y cualquier extensión que pase de 500 palabras les aterra. Los directivos de los periódicos españoles viven con la extraña convicción de que el mejor público posible son las personas a las que no les gusta leer, lo cual es casi como que los bodegueros enfocaran sus vinos a seducir a los abstemios. Pero para escribir tan breve con alguna garantía de éxito hay que ser Augusto Monterroso.

El resultado es que se escriben y se leen, me parece, menos cuentos que antes. Haber escrito en estos años tantos artículos de opinión y tan pocos cuentos me da cierta tristeza. Si algo sobra en España es gente opinando. Y en el cuento están comprimidos todos los desafíos formales de la novela, y al mismo tiempo cabe en él ese sentimiento de intensa iluminación sin el cual no llega a existir un poema. En una noche de insomnio se me ocurrieron de golpe la trama y el tono del cuento que ahora cierra este libro, «El miedo de los niños». Pero esa instantaneidad, ese descubrir de golpe y dejarse llevar a tientas, ya los había experimentado en cada una de las historias breves que he escrito en mi vida. «El cuarto del fantasma» surgió entero en los minutos de una ducha; «Las otras vidas» se me ocurrió durante una conversación con un técnico de sonido que había trabajado mucho con Keith Jarrett; «La gentileza de los desconocidos» nació del choque entre dos recuerdos triviales, el de los bajos de un fregadero en un piso de San Sebastián en donde se guardaban muy apretadas centenares de revistas eróticas y el de los pomos de las oficinas de mi cuartel, que se abrían girando a la izquierda y no a la derecha; en el Puerto de Santa María, mientras tomaba unas cañas con un amigo, él señaló el río que teníamos delante, el Guadalete, y a mí se me vino a la cabeza la etimología de ese nombre y el argumento de «Las aguas del olvido»; «Un amor imposible» lo escribí para llegar a lo primero que se me había ocurrido, el final; etc.

Ahora he vuelto a aficionarme tanto que estoy siempre a la expectativa de esa clase de imágenes entre triviales y soñadas que son casi siempre la semilla de un cuento. Pero ya no me atrevo a predecir si escribiré alguno más.

Septiembre de 2011

ÍNDICE